# DE SI BEAUX LENDEMAINS

Titre original : *Sweet Tomorrows*

Traduction publiée avec l'accord de Ballantine Books, une marque de Random House, un département de Penguin Random House LLC.
Traduit de l'anglais par Manon Malais

Édition française publiée par :

10, place des Cinq-Martyrs-du-Lycée-Buffon
75015 Paris – France
www.editionscharleston.fr

ISBN : 978-2-36812-692-9

Maquette : Patrick Leleux PAO

Debbie Macomber

# DE SI BEAUX LENDEMAINS

*Retour à Cedar Cove 5*

Roman

*Traduit de l'anglais*
*par Manon Malais*

CHARLESTON

*Chers amis,*

*Eh bien, nous y voilà : le dernier tome sur la Villa Rose. J'ai adoré écrire ces histoires et j'espère que vous avez aimé les lire. Lors de sa première apparition, je n'étais pas sûre que Mark Taylor était l'homme qu'il fallait à Jo Marie. Mais comme elle, j'ai appris à l'apprécier, puis à l'aimer.*

*Comme pour chaque série, les adieux sont difficiles, mais d'autres projets m'appellent… Ouvrez l'œil !*

*Ce livre est dédié à Margo Day. Les quelques mots d'une dédicace en disent bien peu. Margo est une femme phénoménale et son amitié m'honore. Pendant son séjour au Kenya, elle a secouru – oui, secouru – trente-quatre jeunes femmes qui avaient fui l'excision et le mariage forcé. Afin de leur procurer un toit et une éducation, elle a pris une année sabbatique. Avec World Vision, elle a personnellement rassemblé assez d'argent pour leur offrir un futur. Plusieurs d'entre elles sont maintenant à l'université. Mais Margo leur a offert plus qu'une éducation : elle les aimait. Suivant son exemple, nous sommes partis au Kenya, mon mari et moi, pour y rencontrer ces jeunes femmes qui nous ont raconté leur histoire.*

*Je me dois aussi de remercier Wayne Ashby pour services rendus à notre pays. Wayne, qui a été déployé en Irak à quatre reprises, a joué un rôle-clé dans le détail des aventures de Mark. Merci à lui et à Laura, sa femme.*

*J'adore avoir des nouvelles de mes lecteurs, sincèrement, et je lis chacun des courriers qui me parviennent au bureau ou par mon site web. Vos commentaires ont guidé ma carrière et j'apprécie tout ce que vous avez à me dire : merci d'avance pour vos opinions, qui comptent beaucoup pour moi.*

*Vous pouvez m'écrire sur mon site, DebbieMacomber.com, sur Facebook, Twitter et Instagram, ou par courrier : P.O. Box 1458, Port Orchard, WA 98366, États-Unis.*

*Alors, enlevez vos chaussures et installez-vous confortablement avec un verre de thé glacé. Jo Marie et Mark vous attendent.*

*Affectueusement,*

*Debbie Macomber*

debbiemacomber.com
Facebook.com/debbiemacomberworld
@debbiemacomber
Pinterest.com/macomberbooks
Instagram.com/debbiemacomber

*À Margo Day.*
*Qui dit qu'une seule personne ne peut pas changer le monde ?*

# 1

## Jo Marie Rose

LA VIE EST PLEINE D'ÉVÉNEMENTS INATTENDUS. Je sais que c'est une déclaration un peu théâtrale – comme « C'était le meilleur et le pire de tous les temps »… Croyez-moi, j'ai traversé l'un comme l'autre, mais j'imagine que c'est notre cas à tous sur cette Terre.

J'ai débuté au guichet d'une banque avant de gravir les échelons, en prenant de plus en plus de responsabilités. J'aimais mon travail et je progressais vite, mais cette ambition impérieuse m'a beaucoup coûté. Prise par ma carrière, je n'avais pas de temps à consacrer à une relation. Oh, j'avais bien quelques amis, mais pour ce qui était du véritable amour, je remettais tout au lendemain, en me disant que j'aurais le temps plus tard.

Puis, un beau matin, je me suis réveillée et j'ai découvert que la majorité de mes amies avaient fondé une famille. Lorsque, enfin, je me suis intéressée à l'âme sœur, les hommes que j'ai croisés sur mon chemin…

eh bien, je me contenterai de dire qu'ils m'ont amèrement déçue. Et encore, je me retiens.

Enfin, j'ai rencontré Paul Rose, dont je suis tombée follement amoureuse. Dès la première semaine, je savais qu'il était le bon. C'était un militaire de carrière et lui non plus n'était pas marié. Rencontrer cet homme merveilleux alors que j'avais abandonné tout espoir de trouver quelqu'un était un vrai miracle.

Comme dans une chanson de country, nous nous sommes mariés sans attendre une seconde. Paul était ranger dans l'Air Force et, quelques mois à peine après qu'il m'avait passé la bague au doigt, on l'a envoyé en Afghanistan où il est mort dans un crash d'hélicoptère.

J'ai cru qu'une bombe me tombait dessus.

Mon mari, que j'aimais depuis si peu de temps, m'avait quittée pour toujours. J'ai lu des ouvrages sur les différentes étapes du deuil. Ils étaient pleins de bons conseils, que j'ai ignorés pour la plupart. Ma souffrance était telle que je pouvais à peine fonctionner. Il me fallait toute mon énergie pour sortir du lit. Tout, et je dis bien *tout* ce qui comptait pour moi – ma carrière, ma maison, mon mode de vie, mes espoirs, mon rêve de fonder un jour une famille avec Paul – s'était évanoui en un clin d'œil.

Détruit, comme ça.

Encore sous le choc, j'ai fait le contraire de ce que tout le monde m'avait conseillé : « Ne prends pas de décisions importantes l'année suivant le décès d'un proche. » Sur un coup de tête, j'ai quitté mon travail de bureau et j'ai acheté une maison d'hôtes, que j'ai baptisée en hommage à mon mari décédé : la Villa Rose. J'espérais que ce virage inattendu dans ma vie me permettrait de trouver l'apaisement, et ce fut bien le cas. Mieux encore, la villa semblait avoir le pouvoir d'aider les autres à guérir, eux aussi.

Je n'en parlais pas, de crainte que l'on me préconise d'aller voir un psy. Près de quatre ans après, je me demandais encore si je n'avais pas rêvé cette première nuit. Paul était venu à moi dans un état de demi-sommeil. Il était si réel que je retenais mon souffle de peur qu'il disparaisse. J'avais l'impression qu'il m'aurait suffi de tendre la main pour le toucher, mais je n'osais pas.

Le sentir si près de moi, plein d'amour, m'aurait suffi. Mais il m'a parlé, et j'ai perçu ses mots au plus profond de moi.

Je sais que c'est dur à croire, mais je jure que c'est ce qui s'est passé. Il m'a dit, de façon très directe, que je guérirais dans cet endroit, et que tous ceux qui y séjourneraient trouveraient également la paix et le réconfort. Authentique ou non, j'ai cru à cette promesse de toute mon âme. J'avais désespérément besoin d'une raison de vivre.

Lorsque Paul m'a assuré que je guérirais, j'étais loin d'imaginer que je tomberais à nouveau amoureuse. Le rencontrer lui avait déjà été miraculeux ; je ne m'attendais certainement pas à avoir encore autant de chance. Mais découvrir l'amour une seconde fois fut encore plus surprenant. Certes, ma relation avec Mark Taylor n'avait pas bien commencé, mais n'anticipons pas.

Après la mort de mon mari, je me suis retirée en moi-même, ce qui, en y repensant, me semble parfaitement compréhensible. Pendant trois ans, j'ai vécu dans une bulle. Je me suis mise au tricot et au jardinage, j'ai adopté un chien appelé Rover. Jamais je n'aurais envisagé de telles choses dans mon autre vie.

Ma seule constante durant cette période était Mark Taylor, mon « homme à tout faire ». Il était grognon et peu loquace, parfois même carrément déplaisant. Mais au fil du temps, nous sommes devenus amis. Il m'irritait toujours, mais de façon réconfortante – je ne vois pas comment le décrire autrement.

Mark était tout le temps là, car je l'employais pour nombre de petits boulots. En dépit de nos disputes et de nos différences d'opinions, nous étions proches, presque malgré nous. Nos prises de bec n'avaient rien de sérieux. Le taquiner m'amusait. Il adorait mes cookies, et je m'étais rendu compte que j'aurais pu lui demander n'importe quoi, ou presque, en échange d'une douceur tout droit sortie du four.

La première fois que j'ai ri à nouveau après la mort de Paul, c'était grâce à Mark. Il était en train de repeindre le mur et, en descendant de l'échelle, il avait marché dans son seau. J'en avais pleuré de rire, même si lui n'était pas amusé du tout.

J'avais beaucoup de projets pour la villa, dont la création d'une roseraie et la construction d'un kiosque. Mark les avait pris en charge, si bien que je le voyais chaque jour, souvent plus d'une fois. Il faisait partie de mon quotidien. Même quand il travaillait ailleurs, il venait toujours prendre le café à la maison d'hôtes. Nous nous asseyions sur la terrasse pour nous raconter notre journée. Parfois, nous ne disions rien. Cela ne semblait plus nécessaire. Mais notre relation n'avait rien de romantique, ce qui me convenait très bien. J'étais à mille lieues de m'imaginer que je comptais plus que cela pour lui.

Alors même que je commençais à sortir de ma coquille, Mark m'avoua qu'il était tombé amoureux de moi. Ses mots me firent l'effet d'un tremblement de terre. Et ce fut alors que l'évidence me frappa : lui aussi était devenu plus qu'un ami pour moi. Mes sentiments avaient changé trop graduellement pour que je m'en aperçoive. Quelle différence d'avec Paul ! Je n'en prenais conscience que maintenant.

Mon cœur était prêt à recevoir son amour. À peine l'avais-je accepté que je reçus un autre choc, encore plus important que le précédent. Mark m'annonça qu'il quittait Cedar Cove pour ne plus jamais revenir. Je n'y comprenais rien.

« Je t'aime, Jo Marie. Désolé, mais je pars et je ne reviendrai pas. »

Mais qui fait ça ? Et pour l'amour du ciel, pourquoi ? Voilà que déjà, il était parti. Pour de bon. Il avait vendu sa maison et donné ses affaires avant de disparaître.

Ce ne fut qu'ensuite que j'appris ce que dissimulait ce départ soudain. Par le passé, Mark était dans l'armée, cette même armée qui avait pris la vie de mon mari. Lui était revenu sain et sauf du Moyen-Orient, mais à quel prix… Il avait été forcé de laisser derrière un ami et collègue irakien, un informateur qui était devenu pour lui comme un frère.

Même si les circonstances ne dépendaient pas de lui, Mark se trouvait lâche de n'avoir pas fait tout ce qui était humainement possible pour sauver Ibrahim et sa famille. Il luttait avec sa conscience depuis son retour aux États-Unis. Il pensait ne pouvoir vraiment m'aimer que s'il repartait là-bas afin de secourir l'homme qui lui avait donné de cruciales informations pour sa mission. Mais ce serait au péril de sa vie, et je savais qu'il ne reviendrait certainement pas.

Désormais, il n'était plus là. Il n'avait pas prévu de m'avouer ses sentiments. En y repensant, je me rendais compte qu'il avait voulu m'épargner de vivre encore la perte d'un être cher.

Mais s'il pensait se montrer généreux en me quittant, il avait tort. J'appris par la suite qu'il m'avait caché la vérité de peur que je le dissuade de s'en aller, et il avait raison. J'aurais fait tout ce qui était en mon pouvoir pour le garder à Cedar Cove. Il était parti en mission suicide.

Lors de son départ, je lui avais dit, surtout par colère et par amertume, que je ne l'attendrais pas. J'avais déjà commencé à abattre les murs qui m'avaient enfermée pendant trois longues années, et je ne comptais pas les reconstruire. Je continuerais ma vie. J'irais vers d'autres hommes. Et c'est bien ce que j'ai fait, quoique sans rencontrer quelqu'un qui me fasse me sentir aussi vivante que Paul et Mark. Mais, envers et contre tout, je sortais et je me reconstruisais.

Mark était parti depuis bientôt neuf mois, et je n'avais eu de ses nouvelles qu'une seule fois. Une seule fois. Tard dans la nuit, j'avais été tirée d'un profond sommeil par un coup de téléphone. C'était Mark, qui m'apprenait qu'il était arrivé en Irak et qu'il avait trouvé Ibrahim. La connexion était mauvaise et je ne l'entendais qu'à moitié, ce qui me frustrait beaucoup. J'étais affamée d'informations, j'avais besoin d'entendre sa voix, qui ne m'arrivait que par bribes. D'après ce que je pouvais comprendre, il était en train de quitter le pays, avec Ibrahim, sa femme et leurs deux petits enfants. Où envisageait-il aller ? Comment s'y rendrait-il ? Mystère.

Durant notre conversation sporadique, Mark m'avait demandé mon aide. S'il arrivait à faire sortir Ibrahim et sa famille d'Irak, il voulait être sûr que je les aiderais à s'installer aux États-Unis. Ce qu'il ne disait pas, ou ce que je n'ai pas pu entendre à cause de la friture sur la ligne, c'était qu'il comptait sur moi au cas où il ne s'en sortirait pas vivant.

Je lui avais promis que je ferais tout ce que je pourrais pour subvenir aux besoins de cette famille. Je n'avais pas le choix. Comment aurais-je pu refuser alors que Mark risquait sa vie pour eux ?

Mais depuis, plus aucune nouvelle. Pas un mot, pas une lettre, pas un appel. Silence radio. Il n'y avait qu'une seule explication : Mark avait échoué. Tout comme Paul, il ne me reviendrait plus jamais.

Nous étions désormais en juin, et j'essayais de maintenir Mark loin de mes pensées, sans grand succès. Il m'était plus facile d'empêcher quiconque de le mentionner. Surtout ma mère, qui me répétait qu'elle priait pour lui et pour le succès de sa mission.

Il m'était plus facile d'accepter sa mort. C'était rude, bien sûr, mais il faut me comprendre : le corps de Paul n'avait été identifié qu'un an après le crash. J'avais passé chaque jour, chaque minute de cette année-là à me dire qu'il avait peut-être survécu. Je m'étais accrochée à cet espoir comme au rebord d'une fenêtre au vingtième étage d'un immeuble.

Hors de question de recommencer. Pour ma santé mentale, je devais lâcher prise. Plutôt la chute libre qu'un faux espoir.

Quelqu'un d'autre ignorait mes efforts pour passer à autre chose : Peggy Beldon. Avec son mari, Bob, ils étaient propriétaires de Vents et Marées, une autre maison d'hôtes en ville. Après mon installation, ils m'avaient en quelque sorte prise sous leur aile pour m'apprendre les ficelles du métier. C'étaient de bons amis, tout comme Grace Harding, dont le mari était mort avant mon emménagement. Elle était tombée amoureuse et s'était remariée, mais elle savait ce que c'était que d'être veuve, et m'avait aidée à franchir cette nouvelle étape de ma vie. Tous trois comptaient beaucoup pour moi.

La seule qui semblait comprendre mon attitude et y accorder de la valeur était Dana Parson. Nous nous étions rencontrées relativement récemment, en cours de spinning. Nous avions à peu près le même âge. Elle était mariée, avec deux enfants en bas âge et une carrière d'agent immobilier à temps partiel. Son mari était en télétravail, si bien que lorsque leurs enfants faisaient la sieste, Dana pouvait les lui laisser le temps d'un cours de sport.

Avant son départ, Mark s'était confié à Bob : pourquoi il vendait sa maison, pourquoi il quittait Cedar Cove pour le Moyen-Orient. C'était Bob qui était venu me trouver pour m'apprendre le fin mot de l'histoire. J'étais en colère, ce qui était bien compréhensible, mais je m'étais calmée depuis et je comprenais son raisonnement. Mark faisait ce qu'il avait à faire.

Par chance, j'avais des hôtes tous les week-ends jusqu'en août. Mais les jours de semaine étaient moins courus et la Villa Rose se remplissait selon les événements dans la région. J'avais décidé de tenter quelque chose de nouveau : prendre une locataire pendant tout l'été, avec un paiement chaque semaine.

Emily Gaffney devait arriver plus tard dans le mois, pile à la fin de l'année scolaire à Seattle. Nous avions brièvement discuté plusieurs fois au téléphone. Emily avait accepté un poste d'institutrice à Cedar Cove. Jusque-là, elle louait un appartement à Seattle, qu'elle comptait désormais sous-louer à une connaissance qui occuperait les lieux dès la mi-juin.

En bref, Emily avait besoin de déménager, et le plus vite serait le mieux. Elle songeait à acheter une maison à Cedar Cove, sans toutefois se précipiter. C'était pour cela qu'elle m'avait contactée.

Je n'avais jamais songé à prendre une pensionnaire. Là n'était pas mon intention en ouvrant la maison d'hôtes. Cependant, il faut bien avouer que je me sentais seule, et qu'un peu de compagnie au quotidien me tentait bien. Rover était un chien merveilleux, mais je manquais de conversation. Même neuf mois plus tard, je ne m'étais toujours pas habituée à ma vie sans Mark. Parfois, j'avais l'impression d'être au bord d'un gouffre prêt à m'avalcr tout entière.

Emily serait bientôt là, et j'avais hâte de la rencontrer en personne.

Un coup d'œil à ma montre m'apprit qu'il était l'heure de mon cours de spinning. J'avais toujours aimé faire de l'exercice. Pas pendant l'exercice lui-même, oh non ! Pédaler sur un vélo d'appartement jusqu'à ce que mon derrière s'engourdisse et que mes jambes semblent sur le point de se détacher, quelle horreur... Mais j'aimais beaucoup ce qui s'ensuivait : la pêche pour toute la journée avec toutes ces endorphines, un soin physique comme mental.

— Allez, j'y vais ! dis-je à Rover.

J'avais mis mon pantalon de yoga et un débardeur, avec un bandeau à pois noirs et blancs. Rover évita mon regard. Il se considérait en droit de me suivre partout où j'allais, mais je ne pouvais pas l'emmener au spinning avec moi, si bien qu'il se coucha avec la truffe sur les pattes et détourna la tête pour me punir.

— Ouvre l'œil, marmonnai-je en verrouillant la porte derrière moi.

Dana était déjà sur son vélo. Après tout ce temps, on aurait pu s'attendre à ce que mon arrière-train se soit habitué à cette selle étroite, mais pas du tout. La plupart du temps, j'en descendais avec les jambes aussi courbées qu'un cow-boy octogénaire ayant passé sa vie à cheval. Ce qu'il me fallait, c'était quelque chose de plus confortable. Un siège de tracteur, par exemple.

— Tu passes une bonne journée ? me demanda Dana.

Les cheveux tirés en queue-de-cheval, elle était en position, les bras tendus, impatiente de commencer. Moi, je fixais le vélo en essayant de toutes mes forces de trouver une excuse pour partir.

— Jo Marie ? insista Dana.

— J'ai connu mieux.

Inutile de commenter l'évidence : je ne pensais qu'à Mark. La veille, j'étais allée au cinéma avec un certain Ralph. Il était très gentil, divorcé, mais il n'y avait tout simplement pas d'étincelle entre nous, pas même une allumette. Moi qui pensais que sortir me ferait du bien, j'étais déprimée en rentrant chez moi. Je ne savais pas ce que je cherchais, mais je savais que Ralph n'y correspondait pas. La soirée s'était terminée sur une note amère lorsqu'il m'avait proposé de nous revoir. Quand j'avais refusé, il avait fallu que je lui dise pourquoi. Les hommes, il faut vraiment tout leur expliquer…

Dana me fixait, et je voyais bien qu'elle hésitait à dire quelque chose. En toute franchise, je ne voulais pas parler de Ralph, ni de Mark, ni de qui que ce soit d'autre. Je résolus son dilemme en enfourchant le vélo et en me penchant en avant pour prendre appui sur le guidon.

— Parée au départ ?

— Prête, dit Dana.

Comme tout le reste du groupe. Nous nous lançâmes dans un sifflement de roues, tête et épaules baissées, bien décidées à faire monter notre rythme cardiaque jusqu'au seuil de l'implosion afin de garder la forme et vivre plus longtemps. Ça n'avait aucun sens à mes yeux, mais qu'est-ce que j'en savais ? Je me pliais à l'exercice, je le détestais autant que je l'adorais, et j'étais heureuse ensuite d'avoir fourni un tel effort.

J'essuyai la sueur sur mon visage avec une serviette avant de pousser un profond soupir.

— On est bientôt arrivées à Paris ?

Pour nous motiver, Dana et moi additionnions nos kilomètres depuis six mois : un voyage mental à vélo jusqu'en Europe. Dana, qui était une athlète-née, était loin devant. Je n'étais pas du genre à abandonner, et même si elle arriverait très certainement à Paris avant moi, je préférais prendre mon temps dans la campagne française, en dégustant fromages et vins imaginaires.

— On y est presque, m'assura Dana.

Je ne la croyais pas du tout.

— À mercredi, lançai-je en quittant le cours.

Lorsqu'elle avait une minute de libre, ce qui était rare, Dana passait prendre le thé à la maison d'hôtes. J'appréciais ses visites : quel plaisir d'avoir une amie qui me comprenne.

J'avais hâte de prendre une douche et de me délasser sur la terrasse. Le printemps avait été magnifique jusque-là, inhabituellement ensoleillé pour Seattle. Que faire à dîner ce soir ? Je mangeais beaucoup de salades, rapides et faciles à préparer.

En m'arrêtant à la boîte aux lettres, j'y trouvai quelques prospectus, un magazine de cuisine – je les dévorais comme des romans – et quelques factures. Je posai tout cela sur le comptoir de la cuisine avant d'aller me doucher. Maintenant que j'étais revenue, Rover m'avait pardonnée. Il pencha la tête sur le côté en me regardant.

— Je t'ai déjà promené aujourd'hui, lui rappelai-je.

Je le gâtais terriblement, au point que nos rôles s'inversaient. Il me fallait lui rappeler de temps à autre que c'était moi le chef, pas lui – un combat perdu d'avance.

Après ma douche, je me sentais beaucoup mieux et m'installai sur la terrasse, au soleil, dans mon fauteuil en osier blanc, les pieds sur l'ottomane, un verre de thé glacé à la main. C'était ma place habituelle, au point que j'en oubliais presque d'apprécier la vue. La baie s'étendait en contrebas, avec sa marina pleine de bateaux de toutes tailles qui dansaient à la surface de l'eau. Les montagnes Olympiques se dressaient dans le lointain sous un ciel radieux. Après avoir laissé ce spectacle m'hypnotiser quelques instants, j'ouvris mon magazine.

C'est alors qu'une carte postale s'échappa d'entre les pages.

Elle venait de l'étranger, comme en témoignait le timbre, et même si elle n'était pas signée, je sus tout de suite qu'elle était de Mark.

*Je profite de la plage à Jeddah !*

*Pas de réseau pour les codes.*

*J'ai retrouvé les bagages perdus, mais le mien est très abîmé. En train de rentrer.*

*Je t'aime.*

# 2

## Mark Taylor

Je n'ai jamais été le genre de héros suave et bardé de muscles qu'on croise dans les romans d'amour. Parce que j'étais grand et mince, on m'avait surnommé « Maigrichon » au lycée. Je m'étais un peu remplumé après la vingtaine, mais en me regardant dans le miroir, je ne me trouvais pas beau. Non que je fasse vraiment attention à ces choses-là : j'étais ainsi, voilà tout – et je ne voudrais pas sembler vulgaire, mais je me foutais bien de l'avis des autres.

Du moins jusqu'à ma rencontre avec Jo Marie.

Son opinion de moi m'importait désormais tant – un développement bien involontaire de ma part – que j'étais prêt à risquer ma vie pour être digne d'elle. C'était pour Jo Marie que je me retrouvais aujourd'hui au beau milieu d'une zone contrôlée par Daech, à la frontière de la Syrie. Il faisait si chaud que la chaleur nous vidait de toutes nos forces. La température moyenne était de quarante-six degrés juste après midi et, comme si le soleil ne suffisait pas, nous portions des couches et des couches de vêtements. Après près d'un an à cuire sous le ciel d'Irak, on aurait dit que j'étais du coin.

Ma mission était de retrouver mon ami et ex-informateur, Ibrahim, et leur faire quitter le pays, à lui et sa famille – sa femme, Shatha, et leurs deux enfants. Le gouvernement américain m'avait aidé à passer la frontière, mais pas gratuitement : on m'avait chargé d'une autre mission au passage, une mission qui aurait dû être maintenant finie. Malheureusement, ce n'était pas le cas. Localiser Ibrahim, qui se cachait au nord de l'Irak chez des parents, avait été le plus difficile : repartir aurait dû être une promenade de santé. Mais rien ne se passe jamais comme prévu, pas vrai ? En tout cas, pas pour moi. Nous étions cernés par des hommes qui voulaient notre mort depuis bientôt quatre mois. Bien sûr, c'était déjà le cas la dernière fois que j'étais dans la région, du temps où elle était contrôlée par l'armée américaine. Je savais déjà en arrivant que je risquais fort de ne pas survivre à tout ça.

Sans les capacités médicales de Shatha, je me serais retrouvé six pieds sous terre. C'est ça, quand on se prend une balle. Il m'avait fallu près de trois mois pour me sentir suffisamment fort pour repartir, et nous avions à présent repris la route, tant bien que mal, vers l'Arabie saoudite, à la rencontre de notre équipe d'exfiltration.

En arrivant en Irak, j'avais mis des semaines à retrouver la piste d'Ibrahim. Durant mon déploiement, nous travaillions ensemble : je parlais couramment farsi et arabe, et Ibrahim était mon informateur. Puis, du jour au lendemain, sans signes annonciateurs, mon unité avait quitté la région. Ce départ abrupt m'avait choqué : en quelques heures à peine, tout le complexe était démantelé et nous avions disparu, à croire que nous n'avions jamais été là. Je ne pouvais pas me justifier auprès d'Ibrahim. Je ne pouvais pas lui dire que je partais, ni trouver un moyen de l'aidcr. Lc protocole exigeait que nos informateurs nous confient leurs armes. Avant de partir, nous ne les leur avions pas rendues. En d'autres termes, notre disparition soudaine les laissait sans défense. J'avais bien tenté d'expliquer à mon supérieur que nous les condamnions à mort, mais il ne pouvait rien faire. Il obéissait aux ordres, ça n'allait pas plus loin. Lorsque j'avais insisté, en disant que cela revenait à les assassiner nous-mêmes, cela n'avait fait aucune différence.

Cette expérience m'avait dégoûté de l'armée. À la fin de mon contrat, je n'avais pas souhaité me réengager. Cette décision n'avait rien d'anodin pour moi. J'étais fils de militaire, et ma famille servait son pays depuis la Seconde Guerre mondiale. Mon grand-père était sous les ordres de George Patton, mon père avait fait le Vietnam, et tous deux avaient été décorés.

J'avais toujours imaginé suivre leurs traces. Voilà que sous le coup d'une colère plus que justifiée, j'avais tourné le dos à ce futur-là. Je n'étais heureux que d'une chose : que mon père ne soit plus là pour le voir. Quoique, en vérité, je pense qu'il aurait été d'accord avec moi.

Sans but dans la vie, je m'étais installé à Cedar Cove, et comme j'étais doué de mes mains, j'étais devenu « homme à tout faire ». Par chance, je n'avais pas besoin d'argent. Mes parents étaient tous deux décédés et mon père avait fait de bons investissements : avec un peu de prudence, je pourrais vivre de mon héritage pour le restant de mes jours. Je n'avais pas besoin de proches non plus. Mon seul ami, l'homme auquel j'aurais confié ma vie, était Ibrahim, et je l'avais abandonné à un sort inconnu, sans doute à la torture. Lui, Shatha et leurs deux enfants innocents étaient comme déjà morts. Sachant cela, j'avais du mal à vivre avec moi-même.

Peu après mon installation à Cedar Cove, j'ai rencontré Jo Marie, une veuve de guerre. Son mari était mort en héros, tout l'inverse de moi. Je n'avais encore jamais été amoureux, et rien ne m'avait préparé aux changements qui s'effectueraient en moi. C'était comme si elle faisait désormais partie de mon âme, comme si nous respirions ensemble. Je l'avais tout le temps à l'esprit. La laisser derrière moi fut la pire épreuve de ma vie. Il m'aurait été moins douloureux de me couper un membre. Même maintenant, avec cette blessure par balle, j'étais convaincu que si je vivais encore, c'était grâce à Jo Marie.

Après qu'on m'avait tiré dessus, après la fièvre, tout ce que je voulais, c'était la retrouver. Shatha me disait que, dans mon délire, je lui avais longtemps parlé ; je n'en gardais que peu de souvenirs, juste sa voix qui me suppliait de rester en vie. J'aurais pu jurer que je l'entendais vraiment, qu'elle me suppliait de ne pas abandonner, de lui revenir. Malgré la douleur, malgré l'épuisement, je devais continuer, pour elle.

Lorsque je l'avais rencontrée, Paul était mort depuis moins d'un an et elle était submergée par le chagrin. Pour elle comme pour lui, le sacrifice avait été terrible. Durant cette première année, j'avais fait de mon mieux pour l'aider avec la maison d'hôtes. Peu à peu, nous nous étions mis à passer plus de temps ensemble. Elle était vive, et drôle, et elle avait des opinions bien arrêtées. Sacrément arrêtées, d'ailleurs ! J'adorais la faire tourner en bourrique. Il me semblait que cela l'aidait à se sentir vivante, à se distraire de son deuil.

Mon propre amour pour elle m'avait pris par surprise. Peut-être aurais-je dû le voir venir. Mais je n'avais jamais rien connu de tel et je ne savais pas comment gérer ces émotions. De toute façon, un amoureux transi, c'était bien la dernière chose dont Jo Marie avait besoin. J'ai préféré garder tout cela pour moi et être patient. Je n'étais jamais loin, mais je l'aimais de loin ; et je faisais de mon mieux pour lui dissimuler la profondeur de mes sentiments.

J'avais attendu pendant près de deux ans que son deuil s'apaise. Elle s'était emmurée en elle-même, et il lui avait fallu tout ce temps pour baisser la garde. Quels que soient les projets en cours dans la maison d'hôtes, j'en faisais ma priorité, tout simplement parce qu'ils me permettaient de passer un moment avec elle. Elle pensait que si je venais la voir n'importe quand dans la journée, c'était pour ses cookies. En vérité, je n'étais pas là pour ça – non que je cherche à discréditer sa cuisine, mais la raison, c'était elle, toujours elle.

Difficile de dire quand exactement j'avais pris la décision de secourir Ibrahim et sa famille. Mais je savais que je ne pouvais pas commencer une relation avec cette femme que j'aimais, moi qui avais si gravement failli à cet homme que je considérais comme un frère. Sans compter que Paul Rose, lui, était un héros... Je me disais que tant que je n'aurais pas réparé mes fautes, je ne serais pas digne d'elle.

— *Sadiki,* m'appela Ibrahim – *mon ami,* en arabe. Tu es réveillé ?

Je clignai des yeux. Lui sourire me demandait un effort.

— Bois un peu, dit-il en me soutenant la tête pour porter une bouteille à mes lèvres.

L'eau me coula le long du menton. Je fis de mon mieux pour boire. À d'innombrables reprises, j'avais supplié Ibrahim de m'abandonner : lui et sa famille s'attardaient dans le pays par ma faute. Sans moi, nous aurions été en sécurité depuis des semaines déjà. L'armée avait programmé une série de dates, de lieux et d'heures pour notre évacuation. À cause de mes blessures, nous avions déjà manqué trois de ces rendez-vous.

Et pourtant, il refusait de me laisser là.

Je me sentais coupable. Moi, je l'avais laissé. Mais en dépit du danger qui menaçait sa famille, il n'imaginait pas me traiter ainsi. Ainsi était Ibrahim, un ami, un frère.

— On y va ? demandai-je en priant pour trouver la force de bouger.

Nous nous déplacions surtout la nuit, sous couvert de l'obscurité. À chaque ville ou village, nous nous séparions. Shatha avançait avec les deux enfants pendant qu'Ibrahim restait en arrière avec moi. Partout où nous allions, la sécurité était renforcée. Nous ne pouvions faire confiance à personne, et il était plus sûr de ne pas rester en groupe dans les zones fréquentées.

Traîner quelque part aggravait les risques. Au rythme auquel nous progressions, selon mes calculs, nous n'atteindrions l'équipe d'évacuation que dans deux semaines, et encore. En d'autres circonstances, nous y serions parvenus en trois jours à peine.

— Repose-toi, dit Ibrahim lorsque je me redressai sur un coude.

— Non, il faut avancer...

— Tu es trop faible.

Je me forçai à m'asseoir, choqué de voir quel énorme effort cela représentait pour moi. Le vertige me prit et la douleur me transperça le flanc. Je retombai en arrière sur le lit que m'avait préparé Shatha, en respirant laborieusement.

— Repose-toi, mon ami, répéta Ibrahim dans un murmure en m'aidant à m'étendre à nouveau. Nous avancerons demain.

Amin rejoignit son père et m'étudia avec toute la gravité de ses six ans. Ibrahim lui avait donné ce nom – qui signifiait en substance « digne de confiance » – en mon honneur. Il n'aurait pas pu l'appeler *Mark*, mais il me considérait comme quelqu'un d'intègre.

— Ça va, l'éclaireur ? lui demandai-je en arabe.

Amin sourit. Je l'appelais ainsi parce qu'il avait un vrai talent pour repérer ce qui nous échappait, à son père et à moi.

— Ça va, et toi ? répondit-il en anglais, ce qui lui valut un regard d'avertissement d'Ibrahim.

Je serrai sa petite main dans la mienne et lui assurai que j'allais bien. Mais je mentais, et même s'il m'en coûtait de l'admettre, je m'affaiblissais de plus en plus. Si nous ne progressions pas plus vite, notre dernière chance de quitter le pays s'envolerait, et tout serait perdu.

Nous étions trop proches du but pour abandonner.

— Non, il faut avancer, dis-je en fixant Ibrahim. Nous n'avons pas le choix.

— Il faut d'abord que tu te remettes...

— Pas le temps.

Ibrahim soupira. Lui aussi savait bien que le temps pressait.

— Soit on y va, soit tu me laisses là.

Je vis le doute assombrir son visage, et je lui pris la main, surpris par ma propre force, pour répéter :

— Nous n'avons pas le choix !

Après un moment qui me sembla très long, Ibrahim hocha la tête.

— Allons-y.

Amin sauta sur ses pieds et courut prévenir sa sœur et sa mère.

# 3

## Emily Gaffney

PERSONNELLEMENT, je trouvais qu'on accordait trop d'importance à l'amour. J'avais été amoureuse deux fois dans ma vie, et les deux fois, cela s'était mal terminé. Mon premier amour – quelle fille ne se souviendrait pas de son premier amour ? – avait été à l'université. J'aimais tant Jayson que j'aurais fait n'importe quoi pour lui.

C'était à cause de Jayson, et plus tard de James, que j'avais décidé de quitter Seattle pour accepter un travail à l'école de Cedar Cove, ce qui m'avait menée à cet accord de location avec Jo Marie Rose, à la Villa Rose.

En me garant dans l'allée, je fus frappée par l'élégance de la villa. Le bâtiment de deux étages, peint d'un blanc brillant, devait dater des années 1920 ou 1930. Une large terrasse en faisait tout le tour, agrémentée de chaises en osier et d'un grand fauteuil, ainsi que de plusieurs larges pots de fleurs rouges. Même depuis ma voiture, je me rendais compte que la vue sur la baie était sublime. Un sentiment de paix et de réconfort m'envahit aussitôt, quelque chose que je n'avais pas éprouvé depuis bien longtemps. J'en avais eu un avant-goût en consultant le site de la villa. Combien de temps avais-je passé à regarder les photos du lieu ? Difficile à dire. Après avoir traversé des moments difficiles, durant lesquels j'avais beaucoup perdu, je ne savais plus où se dirigeait ma vie. Mais j'étais sûre d'une chose : j'en avais fini avec l'amour. Je ne cherchais plus mon *happy ending*, car je savais que je ne le trouverais pas.

En grandissant, je m'étais fait une idée radieuse de mon futur, comme on le dépeint si joliment dans les romans d'amour. Je voulais épouser l'homme idéal. C'était tout ce que je souhaitais : un mari, une maison, un jardin et quelques arbres fruitiers, et plein d'enfants. Un idéal peut-être un peu daté, à notre époque. On attend des féministes qu'elles soient plus ambitieuses, pas vrai ? Mais je n'aspirais à rien d'autre. Et j'étais parfaitement heureuse dans mon travail d'institutrice.

Après l'échec de deux fiançailles, j'avais fini par accepter de revoir mes projets. Je n'avais peut-être pas de mari, mais ça ne voulait pas dire que je ne pouvais pas adopter des enfants et trouver au moins la maison de mes rêves. Et pour cela, Cedar Cove me semblait parfait.

J'observais toujours la villa. Elle correspondait à ce que promettait le site web, et dépassait même mes attentes. Je n'avais jamais eu autant besoin de tranquillité. Ma famille et mes amis n'étaient pas très contents de mes choix – et c'est un euphémisme. J'avais quitté mon travail à Seattle ; à la place, j'avais accepté un emploi qui payait beaucoup moins bien dans un autre district, j'avais sous-loué mon appartement et j'avais emménagé de l'autre côté du détroit de Puget.

Cedar Cove était suffisamment loin pour me laisser mon indépendance, mais assez proche pour que je puisse rendre visite à ma famille pour les anniversaires et les fêtes. En substance, je repartais de zéro. J'abandonnais mon rêve d'une vie domestique heureuse, j'aspirais à m'épanouir dans ma carrière, et je préparais mon futur. Je n'avais pas besoin qu'un homme me complète. Après avoir déjà tenté l'aventure deux fois, j'avais décidé d'arrêter les paris, car mon cœur n'en pouvait plus. Je me moquais qu'on m'accuse d'avoir baissé les bras. Fini, les contes de fées ; fini, les hommes ; fini, la romance. Tout ça n'était pas pour moi.

Le plus drôle – enfin, façon de parler –, c'était que j'avais découvert Cedar Cove l'été dernier, aux retrouvailles des anciens du lycée avec l'homme qui était, à l'époque, mon fiancé. Cette petite ville typique m'avait beaucoup plu et je m'étais promenée dans les rues en savourant l'atmosphère si chaleureuse et accueillante qui y régnait. James et moi avions fait un tour au marché et à la bibliothèque municipale, où un grand totem semblait monter la garde devant la marina ouverte sur la baie.

Ce jour-là, James était silencieux et grognon. Ce n'était que plus tard que j'avais découvert pourquoi. Sur le moment, je m'étais contentée d'apprécier la ville. Après avoir rompu nos fiançailles, j'avais découvert qu'ils cherchaient un enseignant de maternelle et j'avais envoyé ma candidature sur un coup de tête. Je ne pensais pas qu'ils me prendraient et j'étais ravie qu'ils le fassent.

Par la suite, je m'étais demandé si ce n'était pas un moyen inconscient de garder un lien avec James. Cette idée m'avait hantée un moment, puis elle m'était apparue comme fausse. J'aimais James, vraiment. Assez pour avoir rompu nos fiançailles moi-même. Il aurait sans doute fini par le faire, mais j'avais préféré prendre les devants. Nous aurions pu nous marier, voire être heureux, mais j'aurais toujours conservé ce doute, cette graine d'incertitude plantée en moi durant cette réunion des anciens où James avait revu Katie, son premier amour.

Je sentais que j'avais eu raison de quitter Seattle pour tout recommencer, et lorsque l'école de Cedar Cove m'avait embauchée, j'avais eu l'impression de retrouver un but. J'allais me lancer dans une nouvelle vie, délivrée de ces attentes de contes de fées dont je rêvais encore. Délivrée de toute attente.

Quant aux enfants... Eh bien, pour le moment, je pouvais déverser mon amour sur mes élèves, mes nièces et mes neveux. Je comptais par la suite accueillir des enfants en placement et, peut-être, en adopter moi-même. J'avais hissé le drapeau blanc et renoncé à mes espoirs d'antan, et même s'il m'avait fallu près d'un an pour m'y résoudre, j'y étais parvenue. J'étais prête à aller de l'avant.

Mes parents, habitués à notre proximité, avaient été particulièrement contrariés par mon déménagement. Ma mère avait mis une stratégie en œuvre – qui reposait entre autres sur le fait de me présenter à tout homme célibataire sur lequel elle mettait la main. C'en était devenu gênant, surtout quand je lui avais clairement exprimé mon désintérêt. J'avais donné sa chance à l'amour, ça n'avait pas marché, ce n'était la faute de personne. Tout ce que j'en avais retiré, c'était quelques bagues de fiançailles, que j'avais fini par revendre pour faciliter l'achat de ma future maison.

Ma mère, bien sûr, ne voulait que mon bonheur, mais je savais aussi qu'elle n'avait qu'une envie, organiser le mariage du siècle. Malheureusement, j'avais beau lui répéter que ça n'arriverait pas, elle refusait de me croire.

Chassant toutes ces pensées négatives, je revins à la villa en laissant échapper un soupir. J'extirpai ma lourde valise du coffre et la traînai vers l'entrée. Je comptais commencer à chercher une maison immédiatement, et je ne pensais pas avoir besoin de plus d'un mois pour trouver le lieu idéal. Mon prêt avait déjà été approuvé et j'avais de quoi fournir un considérable acompte grâce à l'argent mis de côté pour des mariages qui n'avaient jamais eu lieu.

En arrivant en ville, j'avais fait un tour des adresses repérées sur Internet. N'importe laquelle de ces maisons aurait fait l'affaire, sans doute, mais aucune ne m'enthousiasmait. Étais-je trop difficile ? Peut-être bien. Mais je cherchais plus que quatre murs et un jardin : il me fallait un endroit qui me rendrait heureuse pour le restant de mes jours.

La porte de la villa s'ouvrit sur une femme qui ne semblait pas beaucoup plus âgée que moi. Ce devait être une autre cliente. Elle me regarda approcher.

— Je suis bien à la Villa Rose ? lui demandai-je.

— Vous devez être Emily Gaffney, dit-elle en souriant. Je suis Jo Marie Rose. Bienvenue.

Elle, Jo Marie Rose ? Nous n'avions jusque-là discuté qu'au téléphone, et je ne l'aurais pas crue si jeune. Ma surprise parut l'amuser. Elle baissa les yeux sur le chien à poil ras à ses pieds :

— Et voici Rover.

Le chien, de race indéfinie, s'assit en penchant la tête sur le côté pour me regarder, comme s'il m'évaluait. Apparemment, je lui convenais, car sa queue battit joyeusement contre les planches de la terrasse.

— Votre chambre est prête. J'espère que cela ne vous dérange pas d'être au deuxième étage, dit Jo Marie en me précédant à l'intérieur.

Je m'arrêtai pour prendre le temps d'admirer l'intérieur. L'entrée était plus petite que je ne l'aurais cru pour une maison si grande, avec une imposante volée d'escaliers. À ma gauche, une salle à manger meublée de façon assez formelle, avec des chaises assorties, pouvait accueillir une vingtaine de personnes. Dans le fond, une grande salle avec une cheminée. Toutes les pièces ou presque donnaient sur la baie, dont les eaux bleu-vert attiraient le regard. Comme lorsque j'avais étudié les photos de l'endroit, la marina où dansaient les bateaux retint mon attention.

— Pas de problème pour le deuxième étage, assurai-je en m'arrachant à la vue. Je suis bien contente que vous ayez accepté ma proposition. Je suis sûre que j'aurai trouvé une maison d'ici la fin de l'été.

— Vous êtes la bienvenue aussi longtemps que nécessaire.

Elle me guida dans une immense cuisine et, comme par réflexe, sortit une carafe du réfrigérateur et nous versa à toutes les deux un verre de thé glacé. Puis elle m'invita à m'asseoir avec elle sous le porche, chacune dans une chaise en osier. Je pensais qu'elle demanderait mes informations bancaires et qu'elle m'informerait des règles de vie chez elle ; lors de ma réservation, nous avions discuté de ses attentes pour un locataire de plus de quelques jours. Peut-être voulait-elle me les rappeler. Mais non : elle m'accueillit comme une amie.

— Quel bel après-midi, commenta-t-elle tandis que nous nous installions. Apprenons un peu à nous connaître. Vous avez fait bon voyage ? Il y a parfois d'horribles embouteillages sur le pont.

— Non, aucun problème, répondis-je en profitant de la brise qui rafraîchissait la terrasse.

Je m'étais levée très tôt, vers cinq heures. La plupart de mes possessions étaient déjà au garde-meuble et je m'étais effondrée dans un lit d'hôtel près de l'aéroport, épuisée, après avoir nettoyé mon appartement pour mes sous-locataires. Maintenant que j'étais à la villa, je n'avais qu'une envie, fermer les yeux pour une sieste.

Jo Marie but une gorgée de thé glacé.

— Cette villa est un endroit très spécial.

— Oui, elle est magnifique, et la vue est sublime.

— C'est vrai. Mais ce n'est pas ce que je voulais dire.

Elle me regardait avec tendresse, à croire qu'elle en savait plus sur moi que ce que je lui avais raconté. Je la vis hésiter.

— Elle est bien plus que cela, souffla-t-elle finalement.

— Comment ça ?

— Ce n'est pas une maison d'hôtes ordinaire… C'est un lieu où l'on peut se ressourcer. Guérir.

Apparemment, j'avais des airs d'âme en peine.

— Pardon ? J'ai l'air d'avoir besoin de guérir ? plaisantai-je en espérant ne pas sembler sur la défensive.

— Oh, désolée… Non. Ce n'est pas ce que je voulais dire. Mais lorsque je vous ai vue, il y avait quelque chose dans vos yeux… Comme moi quand j'ai visité la villa pour la première fois.

— Oh.

— Mon mari était mort depuis quelques mois à peine et j'étais écrasée par le deuil.

— Aucun de mes proches n'est mort, dis-je très vite.

Mieux valait changer de sujet. Je ne voulais pas me montrer impolie ou lui couper la parole, mais nous venions tout juste de nous rencontrer et je n'avais pas envie de me confier à une quasi inconnue. Ce n'était pas mon genre, et je préférais garder mes secrets pour moi. Pas question de m'épancher sur mes fiançailles brisées, la raison de ces échecs, et le tour nouveau que j'avais décidé de donner à ma vie.

— Je cherche à acheter une maison.

— Oui, vous l'avez mentionné...

Elle devait avoir compris que je voulais éviter les sujets personnels pour ne pas s'étonner du virage abrupt de la conversation.

— Le quartier est très sympathique, fis-je remarquer d'un ton absent.

De tous ceux que j'avais parcourus en voiture, c'était celui qui m'attirait le plus. Il avait aussi l'avantage d'être près de l'école où je devais faire ma rentrée en septembre, et non loin du modeste centre-ville, de la bibliothèque, du marché et d'autres commodités.

— On peut se rendre à plusieurs restaurants à pied depuis la villa. C'est pour ça, entre autres, que l'emplacement est parfait pour mes clients, commenta Jo Marie. Le seul problème, c'est la pente, qui peut rendre les marches fatigantes, mais je m'y suis habituée. Même si vous auriez du mal à me le faire admettre lorsque je rentre du marché le samedi avec plusieurs kilos de produits de la mer tous frais !

J'étais suffisamment détendue pour lui sourire.

— Est-ce qu'il n'y aurait pas des maisons à vendre dans le coin qui ne seraient pas dans les agences ?

— Pas que je sache, mais mon amie Dana est agent immobilier et pourrait vous en montrer quelques-unes. Qu'avez-vous en tête ?

Je lui décrivis la maison que j'avais bâtie dans mon esprit. Si je pouvais trouver quelque chose qui s'en rapprochait ne serait-ce qu'un peu, je serais heureuse.

— Ça me rappelle..., hésita Jo Marie. Il y a une maison à trois rues d'ici qui ressemble à ce que vous décrivez. Elle est assez ancienne et en cours de rénovation. Je ne sais rien du propriétaire.

— Vous avez l'adresse ?

— Non, mais elle n'est vraiment pas loin, je peux vous indiquer le chemin. Elle est sur Bethel Street, vous ne pouvez pas la rater.

Je décidai d'aller y faire un tour lors de mon jogging du matin.

Nous poursuivîmes notre conversation pendant quelques minutes encore, en traitant cette fois non plus de sujets personnels, mais bien de nos attentes respectives pour mon séjour prolongé. Au lieu d'acheter mes propres provisions, je partagerais les frais avec elle et nous cuisinerions chacune à notre tour. Je ne me joindrais pas aux petits déjeuners avec les autres clients, ce qui m'allait très bien. Après mon jogging matinal, je me contentais d'un milk-shake protéiné, que je préparais moi-même, et d'un déjeuner léger le midi – un sandwich ou une salade, tout comme Jo Marie. Nous n'aurions en commun que nos dîners.

Elle était flexible et semblait facile à vivre : nous ferions la paire. J'avais l'impression d'être de retour à l'université, à apprivoiser ma copine de chambre. Comme l'activité de la villa battait son plein durant les week-ends, j'acceptai aussi de lui donner un coup de main si nécessaire.

Après notre discussion, elle me conduisit à ma chambre, qui était adorable. Elle l'appelait la chambre Lavande, d'après la couleur des murs, frangés de fleurs blanches et mauves autour du plafond. La couette immaculée sur le grand lit s'assortissait d'oreillers couleur lavande, évidemment. Le balcon, avec sa porte-fenêtre, s'ouvrait sur l'avant de la villa, si bien que je n'avais pas vue sur la baie. Dommage, mais pas si grave.

La nuit avait été bonne, à l'exception d'un détail. Vers trois heures du matin, j'avais entendu un bruit dans le jardin. En ouvrant la porte-fenêtre pour voir ce qu'il en était, j'avais aperçu un homme qui promenait son chien en contrebas. Bizarre, non ? Difficile de distinguer son visage, mais le chien était assez imposant, peut-être un berger allemand. J'étais retournée me coucher en décidant de le mentionner à Jo Marie le lendemain.

Mon réveil me sortit du sommeil à six heures. Le soleil était déjà levé, et la journée promettait d'être magnifique. Mon Smartphone m'apprit qu'il ferait un peu plus de vingt degrés, une agréable surprise pour le mois de juin dans le Nord-Ouest Pacifique.

Je m'assis dans mon lit pour écrire un peu dans mon journal, que je tenais depuis presque toujours. Je lus ensuite quelques pages d'un roman avant d'enfiler ma tenue de jogging : un short et un débardeur. Après quelques étirements sur la terrasse, je me lançai dans les rues, d'abord lentement, puis de plus en plus vite. Je ne gagnerais jamais de médaille, mais ce n'était pas la compétition qui m'intéressait. Je courais pour toute une variété de raisons. La plus importante : j'aimais ça. J'avais reçu un très bon conseil d'un collègue prof d'EPS – « pour prendre l'habitude du sport, faites ce qui vous fait plaisir ». Pour moi, c'était la course à pied.

Je partis vers Bethel Street pour dénicher la maison mentionnée par Jo Marie. Elle m'avait dit que même sans l'adresse précise, je ne pourrais pas la rater, et elle avait raison. Je la reconnus dès que je la vis.

En effet, elle paraissait assez ancienne – elle datait sans doute des années 1950 ou 1960, et devait avoir été longtemps négligée. L'extérieur était quasiment à l'abandon : le porche s'était affaissé et les parterres de fleurs étaient infestés de mauvaises herbes, seule source de verdure. La pelouse se réduisait à quelques touffes d'herbe jaunie. À l'évidence, elle n'avait pas été arrosée depuis des mois. Malgré tout, cette propriété m'attirait énormément. Peut-être parce que je me sentais comme elle, abîmée par la vie, ignorée, abandonnée.

On avait dû la chérir à une autre époque. Si la personne en charge de la retaper en avait conscience, sa beauté d'antan reviendrait. Les travaux étaient lancés, comme en témoignaient le bois empilé devant la maison, les tréteaux et le reste du matériel.

Je m'arrêtai pour l'étudier et, aussitôt, je sentis au plus profond de moi que c'était ce qu'il me fallait pour le futur que j'envisageais. Même sans avoir visité l'intérieur, j'en étais certaine. Elle était bien plus vaste que ce dont j'avais besoin pour le moment, avec au moins quatre chambres, voire plus, ce qui était parfait. Le jardin et le verger me séduisirent également. Rien n'indiquait en revanche que le propriétaire comptait vendre. Ce n'était que pure spéculation de ma part ; il fallait que je lui pose la question.

Je décidai d'aller voir le verger de plus près – une cinquantaine d'arbres environ. Dès que j'y pénétrai, je découvris un chemin envahi par la végétation.

La fraîcheur de l'ombre était la bienvenue après ma course. Je préférais amplement faire mon jogging entourée de verdure plutôt que sur du béton. L'herbe m'arrivait aux chevilles, mais le sentier était facile à suivre. Plusieurs de ces arbres étaient des pommiers. Les autres ressemblaient à des poiriers et des pruniers. Les tout jeunes fruits pendaient aux branches, et je m'arrêtai plusieurs fois pour les examiner. Déjà, je rêvais de vin cuit, de gelée de prunes, de poires au sirop.

À mi-chemin, j'entendis un grognement derrière moi. La peur me fit aussitôt battre le cœur. Je me retournai prudemment pour découvrir un grand berger allemand à deux mètres à peine. Il montrait les dents, comme prêt à attaquer à la moindre provocation. Ses yeux étaient sombres, menaçants. À l'évidence, c'était un chien de garde chargé de chasser les intrus.

— Coucou, toi, dis-je lentement.

Je craignais qu'il ne se rue sur moi pour me mordre la jambe au moindre mouvement brusque. Pétrifiée, je cherchai son maître des yeux, mais il n'y avait personne. C'était l'impasse. Je ne bougeais pas et lui non plus.

Puis il pencha la tête sur le côté comme pour se demander ce que je faisais là.

— On pourrait être amis, dis-je à voix basse. Non ? Qu'est-ce que tu en penses ?

Ma voix tremblait, ce qui m'insupportait. Les animaux sentaient la peur, et j'avais beau faire bonne figure, je ne pouvais pas cacher mon appréhension.

Impossible d'expliquer ce qui se produisit ensuite. Le chien m'étudiait toujours. Puis, je ne sais comment, il sembla comprendre que je n'étais pas une menace. Son regard plongé dans le mien, il fit une chose complètement inattendue.

Il remua la queue.

Tout mon corps se relâcha aussitôt sous l'effet du soulagement. Je n'avais pas eu conscience de m'être tendue à ce point. Nous nous approchâmes un peu et je mis un genou à terre pour lui caresser la tête, toujours sur mes gardes. Une médaille d'argent pendait à son collier. *Elvis.*

— Un chien du genre *Love Me Tender*, je vois.

Il était peut-être du style méchant loup, mais il avait clairement compris que je n'étais pas son ennemie, ni celle de son maître.

— Qu'est-ce que tu peux me dire sur cette maison et celui qui y vit ? demandai-je.

Puis je souris : si on m'entendait, on se dirait que j'étais un peu idiote, à demander l'avis d'un chien. Je jetai encore un regard alentour, sans voir personne. Alors je me relevai et finis mon jogging, bien décidée à revenir le lendemain pour me renseigner sur les lieux.

Lorsque j'entrai dans la cuisine, Jo Marie était levée et s'affairait aux fourneaux.

— Bien couru ? me demanda-t-elle en glissant une plaque de cookies dans le four.

— Très bien, dis-je en prenant une bouteille d'eau dans le réfrigérateur. Je suis allée voir la maison que vous aviez mentionnée.

— Et alors ?

— Elle m'a beaucoup plu. J'espérais rencontrer celui qui s'occupe de la retaper, mais il n'y avait personne. Je réessaierai demain.

— Je vous ai parlé de Dana, mon amie agent immobilier. Elle ne vit pas très loin d'ici, et je la verrai plus tard au spinning. Elle aura peut-être d'autres informations. Je peux lui poser la question, si vous voulez.

— Je veux bien, merci.

Je la laissai dans la cuisine et montai à l'étage pour prendre une douche. Après moins de vingt-quatre heures à Cedar Cove, je m'y sentais déjà comme chez moi.

# 4

## Jo Marie

EMILY N'ÉTAIT LÀ QUE DEPUIS UNE SEMAINE, mais nous avions déjà notre routine. J'avais remarqué que nous nous levions à la même heure. Pendant que je préparais le petit déjeuner pour les clients, elle partait faire son jogging et revenait peu après que j'ai fini de débarrasser la table. Pendant que je m'occupais de la vaisselle, elle reprenait son souffle et se préparait un milk-shake. Je ne pouvais qu'admirer ses habitudes alimentaires. Un matin, elle m'en avait préparé un aussi, et j'avais adoré. Moi-même, je sautais le petit déjeuner, qui n'avait jamais été mon repas préféré, mais je respectais un tel équilibre chez elle.

Comme Emily n'arrivait pas à croiser celui qui s'occupait des réparations, Dana avait promis de se renseigner sur la maison de Bethel Street. Pour le moment, ni l'une ni l'autre n'avait pu parler au propriétaire. La fascination d'Emily pour cette propriété me semblait curieuse. Elle la mentionnait si souvent que j'étais allée voir en promenant Rover. C'était une monstruosité en ruine et je ne voyais vraiment pas ce qu'elle lui trouvait. Lorsque j'étais passée devant, un berger allemand s'était rué contre la clôture en grognant et en aboyant avec frénésie. Rover lui avait jeté un regard noir et avait aboyé en retour ; il semblait insulté par un tel traitement, et à vrai dire, j'étais d'accord avec lui. Ce n'était pas comme si nous allions entrer sans permission.

Le soir était mon moment préféré de la journée. Emily et moi préparions le dîner tour à tour. C'était un plaisir de la laisser faire la cuisine, il fallait l'avouer. La plupart de mes clients sortaient le soir, et je ne proposais pas d'autre repas que le petit déjeuner. Ma pensionnaire se révéla très douée aux fourneaux. Elle n'utilisait que des ingrédients frais, fronçant le nez devant les aliments transformés. Je ne les aimais pas non plus, mais lorsque je ne cuisinais que pour moi-même, un plat préparé au micro-ondes était tellement plus simple. Je ne voulais pas déployer trop d'efforts juste pour moi. Pour deux, je me donnais la peine de vraiment cuisiner.

Ce soir-là, après le dîner, Emily et moi nous assîmes ensemble sur la véranda, devant la baie. Nous étions silencieuses, plongées dans nos pensées. Comme d'habitude, Mark occupait les miennes. Je faisais ce que je pouvais pour le chasser de mon esprit, en vain, surtout après cette carte postale. Elle avait été envoyée plusieurs semaines auparavant et semblait suggérer qu'Ibrahim était blessé, ou peut-être un des membres de sa famille.

— Si seulement je savais où était Mark…

— Mark ? dit Emily en se tournant pour me regarder. Qui est-ce ?

J'avais parlé à haute voix sans m'en apercevoir. Mentionner son nom ainsi était un peu bizarre. Je tentai de lui répondre :

— Désolée. C'est un ami… Non, c'est plus qu'un ami.

— Il est en voyage ?

La question avait du sens, bien sûr.

— En Irak, dis-je sans autre explication.

— Dans l'armée ?

— Autrefois, oui. Il est reparti de son propre chef pour trouver un ami, un Irakien qui travaillait avec l'armée comme informateur. L'unité de Mark a quitté les lieux, et…

Je m'interrompis en me rendant compte que j'en disais bien plus que nécessaire.

— Pardon, je ne voulais pas vous déverser tout ça dessus.

— Non, je vous en prie, dites-moi.

Si bien que je lui racontai tout, en condensant l'histoire pour lui apprendre le principal.

— Vous l'aimez ? demanda-t-elle.

Emily n'hésitait pas à entrer dans le vif du sujet. Je n'aurais pas cru qu'une femme qui me connaissait si peu aurait tant de facilité à lire en moi.

— Il compte énormément pour moi. Il est parti depuis près d'un an… Un an, répétai-je, et ma voix se brisa.

L'année la plus longue de ma vie. Plus longue encore que celle que j'avais passée à attendre des nouvelles de Paul.

— Je ne sais pas s'il est mort ou vivant, poursuivis-je. Juste avant votre arrivée, j'ai reçu une carte postale un peu cryptique… Maintenant, je ne sais plus quoi penser.

— Que disait-elle ?

J'avais mémorisé les quelques lignes, que je lui répétai au mot près. Les deux mains autour de sa tasse de café, Emily en but une gorgée.

— « J'ai retrouvé les bagages perdus, mais le mien est très abîmé. En train de rentrer », répéta-t-elle. C'était son écriture ?

— Oui… je crois, mais assez maladroite, comme s'il écrivait en voiture sur une route pleine de nids-de-poule.

— Ou comme s'il manquait de force ? murmura-t-elle.

— Ou comme s'il manquait de force, répétai-je en fermant les yeux.

Moi qui pensais que le bagage abîmé faisait référence à Ibrahim ou à Shatha… Comment avais-je pu être si aveugle ?

— C'est Mark. C'est forcément lui. Il est blessé. C'est pour ça que cette carte… était si difficile à lire.

J'avais soudain l'impression qu'un bloc de ciment m'écrasait la poitrine, un poids presque insupportable. Emily sembla percevoir mon anxiété.

— Comme vous l'avez dit, il écrivait peut-être en voiture. Ou alors, il parle de l'un des autres… Vous disiez qu'il voyageait avec un Irakien et sa famille, non ?

— Non, c'est Mark qui est blessé, dis-je avec certitude. Ça ne peut être que lui.

Je pressai le bout de mes doigts contre ma bouche. Il n'y avait plus aucun doute. C'était sa façon de m'informer qu'il n'allait pas bien. Cette carte était là pour me rappeler ma promesse.

Emily tendit la main pour me serrer le bras avec douceur.

— Parlez-moi de lui.

Il me fallut un moment pour me libérer de l'angoisse qui m'enserrait la poitrine. Si je m'imaginais Mark blessé, souffrant, je deviendrais folle.

— Que voudriez-vous savoir ? dis-je sans cesser de lutter contre moi-même.

— Qu'aimeriez-vous me dire ?

Je fermai les yeux, le temps de trouver les mots les plus à même de décrire notre relation.

— Vous vous rappelez, le jour de votre arrivée, lorsque je vous ai dit que la villa était un lieu de guérison ?

— Oui…

Son hésitation était claire, comme si elle craignait que je lui pose des questions personnelles, mais là n'était pas mon intention.

— Je le sais, car j'en ai fait l'expérience. Je crois vous avoir déjà dit que j'avais acheté la villa quelques mois à peine après la mort de mon mari en Afghanistan ?

— Ça a dû être terrible.

— Oui. Je sais que cela peut sembler étrange, mais Paul m'a parlé, cette première nuit. Peu après, j'ai embauché Mark pour fabriquer l'enseigne de la villa. Laissez-moi vous dire qu'il était vraiment désagréable, irascible, pas du genre amical. Mais il s'est mis à compter pour moi, et pas seulement à cause des projets pour lesquels je l'embauchais. Peu à peu, nous avons passé du temps ensemble, nous sommes devenus amis, même si nous nous chamaillions encore beaucoup.

Emily hocha la tête comme si elle comprenait comment avait évolué notre drôle de relation.

— Je crois que Paul me l'a envoyé, comme il m'a envoyé Rover.

Mon chien n'était jamais bien loin de moi. En entendant son nom, il leva la tête, et je me penchai pour le grattouiller entre les oreilles.

— Que s'est-il passé ? demanda Emily. Pourquoi Mark a-t-il décidé de repartir en Irak ?

Je le lui expliquai de mon mieux. Après avoir fini, j'ajoutai :

— Lorsque Mark m'a quittée sans aucune explication, j'ai décidé de le considérer comme mort. Pour ma santé mentale, il le fallait.

Je lui expliquai que j'avais vécu dans les limbes pendant un an, le temps que l'on retrouve et que l'on identifie ce qui restait de Paul. Je refusais de vivre à nouveau l'enfer de l'incertitude. Emily me fixait toujours.

— Le départ de Mark pour l'Irak doit forcément cacher autre chose que ce que vous me dites là.

Aussi étonnant que cela puisse paraître, je ne m'étais jamais interrogée plus avant sur la question.

— Comment ça ?

— Eh bien, pour commencer, Mark ne pourrait pas amener Ibrahim et sa famille aux États-Unis sans visa. C'est le genre de chose dont on s'occupe avant le départ.

— C'est vrai…

J'étais choquée de n'y avoir pas songé plus tôt. Où avais-je la tête ? Emily avait raison.

— Qu'il y soit allé avec ou sans autorisation, il y a forcément une ou deux agences gouvernementales dans le coup, poursuivit Emily.

Stupéfaite, immobile, j'aurais pu me gifler pour ne pas y avoir pensé plus tôt. Mes émotions m'avaient empêchée d'y voir clair.

— Mark est parti de lui-même, expliquai-je. L'armée n'a rien autorisé de tout ça, pour ce que j'en sais…

Du moins, c'était ce que j'avais supposé. Mais en y repensant, personne ne m'avait précisé cela.

— Ils sont forcément au courant, insista Emily. Réfléchissez, Jo Marie, quelqu'un doit bien savoir quelque chose. L'armée ? La CIA ?

Était-ce vraiment possible ? C'était comme une épiphanie. Bien sûr que Mark avait reçu de l'aide. Il était peut-être parti seul, mais il devait avoir bénéficié d'un soutien gouvernemental, d'une façon ou d'une autre.

Emily posa sa tasse et se pencha en avant, les coudes appuyés sur les genoux.

— Je peux presque voir les rouages tourner sous votre crâne. À quoi pensez-vous ?

— Je ne sais pas... Je ne sais pas quoi penser.

— Vous ne pourriez pas poser la question à quelqu'un ? Vous n'avez pas de connaissances dans l'armée ? Votre mari en faisait partie, n'est-ce pas ?

— Il était dans l'armée de l'air.

La première personne qui me vint à l'esprit fut le supérieur de Paul : le lieutenant-colonel Dennis Milford. Paul n'avait pas vraiment de famille. Ses parents avaient divorcé dans son enfance et il n'avait rencontré son père, qui vivait en Australie, que deux fois dans sa vie. Sa mère était morte jeune, alors qu'il n'avait que la vingtaine. Le supérieur de Paul était à la fois son mentor et son ami. Peut-être pourrait-il répondre à mes questions.

— Pourquoi n'y ai-je pas pensé plus tôt ?

C'était une question rhétorique, mais Emily me répondit d'une voix douce :

— C'est ça, l'amour. Ça nous brouille l'esprit, ça nous fait penser et agir de façon irrationnelle...

À l'entendre, c'était du vécu.

— Merci, murmurai-je.

— Ce n'est rien, fit-elle en haussant les épaules.

Je patientai jusqu'au départ de mes clients le matin suivant, après avoir défait leurs lits. Emily désherbait le jardin, qui était moins étendu cette année, puisque Mark n'avait pas été là pour préparer la terre et m'aider à l'entretien. Je me retirai dans mon bureau et fermai la porte.

Le lieutenant-colonel Milford m'avait donné son numéro en me disant de l'appeler s'il me fallait quoi que ce soit. Je savais que le décès de Paul l'avait beaucoup touché. Mon deuil avait aussi été le sien. Il ferait n'importe quoi pour m'aider, j'en étais certaine.

Je composai le numéro et fus mise en lien avec lui sans problème.

— Jo Marie. Que puis-je faire pour vous ?

Lui non plus ne s'embarrassait pas de mondanités.

— J'ai besoin d'informations.

— À quel sujet ?

— Un ami... Un ex-officier.

— Quelqu'un vous embête ? demanda-t-il d'une voix plus dure.

Il se rappelait que, peu après mon achat de la Villa Rose, un soldat s'était présenté comme un bon ami de Paul et était venu me demander un prêt. Milford avait été furieux de l'apprendre. C'était Mark qui avait fait détaler l'intéressé, mais je n'avais jamais su comment ni pourquoi il s'était manifesté à ce moment-là.

— Non, pas du tout. Cela concerne Mark Taylor. Enfin, son vrai prénom, c'est Jeremy... mais il se fait appeler Mark, maintenant. C'était le nom de son père.

— Il était dans l'armée de terre ?

— Oui.

Il y eut un silence pendant lequel j'entendis le lieutenant-colonel pianoter sur son clavier.

— Vous n'avez rien d'autre à me donner ? Sa date de naissance, son numéro de sécurité sociale ?

Je n'avais que sa date de naissance et m'efforçai de lui en apprendre le plus possible :

— Mark... Jeremy était dans les services de renseignement. Il a fait deux rotations en Irak. Son père et son grand-père étaient militaires de carrière.

Ce n'était vraiment pas grand-chose. Mark ne parlait pas souvent de lui-même ou de son passé. Il s'était livré juste avant de partir.

— Autre chose ?

— Il avait un informateur en Irak, un certain Ibrahim.

Encore des bruits de clavier, puis le silence. Je cherchai à le remplir :

— Mark est reparti en Irak il y a un an environ. Son unité en était partie sans prévenir et il avait toujours regretté d'avoir abandonné Ibrahim et sa famille. Il craignait qu'il ne leur arrive malheur après le départ de l'armée.

— Vous avez eu de ses nouvelles depuis son arrivée en Irak ?

— Deux fois.

À nouveau, un silence.

— Vous avez trouvé quelque chose ? demandai-je, le cœur battant à tout rompre.

Silence.

— Quoi donc ? insistai-je, désormais certaine que c'était le cas.

— Rien que je puisse vous dire, répondit-il abruptement.

— Vous ne pouvez pas, ou vous ne voulez pas ?

— Je ne peux pas. Tout ce qui le concerne est classé secret.

Emily avait donc raison. Mais que savait le gouvernement sur la position de Mark, sur ce qu'il faisait là-bas ? Cette confirmation me donnait le tournis.

— Vous ne pouvez vraiment rien me dire ?

J'avais l'air d'une désespérée, je le savais, mais je m'en moquais. Pour ma santé mentale, j'avais besoin d'en savoir plus.

— Classé secret, Jo Marie, répéta-t-il.

— D'accord…

Mes pensées étaient toujours en ébullition.

— Et vous ? reprit-il.

— Comment ça ?

— Vous aviez mentionné que Jeremy… Mark… vous avait par deux fois donné de ses nouvelles. Qu'a-t-il dit ?

Je ne répondis pas tout de suite. Il baissa la voix :

— Jo Marie, c'est très important.

— Non, répliquai-je après un moment d'hésitation.

— Non ? répéta-t-il, choqué.

— Vous m'avez entendue.

Si j'avais quelque chose à lui donner, je ne le ferais pas gratuitement. La ligne se chargea de tension. Il changea d'angle :

— Quels sont vos liens avec Jeremy ?

Je n'avais aucune envie de jouer à ce petit jeu avec lui.

— D'abord, dites-moi quelque chose.

— Jo Marie, répondez à la question.

Il n'avait pas levé la voix, mais j'avais tout de même l'impression qu'il avait hurlé.

— Comment l'avez-vous rencontré ? m'interrogea-t-il.

— Je l'ai embauché. C'était mon homme à tout faire.

— Quoi ? s'écria-t-il. Un homme à tout faire ?

— Oui…

Il en perdit un instant la voix. Puis il se reprit :

— Un ami, avez-vous dit ?

— C'est ça.

Pour le moment, je refusais d'en révéler davantage.

— Et il compte beaucoup pour vous ? hésita-t-il.

Je ne répondis pas.

— À l'évidence, la réponse est oui, poursuivit Milford. Écoutez, Jo Marie, si je pouvais vous apprendre quoi que ce soit, je le ferais. Ce que je peux vous dire, c'est que cette affaire est très importante, plus que vous ne l'imaginez. Je dois partir en réunion à Washington, mais à mon retour, je viendrai vous voir en personne, et cette fois, vous me direz ce que vous savez. C'est bien compris ?

Avant que je ne puisse répondre, il avait raccroché.

# 5

# Nick Schwartz

La fille était de retour, sur sa propriété, à faire son jogging dans le verger. Nick l'observait depuis la fenêtre de l'étage. Elle était mince et gracieuse, en short et débardeur, ses cheveux sombres tirés en queue-de-cheval. Son corps était celui d'une athlète, membres bronzés, mollets musclés.

Elvis lui avait signalé sa présence. Nick l'avait laissé sortir ce jour-là, en se disant qu'il la ferait fuir. Mais après un moment de choc, elle s'était agenouillée pour caresser son chien de garde comme s'il s'agissait d'un bon toutou de famille. Nick n'en croyait pas ses yeux. Elvis, pourtant dressé pour effrayer les intrus, avait accueilli cette joggeuse tel un chiot auquel on apportait un steak.

Tous les matins depuis, Nick avait lâché Elvis en espérant que son devoir finisse par lui revenir. C'était son frère, Brad, qui l'avait dressé, et Brad était un maître-chien expert. En songeant à lui, Nick se sentit déchiré par le deuil, et la culpabilité vint s'y ajouter – son cocktail personnel de souffrance. Il s'efforça de penser à autre chose, de se concentrer sur Elvis, avant qu'une nouvelle crise d'angoisse ne le paralyse. Il ne comprenait pas comment cette femme avait pu faire oublier à son chien ce pour quoi on l'avait soigneusement éduqué depuis sa naissance.

Elle était venue frapper à la porte de la maison deux fois dans la semaine. Nick n'avait pas répondu. Il avait passé une mauvaise journée et il ne se sentait pas capable de voir qui que ce soit, encore moins de faire la conversation. La nuit avait été mauvaise également, comme souvent.

Plus tôt dans la matinée, une crise d'angoisse l'avait laissé étourdi et tremblant. Il était resté assis dans le noir. L'obscurité l'apaisait, sans doute parce qu'elle lui donnait l'impression d'être invisible. Depuis l'accident, il avait du mal à trouver le sommeil et n'y parvenait plus guère que trois ou quatre heures d'affilée, réveillé par des cauchemars qui lui remplissaient les veines d'adrénaline. Après de tels rêves, il marchait jusqu'à l'épuisement pour se rendormir.

Non, il n'était pas en état de recevoir. Ni elle ni cette autre femme qui était récemment venue chez lui sans s'annoncer. Quoi qu'elles lui veuillent, il n'était pas intéressé.

La regarder courir par la fenêtre lui faisait l'effet d'être un voyeur. Il fallait reconnaître qu'elle avait du cran, pour entrer comme ça sur une propriété privée.

Pour ne rien arranger, il avait rêvé d'elle. Elle était venue faire son jogging jusque dans sa tête, ce qui l'avait laissé confus et perturbé. Il ne l'avait jamais vue que de loin, et dans son rêve, sa beauté l'avait ébloui. Elle avait les cheveux lâchés et le vent les faisait danser devant son visage. En le voyant, elle s'était arrêtée pour lui sourire comme une amie de longue date. Puis, lentement, malgré lui, il s'était approché d'elle. Le regard plein de sympathie, elle l'avait serré contre elle. Il n'avait d'abord pas réagi, les bras ballants, puis il lui avait rendu son étreinte. La paix qu'il avait éprouvée durant ces brefs instants l'avait profondément ébranlé.

Nick ne savait comment interpréter ce rêve. Peut-être ne voulait-il rien dire du tout. En tout cas, il l'avait préféré aux terrifiants cauchemars qui hantaient la plupart de ses nuits.

Assez pensé à cette femme. Il avait déjà beaucoup à gérer sans se laisser troubler par une joggeuse inconnue. Peut-être était-elle mariée avec une demi-douzaine de morveux qui attendaient son retour.

Agacé, il descendit les escaliers pour sortir sur la terrasse. Une brise matinale vint lui rafraîchir le visage. Ébloui par le soleil, il plissa les yeux pour se protéger de cette lumière haïe. Il s'en était tellement caché depuis un an qu'il avait l'impression de devenir un vampire.

Elvis aboya et courut vers le verger, pressé de retrouver son amie. Lui l'appréciait peut-être, mais pas Nick, et il voulait qu'elle s'en aille.

La joggeuse, au milieu des arbres, s'arrêta en voyant Elvis. Nick suivait, le pas rapide. Elle s'était déjà agenouillée pour caresser le chien et lui murmurer des choses. À l'approche de Nick, elle leva la tête et lui fit un grand sourire comme par réflexe. Elle ne semblait pas surprise de le voir. Ses yeux étaient brillants et chaleureux.

— Oh, bonjour ! Ça fait longtemps que je voulais vous rencontrer.

Elle se releva. Il n'avait aucune intention de se montrer accueillant, ce qu'elle n'avait pas dû percevoir.

— Je suis déjà venue quelques fois, mais vous n'étiez pas là…

— Je vous ai entendue, marmonna-t-il sans lui rendre son sourire.

Il n'était pas là pour se faire des amis. Elle avait intérêt à capter le message. En comprenant qu'il avait fait exprès de ne pas répondre à la porte, elle cligna des yeux. Puis elle lui tendit la main.

— Je m'appelle Emily. Emily Gaffney. Je viens d'arriver dans le voisinage, et…

Comme il ne lui serrait pas la main, elle s'interrompit.

— C'est une propriété privée, grogna-t-il.

— C'est un endroit magnifique, et…

— Vous n'avez rien à faire là.

Il plissa les yeux, souhaitant qu'elle comprenne que le verger n'était pas sa piste de course.

— Je ne fais de mal à personne. Le sentier était déjà là, et…

— Je ne veux pas de vous sur ma propriété. Si je vous y revois, je serai contraint d'appeler la police.

— Il n'y a pas de panneau « Propriété privée » ! s'écria-t-elle.

Vraiment, elle ne voulait pas comprendre, cette Emily machin-chose.

— J'en mettrai un.

S'il avait voulu l'intimider, c'était raté. Elle mit les mains sur ses hanches et le regarda droit dans les yeux avant de lâcher un rire.

— Je me rends bien compte que c'était indélicat de ma part de m'inviter chez vous. C'est pour ça que je suis venue frapper à votre porte. Je voulais m'assurer que ça ne vous dérangeait pas.

— Ça me dérange. Allez courir ailleurs.

Elle sembla choquée et, l'espace d'un instant, il crut qu'elle continuerait à argumenter. C'était vrai, qu'elle n'endommageait rien, mais elle avait déjà pris trop d'espace dans son esprit. Il ne voulait pas d'une telle distraction. Le besoin de retourner se claquemurer le submergeait déjà.

— Dans ce cas... je vous présente mes excuses.

— Cette conversation est terminée.

Elle écarquilla les yeux, de surprise ou de déception, peut-être. Il ne voulait pas se montrer impoli, mais il n'avait pas besoin du trouble qu'elle éveillait en lui.

— Vraiment, je ne vois pas en quoi je dérange. Je me suis liée d'amitié avec Elvis, et j'aimerais vous parler de...

— Je crois que vous devriez partir, maintenant. Et il vaudrait mieux ne pas remettre les pieds ici.

— Vous n'êtes vraiment pas sympa !

Non, en effet. Mais c'était nécessaire. Il lui indiqua la sortie, au cas où elle aurait oublié le chemin.

— Si je vous revois sur ma propriété, ce ne sera pas sans conséquences.

— D'accord, c'est bon. Puisque c'est ce que vous voulez...

— C'est que je veux, oui.

Elle lui lança un regard noir, puis secoua la tête.

— Ce n'est pas la peine d'être aussi déplaisant. Je suis venue en toute amitié...

— Je n'ai pas besoin d'amis.

— Oui, ça, je l'ai bien compris.

Qu'elle s'en aille, qu'il arrête de penser à elle ! Il avait fait de son mieux pour s'assurer qu'elle ne reviendrait pas. Il repartit vers la maison en s'attendant à ce qu'Elvis le suive, mais le berger allemand, ce traître, raccompagna Emily jusqu'à la limite de la propriété avant de revenir à contrecœur vers son maître, la tête basse.

Nick lui caressa les oreilles.

— Désolé, mon chien, mais c'est comme ça.

Elvis gémit comme s'il avait perdu son amie la plus chère et suivit Nick à l'intérieur.

# 6

## Emily

J'ÉTAIS TELLEMENT EN COLÈRE que j'ouvris la porte arrière de la villa d'un grand coup, en faisant sursauter Jo Marie.

— Vous n'allez pas le croire ! m'écriai-je, encore à bout de souffle. Je viens de rencontrer l'homme le plus arrogant… Le plus déplaisant… Le plus mesquin qui soit !

— Comment ça ? fit-elle, surprise par ma véhémence.

Je me mis à faire les cent pas dans la cuisine. Tout ce que ce malotru m'avait dit ! J'avais encore du mal à en croire mes oreilles.

— Cette espèce de… d'homme de Néandertal m'a chassée comme une malpropre !

— Qui ?

— Je ne connais pas son nom…

— Où donc ?

— La maison… Vous savez, celle avec le verger. Celle que je voudrais acheter, dis-je en agitant les mains. J'y étais allée la semaine dernière pour demander si je pouvais faire mon jogging dans le verger, et il avait beau être chez lui, il n'a pas ouvert la porte. Et ce matin, il m'a tout bonnement chassée ! Et sans prendre de gants. Vous ne savez pas ce qu'il m'a dit ? Que s'il m'y reprenait, il y aurait des conséquences !

Jo Marie semblait étonnée, elle aussi, par une telle attitude.

— Son chien est plus amical que lui ! Je suis tellement en colère que je n'arrive plus à réfléchir.

Je crispai les poings.

Jo Marie rangea les verres vides de ses clients dans le lave-vaisselle et me jeta un regard de sympathie.

— On dirait que vous allez devoir changer d'itinéraire…

— Il y avait déjà un sentier dans le verger. D'accord, il était envahi par la végétation, mais il était là, on pouvait clairement le voir !

Je ne savais pas pourquoi je continuais à discourir, outre le fait que cela semblait relâcher un peu la rage qui m'enserrait la poitrine. Et ma déception. Il avait décidé de ne pas m'apprécier, sans que je ne sache pourquoi. Ce qui m'ennuyait beaucoup. Je n'avais d'habitude jamais de problèmes pour m'entendre avec les gens. Le pire, c'était qu'il avait raison : c'était une propriété privée.

— Respirez profondément et calmez-vous, me suggéra Jo Marie.

Je n'arrivais pas à rester en place et je continuai à faire les cent pas dans la cuisine.

— Je ne suis pas du genre à me mettre en colère comme ça…

C'était vrai. En temps normal, je gérais ce genre de situation la tête froide. Mais pas cette fois. J'étais furieuse contre lui, et contre moi, parce que je savais que j'avais eu tort. J'aurais dû lui demander la permission, et je ne l'avais pas fait. Mais lui n'avait pas à se montrer aussi malpoli !

Je m'imaginais regarder cet homme des cavernes dans les yeux – ce qui aurait été difficile, puisque je ne faisais qu'un peu plus d'un mètre soixante, et qu'il me dépassait quasiment d'une tête. J'aurais donné n'importe quoi pour lui exprimer le fond de ma pensée.

— Je vais prendre une douche, dis-je en espérant que l'eau froide apaiserait ma colère.

— Quand vous aurez fini, je voudrais vous demander quelque chose, m'interpella Jo Marie en me suivant hors de la cuisine.

J'en fus surprise. J'espérai soudain que je ne m'étais pas mal comportée. Les clients du moment étaient partis après le petit déjeuner. Si j'avais pensé qu'on puisse m'entendre, je ne me serais pas lâchée à ce point.

— Tout va bien ?

— Bien sûr, dit-elle en hochant la tête. J'ai besoin d'un service, c'est tout.

— OK.

Je courus à l'étage, montant les marches quatre à quatre pour évacuer mon exaspération.

La douche me fit du bien ; j'avais moins envie de retourner me confronter à M. Néandertal. De toute façon, je n'aurais sans doute pas cette chance.

Jo Marie était assise à son bureau. Elle me fit signe de m'asseoir, en souriant pour que je sache que ce n'était rien de grave.

— Vous vous sentez mieux ?

Je hochai la tête.

— Je suis surtout déçue… Et c'est vrai que je n'aurais pas dû poser le pied sur sa propriété sans demander la permission. Mais il n'avait pas à se montrer si grossier.

Moi qui espérais le croiser pour lui demander ce qu'il comptait faire de la maison… C'était fichu, maintenant. Mais j'étais vraiment tombée amoureuse de cet endroit et de son verger. Ils correspondaient en tout point à mes rêves les plus fous, et je m'imaginais déjà y vivre, ce qui n'était sans doute pas une bonne idée. Dès le premier instant, elle m'avait semblé faite pour nous accueillir, mon futur et moi.

J'avais passé l'essentiel de mon temps libre la semaine dernière à regarder des maisons avec Dana, l'agent immobilier recommandé par Jo Marie, sans avoir de coup de cœur.

— Tout n'est pas perdu, m'assura Jo Marie.

— Comment ça ?

— Dana a appelé pendant que vous preniez votre douche pour dire qu'elle avait glané des informations sur la maison, m'informa-t-elle avec un sourire rassurant.

Quelles que soient ces informations, si M. Néandertal était le propriétaire, nous ne pourrions jamais trouver un accord, pensai-je. Jo Marie dut le lire sur mon visage :

— On peut trouver un moyen d'acquérir cette maison sans traiter avec le propriétaire.

— Ah bon ? dis-je en me redressant, soudain pleine d'intérêt. Comment ?

— Dana pourrait le rencontrer pour vous. Il n'aurait pas besoin de vous voir, ni même de savoir que c'est vous.

Oui, pourquoi pas… À condition qu'il lui ouvre la porte ! Mais vu qu'il me détestait, envoyer Dana était ma meilleure option.

— Dana voudrait passer cet après-midi, si ça vous convient…

— Oui, parfait.

— Très bien. Je lui enverrai un message. Elle pourra vous faire part de ce qu'elle a trouvé.

Jo Marie se pencha en avant.

— J'ai une autre question pour vous. Cela fait un moment que vous habitez ici, maintenant. Qu'en pensez-vous ?

Je n'étais pas sûre de comprendre où elle voulait en venir.

— Eh bien… C'est beaucoup de travail, de gérer une maison d'hôtes. Vous êtes tout le temps en train de faire la cuisine, le ménage, le jardin… Vous ne pouvez jamais souffler ? Prendre quelques jours de vacances ?

Elle me fit un large sourire.

— C'était pile ce que je voulais dire !

— Comment ça ?

— Eh bien, en premier lieu, il faut que je vous demande si vous comptez faire quelque chose pour le 4 Juillet.

— Pas vraiment, non.

J'avais reçu quelques invitations informelles. L'une était de la part de mon frère qui ferait un barbecue chez lui avec mes parents. Mais en toute franchise, je préférais éviter ma mère. Elle tenterait encore de me présenter quelqu'un, et je ne pourrais pas supporter un énième rendez-vous forcé avec un inconnu pris par surprise. L'autre invitation venait d'un collègue instituteur, mais il n'y aurait que des couples. Je n'avais pas envie de jouer la cinquième roue du carrosse.

Jo Marie me dévisageait toujours.

— Pourquoi cette question ? dis-je, même si je me doutais de la raison de sa demande.

Elle coinça ses mains entre ses genoux comme s'il lui était difficile de solliciter une faveur.

— Mon frère organise des cousinades à Seattle, et j'aimerais beaucoup y aller. Juste pour une nuit. L'une de mes cousines préférées y sera, Karen. Elle vit à Omaha et je ne l'ai pas vue depuis deux ans.

— En d'autres termes, vous voudriez que je garde la maison d'hôtes pour vous ?

— Ça ne vous dérangerait pas ? dit-elle, les yeux brillants d'espoir.

— Voyons, Jo Marie, bien sûr que non. Je serais enchantée d'être plus qu'une pensionnaire.

Notre accord s'était révélé satisfaisant pour toutes les deux. Je pouvais rester ici pour un temps indéterminé. M'occuper de la maison d'hôtes pour un jour ou deux me permettrait de témoigner à Jo Marie un peu de ma reconnaissance.

— Il n'y aura que deux clients cette nuit-là. Ils ont déjà séjourné en maison d'hôtes, ils ont l'habitude. Ce sont des personnes âgées qui ne seront pas difficiles.

— Vraiment, je serais ravie de m'en charger.

J'étais même plus que ravie, car cela me permettrait de décliner les deux invitations. Maman serait déçue, mais s'en remettrait. Je ne cherchais pas à rompre les liens avec ma famille. Toutefois, un peu de distance serait la bienvenue le temps de commencer ma nouvelle vie.

— Il faudra que je laisse Rover ici, poursuivit Jo Marie. Je suis sûre qu'il ne vous causera pas de problèmes.

— Bien sûr !

J'aimais tellement ce chien. C'était le compagnon de Jo Marie, constamment à ses côtés. Si elle quittait la maison, il s'asseyait devant la porte, patient, et attendait son retour. Il était adorable.

En entendant son nom, il leva la tête et la pencha sur le côté, ce qui me rappela Elvis, que je ne verrais plus. La déception m'envahit à nouveau. Je m'étais déjà attachée à lui.

— Merci beaucoup, Emily.

Elle avait bien mérité des vacances. Nous n'avions pas reparlé de Mark, mais je savais qu'elle s'inquiétait toujours pour lui. Partir lui ferait du bien, et l'aider ainsi me ferait du bien, à moi.

À présent, j'avais hâte de voir Dana pour entendre ce qu'elle avait à me dire sur la maison et sur M. Néandertal.

# 7

## Jo Marie

Dana arriva ce même après-midi. J'avais fait des cookies plus tôt dans la journée. Je les disposai sur une assiette avec une carafe de limonade. Emily m'avait invitée à me joindre à elles, si bien que je plaçai sur la terrasse, sur une table basse en osier. La météo sur le détroit de Puget avait été merveilleuse ce mois-ci, et nous semblions partis pour l'un de ces exceptionnels étés de Seattle, très ensoleillés mais pas trop chauds.

Emily s'était calmée après sa rencontre avec l'homme qu'elle appelait désormais M. Néandertal. Au vu des choses qu'il avait dites et de la façon dont il avait agi, je comprenais l'indignation de ma pensionnaire, et j'admirais son self-control. Je ne sais pas comment j'aurais réagi moi-même ni si j'aurais été capable de tenir ma langue.

Mark et moi nous étions souvent chamaillés au fil des années. Il pouvait se montrer trop exigeant, déraisonnable, avec son mauvais caractère. Mais c'était aussi l'homme le plus généreux et attentionné que je connaisse. Malgré tous mes efforts pour le tenir à distance depuis son départ – émotionnellement comme mentalement – j'échouais presque tous les jours. Depuis cette carte postale, surtout, il occupait chaque minute de mes pensées.

Flanquée de Rover, j'ouvris la porte à Dana et la menai sur la véranda, où Emily nous attendait. Puisque j'avais la chance de pouvoir contempler chaque jour l'océan et les montagnes, je choisis de m'asseoir dos à la baie, ce qui permettrait à mes invitées d'admirer la vue, particulièrement splendide cet après-midi-là. Les montagnes Olympiques semblaient monter la garde à l'horizon, avec leurs pics couverts de neige qui se détachaient clairement contre le bleu du ciel. Jamais je ne me lasserais d'un tel panorama.

— Jo Marie me dit que vous avez des informations sur le propriétaire de la maison de Bethel Street ? lança Emily.

Encore une fois, elle allait droit au but. Je n'ignorais pas qu'elle avait hâte d'en savoir plus sur cet endroit

Je nous versai à chacune un verre de limonade et distribuai des petites assiettes pour les cookies. Aujourd'hui, ils étaient aux noix de macadamia avec pépites de chocolat blanc, l'une de mes recettes favorites. Depuis le départ de Mark, j'avais arrêté de préparer ses cookies fétiches, ceux au beurre de cacahuète. Je n'aurais pas pu les regarder sans songer à toutes les fois où nous nous étions assis sur cette même terrasse pour nous raconter notre journée. C'étaient mes souvenirs préférés de lui, face à cette vue.

Comme elles me manquaient, ces paresseuses soirées… Mon cœur souffrait tant de son absence. Ne pas savoir, c'était le pire. Je n'avais eu aucune nouvelle du lieutenant-colonel Milford. Lorsqu'il reviendrait enfin vers moi, je doutais qu'il m'apprenne grand-chose. Malgré tout, je me raccrochais à l'espoir qu'il m'en dise assez pour m'apaiser.

— Je suis allée frapper à la porte plusieurs fois, sans réponse...

— Il était bien là, coupa Emily froidement avant d'expliquer ce qu'elle savait.

— Je m'en doutais, répondit Dana en hochant la tête. Il devait en avoir assez, parce qu'il a fini par m'ouvrir. Je lui ai donné ma carte et il m'a quasiment jetée dehors.

Emily et moi échangeâmes un regard.

— Enfin, il y a plus d'une façon d'accommoder un lapin. Passez-moi l'expression, ma grand-mère s'en servait beaucoup. J'ai mené ma petite enquête. Mme Usinger vit de l'autre côté de la rue depuis quarante ans, et c'est le style de femme à se tenir informée sur ses voisins.

Je voyais bien le genre.

— Elle connaît le propriétaire ?

— Pas vraiment. C'est à l'évidence un solitaire qui n'apprécie pas qu'on cherche à lier connaissance. Mais Mme Usinger était en bons termes avec la propriétaire d'avant.

Emily se pencha en avant, avide d'en savoir plus.

— Lillian Schwartz était l'une de ses meilleures amies, poursuivit Dana. Elles étaient veuves toutes les deux et se rendaient service. Mme Usinger peut toujours conduire. Elle emmenait Lillian à l'église tous les dimanches, et au groupe d'étude biblique tous les mercredis.

— En effet, elles semblaient très proches.

— Lillian est décédée l'an dernier. Sur la fin, elle ne sortait plus de chez elle, sauf pour se rendre chez le médecin.

— Et qui a hérité de la maison ? demanda Emily. Est-ce que le nouveau propriétaire serait disposé à la vente, selon Mme Usinger ?

Dana me lança un regard, puis revint à Emily.

— Lillian a légué la maison à son petit-fils, Nick Schwartz. Cela fait quelques mois qu'il est là, mais il ne cherche pas à se mêler aux autres. Mme Usinger ne sait pas ce qu'il compte faire de la maison.

— C'était ce que je craignais, soupira Emily.

Je me sentis obligée d'expliquer :

— Emily a croisé Nick ce matin...

— Oui, c'est ce que j'ai cru comprendre.

Emily rompit férocement un cookie en deux.

— Il m'a chassée de chez lui !

— Ah bon ? s'étonna Dana. Il n'était pas très amical, mais il n'a pas été aussi loin avec moi. Que s'est-il passé ?

— J'ai pris l'habitude de faire mon jogging dans son verger, expliqua Emily avant de baisser le regard. J'admets que c'était sans autorisation, mais pour ma défense, j'ai essayé de lui demander la permission et il m'a ignorée. Il n'y avait pas de panneau pour menacer les intrus de poursuites. Ou d'une balle. Il semblait sous-entendre que c'était ce qui m'attendait s'il me revoyait...

Dana étouffa une exclamation.

— Bon, d'accord, il n'a pas vraiment dit qu'il me tirerait dessus, clarifia Emily en pinçant les lèvres. C'était une menace implicite. Il a dit que j'encourrais des conséquences.

— Vous ne l'aviez jamais croisé avant ?

— Jamais, confirma Emily. Mais je suis devenue amie avec son chien.

— Mme Usinger m'a parlé d'un chien de garde qui menace quiconque met le pied là-bas. Je l'ai entendu. Il avait l'air vraiment féroce.

— Elvis ? Oh, il peut en avoir l'air – il m'a fait peur la première fois que je suis tombée sur lui –, mais en fait, c'est un chien adorable.

— Si vous voulez, je peux retourner le voir pour lui demander s'il souhaiterait vendre, soupira Dana. Je ne sais pas ce que ça donnera, mais ça ne coûte rien d'essayer.

— Je veux bien, merci.

— Je ferai de mon mieux, mais tout cela me semble mal parti.

Emily baissa la tête. Son abattement était évident.

— Malheureusement, c'est vraiment la seule maison qui m'intéresse à ce point. Je n'arrête pas d'y penser.

— Comme je le disais, ça ne coûte rien d'essayer, appuya Dana. Mais vous vous rendez bien compte qu'elle a besoin de beaucoup de travaux ?

— Ça ne me dérange pas, s'empressa de dire Emily. La propriété est magnifique, et je sais bien que la maison est trop grande pour une seule femme, mais j'ai bien l'intention de faire bon usage de ces autres chambres.

— Bon. Puisque vous l'avez croisé ce matin, je ne mentionnerai pas votre nom.

— Bonne idée.

Nick n'avait pas besoin de savoir qu'il détestait déjà l'acheteuse potentielle – mais apparemment, il n'aimait de toute façon pas grand monde.

— Il faut y aller en douceur, reprit Dana. Lui donner une bonne raison de vendre.

— Une offre conséquente devrait faire l'affaire ! lança Emily en s'avançant dans son siège, à nouveau pleine d'enthousiasme.

— Ce n'est pas tout. Mme Usinger m'a dit quelque chose...

Dana s'interrompit et nous regarda à nouveau l'une et l'autre.

— Quoi donc ? demandai-je.

Elle hésita si longtemps que je me penchai moi-même en avant, curieuse.

— Nick et son frère ont eu un terrible accident de voiture il y a un an ou deux, juste avant le décès de Lillian.

— Oh, non...

— Le petit frère de Nick n'y a pas survécu. Mme Usinger ne connaissait pas les détails, mais elle a cru comprendre qu'ils étaient tous les deux dans la voiture.

Les yeux d'Emily se remplirent de sympathie.

— Mince... Je me sens mal, maintenant.

— Pourquoi ? demandai-je. Il s'est montré très grossier envers vous.

— C'est vrai, mais maintenant, je sais pourquoi, plus ou moins.

— Ce n'est pas une excuse pour parler comme ça aux gens.

J'étais loin d'être aussi bienveillante qu'Emily.

— Vous avez mentionné le chien, poursuivit Dana.

— Elvis, oui ?

— Apparemment, c'était le chien du frère.

— Et il le lui rappelle sans cesse, souffla Emily.

En s'entendant elle-même, elle parut surprise d'avoir prononcé ces mots à haute voix. Je pris une gorgée de limonade.

— Eh bien, ce qu'il faut retenir, c'est que nous avons affaire à un homme blessé. Maintenant, il ne reste plus qu'une chose à faire, le convaincre de vendre.

Mais Emily m'étonna :

— Non.

— Vous ne voulez plus de cette maison ?

— J'en rêve, répondit-elle tristement, mais ce n'est sans doute pas le bon moment. Nick Schwartz a besoin de rester là où il est. Pour l'instant, en tout cas. Je trouverai une autre maison.

Ma pensionnaire m'apparaissait sous un jour nouveau. Je ne la connaissais pas depuis longtemps, et elle ne m'avait pas raconté grand-chose sur son passé. En cet instant, je reconnus chez elle quelque chose que j'aurais dû repérer bien plus tôt. C'était une femme qui comprenait ce genre de douleur. Elle aussi avait subi une perte. Sans cela, personne n'aurait pu éprouver autant de compassion pour Nick Schwartz.

# 8

## Mark

— Mark. Réveille-toi, mon ami.

Mark s'efforça d'ouvrir les yeux, mais l'éclat impitoyable du soleil lui fit les refermer tout de suite. Il savait qu'ils étaient proches de la frontière, proches de la liberté. L'infection s'était étendue et il était plus faible que jamais.

Ses forces s'envolaient. Pendant des jours, il avait essayé de se convaincre qu'il était en train de guérir, d'aller mieux. Abandonner était difficile, mais il devait accepter son sort et convaincre Ibrahim de le laisser là, sous peine de les mettre en danger, lui et sa famille.

La fièvre brûlait dans tout son corps. Il avait perdu la notion du temps, ces derniers jours, et ne se souvenait plus que de Shatha qui lui épongeait le front avec un torchon imbibé d'eau froide. Elle murmurait quelque chose à Ibrahim. Mark ne l'entendait pas, mais le ton de sa voix était clair : son état empirait. Ibrahim aurait dû se rendre à l'évidence depuis longtemps, mais il était têtu et Mark n'avait pas la force d'argumenter.

Ils avaient trouvé refuge auprès de la famille de Shatha, à une centaine de kilomètres de la frontière. Ibrahim ne savait pas combien de temps ils pourraient se cacher chez le cousin de sa femme. Ni lui ni Mark n'aimaient l'idée de mettre une autre famille en danger.

— Nous ne sommes plus très loin de la frontière, lui dit Ibrahim en arabe. Il ne faut pas faire de bruit.

Mark comprit qu'il avait dû gémir sans s'en rendre compte, et fit de son mieux pour soutenir le regard d'Ibrahim.

— Tu parles dans ton sommeil, expliqua Ibrahim. Tu appelles la femme que tu aimes.

Mark parvint à sourire malgré la douleur. Jo Marie occupait toujours ses pensées. Il sentait sa présence de multiples façons. Sa main qui lui caressait le front, son visage inquiet qui se penchait sur lui, ses prières qu'il entendait au cœur de la nuit.

— De l'autre côté de la frontière, nous trouverons un hôpital, promit son ami.

Malgré la fièvre, Mark tenta de parler, sans qu'un son ne s'échappe de ses lèvres desséchées. Il dut se contenter d'un hochement de tête, même s'il savait qu'il n'avait que peu de chances d'atteindre l'Arabie saoudite. Pour son deuxième essai, il parvint à souffler :

— Laissez-moi.

— Jamais, dit Ibrahim en secouant la tête.

— Je vous en prie…

Sa voix l'abandonnait, il n'arrivait pas à garder les yeux ouverts. Le sommeil l'appelait en lui promettant l'absence de la douleur.

Une émotion non identifiable vint assombrir les yeux d'Ibrahim.

— Non, mon ami, je ne t'abandonnerai pas. C'est tout simplement impossible.

— Pars, insista Mark, la bouche sèche. Sauve ta famille. Je suis trop faible.

— Tu t'en sortiras. Je suis là pour te soutenir. Shatha aussi. Nous irons tous ensemble. Qu'est-ce qu'ils disent, déjà, les Américains ? *No man left behind.* Je finirai plus américain qu'irakien. Je ne te laisserai pas derrière moi. Hors de question.

Mark voulut encore argumenter.

— Quand vous atteindrez les États-Unis, Jo Marie vous aidera...

— Tu nous la présenteras, coupa Ibrahim en secouant fermement la tête.

Les yeux de Mark se fermèrent et il tenta de s'imaginer la scène. Son bras autour des épaules de Jo Marie. Assis ensemble sur la véranda devant la baie, à discuter avec Ibrahim et Shatha. Les enfants joueraient avec Rover, lui lanceraient un Frisbee. Il pouvait presque entendre le chien aboyer tant cela semblait réel.

— Je vais t'aider, dit Ibrahim en soulevant Mark pour l'asseoir.

Pris de vertige, Mark glissa immédiatement sur le côté.

— Ça ne sert à rien, murmura-t-il.

Il les ralentirait tous. Il refusait de faire une chose pareille – s'ils perdaient tout par sa faute, si près du but...

— Je ne traverserai pas la frontière sans toi, répéta Ibrahim avec une détermination d'acier. Et nous devons traverser aujourd'hui.

— Pourquoi aujourd'hui ?

— Je t'expliquerai plus tard.

— Ibrahim...

— Moi aussi, j'ai des amis, reprit-il avec un sourire entendu. Le cousin de mon cousin travaille à la frontière.

Mais il dit qu'il faut que tu sois assis, pour les caméras de surveillance.

Mark hocha lentement la tête. Sans la famille d'Ibrahim et celle de Shatha, ils ne seraient jamais arrivés si loin.

— Tu as failli mourir trois fois déjà, mais Shatha et moi t'en avons empêché. Tout ira bien, je te le promets.

Mark aurait tant aimé le croire. Peut-être pourrait-il rester droit un moment, mais ses forces s'enfuyaient déjà.

Après plusieurs heures de voyage, Mark demanda :

— On approche ?

— Plus que deux ou trois kilomètres.

Il ferait de son mieux pour tenir assis.

Ibrahim lui donna de l'eau et Mark fit son possible pour la boire, avant de se laisser aller contre l'appuie-tête jusqu'à ce que la frontière soit en vue. Ce fut alors qu'il sentit Ibrahim se raidir à son côté.

— Qu'est-ce qui ne va pas ? demanda Mark en relevant la tête avec un effort.

Tendu, Ibrahim relâcha lentement son souffle.

— Ils ont changé les gardes. Abd-al-Jawwad n'est pas là.

# 9

## Emily

JE CONTINUAIS MON JOGGING TOUS LES MATINS, mais pendant quelques jours, j'évitai la maison de Bethel Street. Retomber sur Nick Schwartz ne me faisait aucune envie, décidé comme il l'était à protéger sa propriété. Mais il fallait reconnaître qu'Elvis me manquait.

Le jeudi d'avant le 4 Juillet, je décidai soudain de changer mon nouvel itinéraire pour repasser devant la maison. Je n'avais aucune raison de le faire, aucune excuse, sinon que je voulais la revoir – une dernière fois, car mieux valait éviter de me tourmenter avec ce que je ne pourrais jamais avoir.

En tournant au coin de Bethel Street, j'aperçus d'abord le verger, puis Elvis couché sur le ciment de l'allée. Dès qu'il me vit, il vint m'accueillir, en passant le museau entre les planches de la clôture. Je ne pouvais pas ignorer ce chien adorable, même au risque d'une confrontation avec son maître.

Je repris mon souffle penchée en deux, appuyée sur mes genoux.

— Salut, Elvis !

Il remua la queue, heureux de me voir.

— Tu m'as manqué...

La porte-moustiquaire s'ouvrit sur Nick Schwartz, qui sortit sur le perron. Il resta dans l'ombre pour me fusiller du regard, comme s'il me mettait au défi d'entrer chez lui. Vêtu très simplement d'un t-shirt blanc et d'un jean, c'était un homme puissamment bâti. Il se tenait là, jambes écartées, bras croisés, ce qui faisait saillir ses muscles – impossible de ne pas les remarquer. Il les devait sans doute aux travaux de rénovation qu'il avait entrepris, car il ne me semblait pas du genre à fréquenter les salles de sport.

— Je ne suis pas sur votre propriété, criai-je. Le trottoir est à tout le monde !

Je caressai Elvis une dernière fois avant de me redresser.

— J'y vais, maintenant !

Avec un geste de la main, je m'éloignai le long de la rue, non sans deviner un sourire sur les lèvres de M. Néandertal. J'aurais dû arrêter de l'appeler comme ça, vu ce que j'avais appris sur lui, mais je ne pouvais pas m'en empêcher. Il m'exaspérait autant qu'il m'intriguait.

Comme j'étais du genre à éviter les conflits, je continuai ma route comme s'il ne s'était rien passé, tout en bouillant de rage. Plus je m'éloignais de Bethel Street, plus j'étais mécontente, mais cette fois, contre moi-même.

*Pourquoi, mais pourquoi je lui ai adressé la parole ? Quelle andouille ! Et pourquoi lui faire signe ? Encore plus stupide ! Comme si nous étions bons voisins ! Qu'est-ce que je peux être idiote, parfois...*

Voilà qui réglait la question. J'étais plus résolue que jamais à éviter la maison, et même la rue entière.

Tôt le matin du 4 Juillet, Jo Marie quitta la maison d'hôtes pour gagner ses cousinades à Seattle. Je servis le petit déjeuner à ses clients âgés, qui comptaient rendre visite à leur famille ce jour-là. Ils partirent en milieu de matinée pour retrouver leur fille et leurs petits-enfants dans la maison qu'ils avaient louée sur le canal Hood. Rover et moi avions la Villa Rose pour nous.

Ma mère n'avait pas été vraiment enchantée en apprenant que je manquerais les festivités familiales pour rester seule à Cedar Cove.

— Je voulais te présenter Fred ! J'avais tout arrangé, et voilà que tu me dis que tu ne viens pas...

— Maman, je t'ai prévenue la semaine dernière.

Son profond soupir en disait long.

— Fred sera tellement déçu.

Si c'était bien le Fred que j'avais en tête, lui aussi serait très soulagé d'échapper à cette rencontre arrangée. Il avait quarante ans et vivait encore avec sa mère. Fallait-il en dire plus ? Lui et moi étions sans doute tout autant rebutés par l'idée d'entamer une relation.

— Je ne sais pas pourquoi tu fais ça, Emily. On dirait que tu as tout laissé tomber ! avait poursuivi ma mère – comme si ces mots pouvaient me secouer au point que je m'abandonne à ses stratagèmes. Il ne faut pas en faire un drame. Beaucoup de femmes sont dans ta situation...

— Maman, s'il te plaît...

Je ne voulais pas d'une autre de ces conversations intimes avec elle. Oui, j'aimais ma famille, mais j'en avais assez.

De plus, ma mère se trompait. Je n'avais pas laissé tomber ; je ne voulais tout simplement plus risquer de tomber amoureuse. Ces blessures-là avaient laissé leur marque, mais il y avait d'autres obstacles, plus importants, dont ma mère semblait nier l'existence.

Pas question de refaire la même erreur. Lorsque la relation devenait plus sérieuse, lorsque je devais révéler la vérité… Je ne voulais plus jamais éprouver cette souffrance-là. Pas une troisième fois. J'avais un nouveau plan d'avenir, et même si j'aurais bien aimé partager ma vie avec un mari, là n'était pas mon destin. Je l'avais accepté, et je m'en contentais.

Les gamins du voisinage se mirent à lancer des feux d'artifice dès trois heures de l'après-midi. Je n'avais jamais trop apprécié ces choses-là. À mon humble avis, il aurait fallu les laisser aux professionnels. Les journaux et la radio étaient remplis d'avertissements sur les risques d'incendie.

Par chance, la ville de Cedar Cove organisait ses propres feux d'artifice, et j'étais pile au bon endroit pour une vue des plus spectaculaires. J'avais invité Dana et sa famille à me tenir compagnie, mais elle avait déjà prévu quelque chose chez sa belle-sœur. Je serais seule avec Rover, ce qui m'allait très bien.

Dans le Nord-Ouest Pacifique, le soleil ne se couchait pas avant dix heures du soir, si bien que je profitai de la soirée sur la terrasse, avec un verre de thé glacé. Rover ronflait paisiblement à côté de moi tandis que je lisais sur ma tablette, les pieds sur un tabouret.

Je fus réveillée par le téléphone et laissai retomber mes pieds pour courir à l'intérieur.

— La Villa Rose, maison d'hôtes, j'écoute ?

— Vous avez un chien qui s'appelle Rover ? grogna un homme.

— Oui… Pourquoi ?

— Parce qu'il est ici.

Il ne précisa pas ce qu'il entendait par « ici », ce qui n'avait aucune importance, car il se trompait.

— Non, il est sur la terrasse, avec moi.

— À votre place, j'irais vérifier.

— D'accord, une minute...

Je n'allais pas faire confiance à cet inconnu, d'autant plus qu'il devait y avoir plus d'un chien nommé Rover dans le coin. Mais comment avait-il obtenu le numéro de la Villa Rose ?

Je ressortis sur la terrasse où j'avais vu Rover pour la dernière fois, et après l'avoir fébrilement cherché dans tous les coins, je dus admettre qu'il avait disparu. La panique m'envahit et je déglutis péniblement. Les feux d'artifice devaient l'avoir effrayé. Si je le perdais, Jo Marie serait dévastée. Elle et ce chien étaient inséparables. Elle me l'avait confié. Je ne pouvais pas la décevoir.

Après avoir regagné l'intérieur au pas de course, je repris le téléphone.

— Il n'est pas là !

— Je sais, parce qu'il est ici.

— Où êtes-vous ?

— Harbor Street. Dans un bar qui s'appelle *A Horse With No Name.*

Le bar de motards... Rover était allé jusque-là ?

— Si j'étais vous, je me dépêcherais.

— Il est blessé ? dis-je en faisant de mon mieux pour rester calme malgré l'emballement de mon cœur.

— Il est bourré.

— Bourré ?

— Ils lui filent de la bière.

— Oh non ! J'arrive tout de suite...

— Oui, le contraire m'aurait étonné, rigola-t-il.

Immédiatement après avoir raccroché, j'attrapai mes clés et courus hors de la maison d'hôtes, en prenant tout de même le temps de m'assurer que tout était bien fermé. Et si quelqu'un cambriolait la Villa Rose pendant mon absence ? Il ne manquerait plus que ça !

À cause du feu d'artifice au-dessus de la baie, quitter le centre-ville fut compliqué. Le trafic était infernal. J'y étais habituée, car j'avais déjà travaillé du côté de Seattle. Cela ne m'avait jamais dérangée… jusqu'à maintenant. Je ne serais pas tranquille tant que Rover ne serait pas de retour à la villa, sain et sauf – et sobre.

Le bar *A Horse With No Name* n'était guère qu'un tas de planches aux abords de la ville. Une longue file de motos s'alignaient devant. Je me garai sur le côté auprès de quelques autres voitures, puis rassemblai mon courage avant d'entrer.

La salle était remplie de grands gaillards en veste de cuir. La musique du jukebox était si forte que j'en avais mal aux oreilles. Autour des tables de billard se pressaient d'autres motards, intimidants et couverts de tatouages. Il n'y avait pas beaucoup de femmes, et les rares que je repérai étaient pendues au bras d'un homme comme des strip-teaseuses. Mais pas de trace de Rover.

Puisque je ne savais pas à qui j'avais parlé au téléphone, je me dirigeai tant bien que mal vers le bar.

— T'es venue faire la fête, chérie ? demanda un immense motard aux cheveux gris.

Avec sa barbe mal entretenue, il avait l'air assez vieux pour être mon père. Ses deux bras et son cou avaient disparu sous les tatouages.

— Non merci, dis-je en essayant de ne pas l'offenser. Je suis là pour mon chien.

— C'est ton chien ? Eh bien, on peut dire que c'est une vraie bête de foire, s'esclaffa-t-il.

— Il adore la bière, commenta un autre motard. Je parie que toi aussi.

J'avais du mal à les entendre tant la musique était forte. Une fois de plus, je souris en refusant poliment.

— Je ne suis là que pour le chien.

Il me fallut une éternité pour traverser la pièce. Le barman remplissait des pintes de bière et je dus me pencher en avant en agitant le bras pour attirer son attention.

— Une minute, me lança-t-il.

— Je suis là pour le chien…

— J'ai dit une minute, mademoiselle. Je fais au plus vite, alors un peu de patience, d'accord ?

— D'accord, pardon…

La patience, ce n'était pas mon fort, et je n'étais pas à l'aise parmi tous ces motards qui me reluquaient sans gêne. J'avais hâte d'être de retour à la maison d'hôtes.

Le barman fit glisser une pinte sur le bar et se mit immédiatement à en remplir une autre. Vu que l'endroit était bondé et qu'il était seul pour servir, je risquais d'attendre longtemps.

— Où est Rover ? criai-je pour me faire entendre. Dites-moi et j'irai le chercher moi-même !

— Il est à l'arrière. Donnez-moi une seconde, d'accord ?

Son ton laissait clairement entendre qu'il ne voulait pas que j'y aille seule. Comment Rover avait-il fait pour venir se fourrer ici ? Heureusement que cet homme avait pris le temps de m'appeler…

Si Jo Marie apprenait cette histoire, elle sortirait de ses gonds. Moi-même, j'avais du mal à garder mon calme.

— Une bière pour la demoiselle ! cria le vieux motard en se faisant une place, pressé tout contre moi.

Je fis de mon mieux pour m'éloigner un peu, sans grand succès, à croire que nous étions cimentés ensemble.

— C'est très gentil, dis-je en évitant son regard, mais il faut que je ramène mon chien à la maison.

— Il va très bien, ton chien. Pas besoin de s'inquiéter.

J'allais avoir du mal à me débarrasser de lui.

La porte s'ouvrit sur un nouveau client. Je jetai un coup d'œil par-dessus mon épaule en espérant voir un policier. Mauvaise pioche. À ma grande surprise, c'était Nick Schwartz. Pendant un moment, je me demandai s'il m'avait suivie, mais c'était ridicule. Il n'aurait pas pu savoir que je viendrais ici, ni même que j'avais quitté la maison d'hôtes.

Son regard trouva aussitôt le mien. Il fronça les sourcils et ses épaules se raidirent.

Sans rien dire, il vint se placer directement entre le motard et moi, et croisa les bras comme il l'avait fait jeudi matin lorsqu'il m'avait jeté un regard noir depuis le porche, en faisant saillir ses muscles. Il m'avait intimidée, ce jour-là, mais quelque chose me disait qu'il en faudrait plus pour impressionner ce motard.

— La demoiselle est avec moi, dit Nick.

L'autre se redressa pour lui faire face. Quelqu'un arrêta la musique. Le silence était plus assourdissant encore que le vacarme qui l'avait précédé. Tout le bar semblait s'être pétrifié. Plusieurs motards repoussèrent leur chaise pour venir se placer aux côtés de Barbe-Grise. Ils portaient des vestes similaires, cousues des mêmes insignes. Nick était seul face à une douzaine de motards.

Cachée derrière lui, je sortis timidement la tête en me mordant la lèvre. Il fallait que j'évite une confrontation.

— Écoutez, je ne suis là que pour le chien. Je n'aime même pas la bière.

Le barman, qui voulait sans doute éviter la casse, prit la parole :

— On ne veut pas de grabuge ici, Lucifer.

Le motard s'appelait *Lucifer* ? Mauvais signe. Nick et lui continuaient à se défier du regard, sans bouger et, semblait-il, sans même respirer. Ou alors, c'était moi qui retenais mon souffle.

Le barman disparut et revint vite avec Rover dans les bras. Il me le tendit.

— Le voilà, votre chien.

Rover me jeta un regard embrumé, la langue pendante. Quelque chose me disait qu'un chien avec une gueule de bois ne serait pas beau à voir.

Je posai la main sur le bras de Nick, hésitante. Il ne détourna pas les yeux de Lucifer. Il fallait que je désamorce la tension, et je fis de mon mieux pour cacher ma nervosité :

— Je dois y aller. Merci de m'avoir proposé un verre. Une autre fois, peut-être.

— Il n'y aura pas d'autre fois, répliqua Nick dont le regard était plus intense qu'un faisceau laser.

— Non, sans doute pas, murmurai-je.

J'avais hâte de sortir de là. Tout en contournant les motards qui étaient venus flanquer Lucifer, j'ajoutai :

— Ce n'est pas comme si Rover s'enfuyait tous les jours pour aller boire un coup !

Ils eurent l'air de trouver ça drôle, et j'entendis plusieurs rires. On m'ouvrit un chemin tandis que je me dirigeais vers la porte. Je me sentais des airs de Moïse. Serrant Rover contre moi, je gardais les yeux baissés. La seule chose qui me rassurait était de savoir que Nick me suivait de près. Par bonheur, Barbe-Grise avait décidé de rester avec ses camarades de boisson.

Nick ne disait pas un mot, ce qui ajoutait à la tension. Une fois dehors, je me crus obligée de briser le silence.

— Merci, murmurai-je en déverrouillant ma voiture.

Nick inclina la tête, sans doute pour accepter ma gratitude. Il ouvrit la porte arrière pour moi et j'installai Rover sur la banquette. Il s'y coucha aussitôt, les yeux fermés. Les chiens pouvaient-ils avoir mal à la tête ? Celui-là devait avoir mal aux cheveux... ou plutôt aux poils.

Sans savoir quoi dire d'autre, je restai là, debout côté conducteur, à examiner ma clé de voiture.

— Ramenez ce chien chez vous, dit Nick.

— Oui, j'y vais. Écoutez, je voulais...

— Ce n'est pas la peine.

Il leva la main comme pour me toucher le visage, puis sembla changer d'avis. Je me rendis compte que je m'étais penchée vers lui et me redressai aussitôt.

— J'espère que je n'ai pas ruiné votre nuit.

— Non. Pas du tout.

Je ne pouvais pas arracher mon regard du sien, et je respirais à peine. Quelque chose était en train de se passer entre nous. Il s'était montré si hostile jusque-là, mais un changement s'était produit – chez lui ou chez moi ? Difficile à dire. Lorsque je repris la parole, j'avais du mal à articuler.

— J'espère qu'Elvis est enfermé. Je... Les feux d'artifice doivent avoir effrayé Rover.

— C'est votre chien ? demanda-t-il en détournant la tête pour regarder le siège arrière.

— Celui d'une amie. Je le garde pour elle.

— Vous auriez dû faire plus attention. Maintenant, vous allez devoir expliquer comment il s'est débrouillé pour boire un coup de trop.

Il avait raison, mais je n'appréciais pas le ton qu'il prenait. J'avais déjà compris la leçon.

— Écoute, mon vieux, je n'ai jamais eu de chien. Dans ma famille, on n'avait que des chats.

Nick ne put s'empêcher de sourire :

— « Mon vieux » ? C'est comme ça que tu viens de m'appeler ?

— Peut-être. Enfin, je veux dire, oui.

Je me mordis encore la lèvre. Il devait me prendre pour une idiote.

Il me toucha bel et bien la joue cette fois, en faisant courir son index jusqu'à ma mâchoire.

— Tu ferais bien d'aller t'occuper du chien.

— C'est vrai, dis-je avant de monter en voiture, bien décidée cette fois à regagner la sécurité – toute relative – de la Villa Rose.

En quittant ma place de parking, j'aperçus Nick face à son véhicule, un bras appuyé au toit, la tête basse. J'avais repéré cette voiture en arrivant tout à l'heure, ce qui voulait dire que Nick était déjà assis dedans. À attendre quoi ? Impossible de le savoir.

Quelque chose n'allait pas chez lui. Je songeai d'abord à partir, mais je m'aperçus que je n'en étais pas capable et reculai jusqu'à lui en ouvrant ma fenêtre.

— Ça va ?

En entendant ma voix, il releva la tête, et je vis que ses tempes étaient mouillées de sueur.

— Va-t'en, dit-il d'un ton brusque. Laisse-moi tranquille.

J'obtempérai de mauvaise grâce.

# 10

## Jo Marie

CETTE JOURNÉE LOIN DE LA MAISON D'HÔTES était pile ce qu'il me fallait. Pour la première fois depuis des semaines, je me sentais libre de toute responsabilité. Ne vous y trompez pas : j'adore la Villa Rose, mais j'avais besoin d'une pause, et je ne m'étais pas rendu compte à quel point avant de me retrouver auprès de ma famille et de mes amis. Cela faisait bien trop longtemps que je ne les avais pas vus.

J'étais soulagée d'avoir pu confier l'endroit à Emily. Je savais qu'elle s'en sortirait comme une cheffe, et ç'avait bel et bien été le cas, à part cette mésaventure avec Rover. Oui, elle m'en avait parlé. Elle avait également mentionné que Nick Schwartz l'avait plus ou moins secourue lorsqu'elle avait été la cible d'attentions indésirables. J'aurais aimé en savoir plus sur lui. Dana s'était informée au mieux, mais cette histoire – cet homme – cachait autre chose, je le sentais. Emily partageait mon avis.

J'avais donc fêté le 4 Juillet en famille, au milieu des rires. Karen avait toujours été ma cousine préférée et nous avions discuté jusqu'à tard dans la nuit. Son mari, Richard, était ami avec un certain Greg qui était passé leur dire bonjour avant le barbecue. Il ne comptait rester que quelques minutes pour saluer Richard avant de rejoindre des amis à Lake Washington, mais notre petite fête était si agréable qu'il s'était attardé presque jusqu'à minuit.

On m'avait ensuite appris, sans rentrer dans les détails, qu'il était célibataire. Sans doute divorcé. À la fin de ma conversation avec Karen, avant que j'aille me coucher, Richard était venu me demander si l'idée de sortir avec Greg me tentait. C'était une question compliquée.

J'avais rencontré quelques hommes depuis le départ de Mark, mais en vérité, je n'avais pas le cœur à ça, et aucun d'eux n'avait éveillé mon intérêt. Je ne voulais pas l'admettre, mais si j'avais accepté ces rendez-vous, c'était avant tout par défi. Je refusais de rester chez moi à me languir de lui, et j'étais bien déterminée à le chasser de mes pensées, même si je n'y étais pas vraiment parvenue. Cela faisait des semaines que je n'avais plus eu de nouvelles.

Des semaines.

Mais cette carte postale avait enraciné un minuscule fragment d'espoir en moi et Mark occupait mon esprit plus que jamais.

— Jo Marie ? Je ne veux pas te mettre la pression, mais Greg a mentionné qu'il avait pris plaisir à parler avec toi et qu'il voudrait bien te revoir.

— Je ne sais pas, avais-je dit à Richard.

Je n'aimais pas être ambiguë, mais c'était la vérité. Greg m'avait plu, et si j'avais apprécié ce jour de congé, c'était en grande partie grâce à sa conversation. Il avait un féroce sens de l'humour. La sauce barbecue de Richard était délicieuse, mais très épicée. Quand Greg avait mordu dans l'une des côtelettes, il avait toussé jusqu'aux larmes avant d'annoncer : « On ne devrait pas se faire autant de mal en mangeant ! » J'avais tellement ri que ma limonade m'était remontée dans le nez. C'était si bon, si merveilleux de rire.

— Aucune pression, avait répété Richard.

Avec un profond soupir, j'avais fini par accepter qu'il lui donne mon numéro de téléphone.

Désormais de retour à la Villa Rose, j'espérais qu'il m'appelle. Je refusais de vivre entre parenthèses.

Mon pauvre Rover devait encore souffrir de ses excès, car sans cela, il m'aurait averti qu'il y avait quelqu'un à la porte. Il ne leva qu'à peine la tête en entendant la sonnette. Le son même semblait le faire souffrir, et j'aurais pu jurer qu'il s'était mis les pattes sur les oreilles.

Emily était dans la cuisine et alla ouvrir.

Je m'occupais des factures, et si ma présence n'était pas absolument nécessaire, je préférais ne pas bouger. Emily revint quelques moments plus tard et m'annonça :

— C'est un militaire. Milford ou Millingford, je n'ai pas bien compris. Il est dans le salon. Tu veux que je vous serve du café ? Du thé ?

Je ne lui aurais jamais demandé de nous faire le service, et je sentais qu'il me faudrait quelque chose de plus fort qu'un thé glacé ou un expresso.

— Non merci, je m'en occupe.

— Tout va bien ? dit-elle, l'air inquiète.

— Oui, oui.

Mais je mentais, et elle devait s'en rendre compte. Elle me serra brièvement le bras pour me rassurer – ses attentions comptaient beaucoup pour moi.

— Je vous laisse discuter.

— Merci, murmurai-je en essayant de me préparer à cette conversation.

En me levant, j'essuyai mes paumes moites sur mes cuisses. La nervosité me tordait l'estomac. Je pris une profonde inspiration en espérant y trouver du courage, puis me plaquai un sourire sur les lèvres et partis à la rencontre de l'homme qui avait autrefois été le mentor et l'ami de mon mari. Il se leva à mon entrée.

— Bonjour, colonel. J'espère que vous avez fait bon voyage depuis Washington DC.

— Voyons, Jo Marie, vous n'avez pas à être si formelle. Je vous en prie, appelez-moi Dennis.

Ah, c'était le tour qu'il voulait donner à cette rencontre. Me faire baisser la garde en m'assurant que nous étions bons amis. Je l'aimais bien et j'avais beaucoup de respect pour lui : il m'avait été d'un grand réconfort quand j'avais appris pour Paul, et nous étions restés en contact, surtout pendant cette première année, la plus terrible. Mais notre relation entamait un nouveau tournant. Il n'était pas là pour prendre de mes nouvelles. Il avait en tête un objectif bien précis – et moi aussi.

Il se rassit et m'indiqua un siège. Puisqu'il était venu s'informer sur Mark, je serais heureuse de lui dire tout ce que je savais à condition qu'il fasse de même.

— Je vous sers à boire ? proposai-je en bonne hôtesse.

Il se pencha en avant, son béret d'uniforme à la main.

— Non, merci. Je voudrais que vous me disiez tout ce que vous savez sur Jeremy Taylor.

Il avait sans doute brisé la résistance de bien des gens d'un simple regard, mais je refusais de me laisser intimider par un homme qui m'avait serrée contre lui et qui avait partagé mon deuil.

— Je crois vous avoir déjà dit que j'avais embauché Mark comme homme à tout faire. Il s'est occupé de beaucoup de choses ici.

Je lui en désignai quelques-unes, visibles de là où nous étions, comme le manteau de la cheminée. Parfois, je me surprenais encore à passer une main sur le bois lisse pour me sentir plus proche de Mark. Dennis secoua la tête comme si ce travail lui semblait toujours absurde.

— Un homme à tout faire… Incroyable, vraiment.

— Pourquoi ?

— Quel a été votre dernier contact avec lui ? fit-il en ignorant ma question.

— Pourquoi trouvez-vous incroyable qu'il ait travaillé comme homme à tout faire ? insistai-je.

— Mark a reçu un entraînement très spécialisé, répondit-il vaguement. Il aurait pu prétendre à une infinité d'emplois très bien payés dans le civil.

— Il travaillait dans les renseignements, c'est ça ?

Il pinça les lèvres et hocha la tête, comme s'il n'en discutait qu'à contrecœur.

— Vous m'avez dit que vous aviez eu de ses nouvelles récemment… ? demanda-t-il.

Mais je refusai de céder et répondis par une autre question :

— A-t-il reçu de l'aide pour repartir en Irak ?

— Je ne peux pas en parler, Jo Marie, dit-il en plissant à nouveau les yeux.

C'était un oui.

— Si vous l'avez aidé à y aller, pourquoi ne pas l'aider à en sortir ?

Il secoua la tête. Très bien. Je croisai les bras et les jambes et opposai mon silence au sien. Dennis repartit à l'attaque :

— Je dois savoir quand il est entré en contact avec vous.

— Pourquoi ?

— C'est important.

— Pourquoi ?

Mon besoin d'en apprendre plus l'emportait sur la possibilité que mon silence réduise les chances de survie de Mark. Dennis resta impassible.

— Si je pouvais vous le dire, je le ferais, mais je suis tenu au secret.

— Évidemment, marmonnai-je.

Il changea de tactique :

— Je crois comprendre que cet homme vous est cher ?

— J'ai dit ça ? répliquai-je en haussant les sourcils.

— Vous l'avez sous-entendu. Sans cela, pourquoi me contacter ?

— Je me faisais du souci pour un ami.

Je n'avais pas l'intention de lui donner de munitions, mais il sourit comme si ma réponse lui avait révélé tout ce qu'il voulait savoir. Puis il retrouva son sérieux et sembla peser ses mots avec soin.

— Vos informations pourraient être une question de vie ou de mort.

— Pour Mark ?

— Pour Mark et… d'autres, ajouta-t-il très bas.

— Quels autres ? Donnez-moi un nom.

Son regard noir se teinta de surprise.

— Donnez-moi un nom, répétai-je.

J'admirais cet homme, mais je n'étais pas certaine de lui faire confiance. Même si Mark était parti en Irak avec l'aide du gouvernement, cela ne signifiait pas forcément qu'il travaillait avec eux.

— N'importe quel nom, repris-je. Je veux être sûre que vous êtes de son côté.

Pour la première fois depuis que nous nous étions assis face à face, Dennis détourna les yeux.

— Ibrahim.

Un frisson me parcourut l'échine. Mais peut-être avais-je mentionné Ibrahim au téléphone.

— Ça ne suffit pas.

Son regard aurait pu me transpercer, mais je le soutins sans faillir.

— D'accord : Shatha.

J'étais certaine de n'avoir pas parlé de l'épouse d'Ibrahim. Je hochai lentement la tête.

— Êtes-vous prête à me dire ce que vous savez ? demanda-t-il.

À l'évidence, il avait l'habitude d'être obéi immédiatement et sans contestation. Je laissai sa question en suspens quelques instants avant de reprendre la parole.

— À une condition.

— Jo Marie ! protesta-t-il.

— À prendre ou à laisser.

— Quelle condition ?

— Je veux savoir ce que vous avez appris sur Mark, dis-je posément. Je suppose que s'il a reçu l'aide du gouvernement ou de l'armée, ce n'était pas gratuit. On lui a demandé de faire quelque chose en échange de l'exfiltration d'Ibrahim et de sa famille. Je n'ai pas besoin de connaître les détails ni même la nature de sa mission. Tout ce que je veux entendre, c'est s'il est vivant et si vous pouvez le sortir de là en un seul morceau.

Ses yeux flamboyèrent d'impatience.

— Pensez-vous que je serais venu si nous disposions de ce genre d'information ? Nous sommes sans nouvelles depuis deux mois.

*Deux mois ?*

— Je vous ai déjà parlé de la carte postale que j'ai reçue…

— Quand est-elle arrivée ? fit-il en se redressant immédiatement.

— En juin.

— Savez-vous quand elle a été écrite ?

— Sans doute début mai.

— Laissez-moi la voir.

Il s'était remis à me donner des ordres. J'allai chercher ce qu'il me demandait dans ma chambre. En revenant dans la pièce, je trouvai Dennis occupé à faire les cent pas derrière le sofa. En me voyant, il tendit la main pour examiner la carte postale. Il parcourut les quelques lignes sans que son visage ne trahisse quoi que ce soit.

— Mark est gravement blessé, n'est-ce pas ? demandai-je.

Il ne répondit rien, mais le message sur les « bagages » était clair. En revanche, je ne voyais pas pourquoi Mark m'avait envoyé une carte postale représentant la plage de Jeddah. Et cette histoire de réseau pour des codes... Quels codes ? J'étais perdue. Mais à l'évidence, tout cela avait un sens pour le colonel. Il prit une photo des deux côtés de la carte avant de me la rendre.

— À vous, repris-je. Dites-moi ce que vous savez.

Silence.

— Un marché est un marché. Si vous ne m'apprenez rien, je vous garantis que si je reçois d'autres nouvelles de Mark, je ne vous tiendrai pas au courant.

Bien sûr, c'était du bluff. J'aurais fait n'importe quoi pour aider Mark à revenir sain et sauf aux États-Unis, accompagné, je l'espérais, d'Ibrahim et de sa famille. La position de Dennis n'était pas facile. Lorsqu'il hocha la tête comme pour lui-même, je sus qu'il me révélerait ce qu'il pouvait.

— Tout ce que je peux vous dire, c'est que nous avions rendez-vous avec Mark, Ibrahim et sa famille à la frontière de l'Arabie saoudite. Nous avions prévu d'autres dates au cas où il raterait la première. Six en tout. Il les a toutes manquées.

Mon corps se pétrifia tandis que je luttais contre les implications de ce qu'il venait de m'apprendre. Soudain, j'étais face à ma plus grande peur : Mark était peut-être mort. Je tentai de me raccrocher à un espoir, n'importe lequel :

— Vous n'avez eu aucune nouvelle, ni de lui ni d'Ibrahim ?

Dennis secoua la tête, les yeux pleins de pitié. Je m'effondrais, mais j'espérais le dissimuler.

— En d'autres termes, vous pensez qu'on l'a tué.

— Vous me tiendrez au courant s'il reprend contact ? dit-il en ignorant ma supposition.

— Et vous ?

Il hésita, puis hocha la tête. Lorsque je le dévisageai, il soutint mon regard. C'était un homme de parole, et je savais que je pouvais lui faire confiance.

— Dans ce cas, moi aussi, assurai-je.

Mon cœur se brisait. Mark m'avait dit en partant qu'il pensait ne jamais revenir. Je m'étais promis de ne pas me raccrocher à de faux espoirs. Mais c'était pourtant bel et bien ce que j'avais fait.

Emily cuisinait ce soir, mais je n'avais pas faim et ne fis même pas semblant de manger. J'avais été engourdie tout l'après-midi, aux prises avec la tension dans mon estomac, la douleur dans ma poitrine. Il fallait que j'appelle Bob Beldon. Il apprécierait d'être tenu au courant. Mais je ne pouvais pas m'y résoudre. Rien ne paraissait réel, et pourtant, c'était bien la réalité qui m'avait rattrapée.

— Ça va ? demanda Emily en fronçant les sourcils. Je ne veux pas me mêler de ce qui ne me regarde pas, mais si tu as besoin de parler à quelqu'un, je suis là.

— Merci, mais je n'ai pas très envie d'en discuter.

Son regard de sympathie m'indiqua qu'elle comprenait très bien.

— Je peux faire quelque chose ?

— Rien, mais merci, répétai-je en secouant la tête.

Après dîner, Emily partit dans sa chambre et je regagnai la mienne. Rover n'était toujours pas redevenu lui-même, mais il semblait aller mieux. Il se coucha à mes pieds tandis que je m'installais dans mon fauteuil. Sans grande envie de regarder la télévision, j'allumai tout de même le poste pour me distraire de mes sombres pensées.

Mon téléphone sonna, me faisant bondir. Je ne reconnaissais pas le numéro.

— Allô ? hésitai-je.

— Jo Marie ? C'est Greg. Nous nous sommes croisés chez Karen, elle m'a donné votre numéro. J'espère que je ne vous dérange pas.

— Greg… Bonjour.

Je fis de mon mieux pour paraître enjouée, en essayant de dissimuler la tourmente en moi.

— Je me suis bien amusé au 4 Juillet.

— Moi aussi.

J'avais l'impression que ce jour remontait à des années, alors que c'était seulement la veille. Vingt-quatre heures à peine. Cela semblait complètement impossible.

— Je voulais prendre contact et vous dire que j'avais vraiment aimé vous rencontrer, poursuivit-il.

— Merci. C'était une belle fête.

C'était vrai, même s'il ne me restait plus rien à célébrer.

— Je me demandais… Ça vous dirait qu'on se revoie ? proposa Greg.

Son invitation n'aurait pas dû me surprendre à ce point. Je ne savais pas quoi répondre. Le silence se prolongea, inconfortable. La tête me tournait. Mark ne m'avait rien promis. Il m'avait même fait comprendre qu'il ne reviendrait pas, même s'il avait repris contact. Et ses dernières nouvelles remontaient à des semaines.

Des semaines et des semaines…

Il n'avait pas traversé la frontière. Il n'était pas venu au rendez-vous.

— Karen m'a expliqué que vous étiez veuve. Je ne sais pas si vous êtes au courant, mais ma femme est décédée il y a bientôt quatre ans.

Non, personne ne m'en avait rien dit. Quatre ans… Presque comme Paul.

— Je n'ai pas fait beaucoup de rencontres depuis, et je dois avouer que je suis un peu nerveux. Plus qu'un peu. Si vous n'êtes pas prête, je comprends.

— Je suis prête, m'écriai-je. J'aimerais beaucoup vous revoir.

J'avais pris ma décision. Nous discutâmes pendant presque une heure. Greg était très doué pour la conversation, et en raccrochant, je me sentais mieux.

Il était temps de lâcher prise, pour de bon, cette fois, et d'aller de l'avant.

# 11

## Emily

J'ÉTAIS INQUIÈTE POUR JO MARIE. Elle s'était montrée réservée pendant tout le dîner et n'avait presque pas dit un mot. À peine avait-elle touché à son assiette, alors que je savais qu'elle aimait beaucoup la salade César. Presque immédiatement après le dîner, elle s'était excusée pour monter dans sa chambre.

Lorsque je redescendis plus tard dans la soirée pour lui parler, je la trouvai plus joyeuse. J'avais entendu son téléphone sonner et j'espérais que son interlocuteur, quel qu'il soit, l'avait aidée à oublier un peu cette visite qui l'avait visiblement bouleversée. Comme elle semblait de meilleure humeur, je ne suggérai pas une conversation autour d'une tasse de thé. Je respectais sa vie privée, mais je serais là si elle avait envie de parler.

Rassurée à son sujet, je regagnai ma chambre et lus jusqu'à minuit, happée par mon roman, une fenêtre ouverte pour laisser entrer l'air frais du soir. En éteignant la lumière, ma tête était encore pleine de l'histoire que j'étais en train de lire. J'essayais de dévorer le plus de fiction possible pendant l'été, car j'avais du mal à trouver du temps pendant l'année scolaire. À l'université, j'étais addict aux romans d'amour et aux histoires de femmes. Mais tout cela me déprimait ces jours-ci, puisque je ne connaîtrais sans doute jamais, moi, de romance qui se finisse bien. Je m'étais donc mise à lire des thrillers. Les intrigues étaient captivantes et j'adorais essayer de trouver le coupable.

Tout me paraissait compliqué, en ce moment. Je n'arrivais pas à trouver une maison. Même mon agent immobilier commençait à s'impatienter, et je ne pouvais pas lui en vouloir. Ce dont j'avais besoin ne correspondait pas à ce que je voulais. Tout ce que je pouvais dire à Dana, c'était que je reconnaîtrais la bonne maison quand je la verrais. J'appréciais ses efforts, mais je craignais d'être obsédée par la maison au verger, celle où vivait Nick Schwartz.

J'avais toujours eu le sommeil léger, mais j'étais en plein rêve lorsqu'un aboiement me parvint. Même endormie, je le reconnus : c'était Elvis. Pourtant, Elvis ne pouvait pas être près de la villa. Pas à cette heure de la nuit. J'ouvris les yeux pour regarder mon réveil.

Trois heures du matin.

Sans chercher à comprendre pourquoi, je rejetai les couvertures et sortis sur mon petit balcon. En bas, remontant l'allée qui menait à la maison d'hôtes, se trouvaient Elvis et Nick Schwartz. J'avais déjà vu un homme avec son chien tard dans la nuit, mais je n'avais pas fait le rapprochement. Que pouvaient-ils bien faire ici ? J'aurais dû les ignorer, mais je fus surprise de me rendre compte que j'étais heureuse de voir Nick. J'enfilai mon sweatshirt et descendis les escaliers à toute vitesse.

Je sortis par la porte de la cuisine, puisque c'était la plus proche de l'allée. L'alarme émit une série de bips et je m'immobilisai en espérant qu'elle ne réveillerait ni Rover ni Jo Marie. Ce ne fut pas le cas.

Je hâtai le pas vers Nick, avant de ralentir en voyant qu'il m'avait aperçue. Elvis aussi. Tous deux s'étaient pétrifiés, comme s'ils ne m'avaient pas reconnue, et Nick ne répondit pas lorsque je le saluai.

— C'est le milieu de la nuit, lui dis-je.

— Tu vas me dénoncer pour m'être introduit sur une propriété privée ? répliqua-t-il en s'accrochant à la laisse d'Elvis.

— Ce n'est pas à moi de le faire.

Et de toute façon, je ne l'aurais pas fait. Elvis s'avança en tirant sur sa laisse, et je me courbai pour le caresser avant de poursuivre :

— Ça va ? Je veux dire… depuis la dernière fois ?

— Bien, répliqua-t-il avec irritation.

— C'est moi que tu es venu voir ?

Bien sûr que non, ce qui ne m'empêchait pas de l'espérer.

— Non. Je ne savais même pas que tu vivais là.

— Alors, qu'est-ce que tu fais ici ?

— J'ai du mal à dormir, confessa-t-il comme s'il s'agissait d'une faute grave.

— Moi aussi, parfois.

— C'est toi, la propriétaire de la maison d'hôtes ?

À l'évidence, il ne connaissait pas grand-chose à la ville où il habitait.

— Non, c'est Jo Marie Rose.

— Vous êtes amies ?

Il m'en posait, des questions.

— Nous sommes en train de le devenir. Je vis ici le temps de trouver une maison.

— Le chien, c'était le sien ?

— Oui.

— Il va mieux ?

— Tu as déjà vu un chien avec une gueule de bois ? Triste spectacle.

— Jamais vu, non, sourit-il.

— Je suis descendue en courant quand je vous ai vus, toi et Elvis… Je voulais te remercier pour la nuit dernière.

Il haussa les épaules, signe qu'il ne voulait toujours pas de ma gratitude.

— Tu veux t'asseoir un moment sur la terrasse ? proposai-je en espérant qu'il dise oui. La vue est magnifique, et c'est très apaisant.

Bon, d'accord, la vue ne serait pas aussi magnifique au milieu de la nuit. Nick parut lutter un moment contre lui-même, puis hocha la tête. Je fis de mon mieux pour cacher mon sourire. Il semblait toujours se méfier de moi, même s'il avait risqué gros la nuit dernière pour me sauver. Seul contre un, il aurait pu s'en sortir, mais face à tout un club de bikers, ça n'aurait sans doute pas été beau à voir.

— Je ne mords pas, ajoutai-je.

— Pas sûr d'y croire, dit-il avec un nouveau sourire.

Mais il me suivit sur la terrasse, et nous nous assîmes côte à côte comme je le faisais souvent avec Jo Marie, devant la vue sur la baie. La mer était calme et scintillait sous la lune. Les lumières du chantier naval de Bremerton clignotaient dans le lointain. Quelques minutes s'écoulèrent en silence. Je levai les yeux vers le ciel nocturne rempli d'étoiles. Nick l'admirait également. Je crus repérer Vénus, mais mes connaissances en astronomie étant limitées, je ne voulais pas raconter n'importe quoi.

— C'est vrai que c'est calme, murmura Nick.

— N'est-ce pas ? dis-je en allongeant les jambes pour croiser les chevilles. Parfois je m'assois ici la nuit, juste pour réfléchir.

Heureusement qu'il faisait noir, car mes cheveux étaient en bataille. J'aurais dû me passer un coup de brosse avant de descendre, mais j'aurais pu rater Nick et Elvis. Comme nous n'avions pas pris un bon départ, je tenais à arranger les choses.

— Réfléchir à quoi ? demanda-t-il.

Je haussai les épaules, peu désireuse de me lancer dans des sujets trop personnels.

— Je ne sais pas. La vie, le futur, rien de bien original. Le quotidien. Et toi ? À quoi tu penses quand tu te promènes la nuit ?

— À rien d'important, répondit-il comme moi. Je cherche surtout à être assez fatigué pour dormir.

— Retaper la maison ne suffit pas ?

— On dirait bien que non.

Il songeait sans doute à son frère décédé, mais il ne m'avait pas parlé de l'accident. Je ne voulais pas me mêler de ce qui ne me regardait pas. Moi aussi, je tenais à garder un jardin secret.

Nous semblions tous deux hypnotisés par la quiétude environnante, même si j'avais parfaitement conscience de sa présence à côté de moi. J'avais envie de mieux le connaître. Pourquoi ? Mieux valait ne pas se le demander. Oui, j'étais intéressée par sa maison, mais ça ne s'arrêtait pas là. Il m'intriguait. La tragédie qui l'avait frappé, sa façon de se cacher et de ne sortir qu'à la nuit tombée... J'avais toujours été attirée par ce genre de personnages. Bizarre, vraiment, d'autant plus que je n'avais aucune chance de le guérir ou de lui apporter un quelconque réconfort.

Elvis était couché entre nous, presque pile à l'endroit où Rover adorait s'installer. Il avait penché la tête vers moi comme s'il attendait que je prenne la parole. Nick posa sa main sur la tête du chien pour le caresser.

— C'est l'aboiement d'Elvis qui t'a réveillée ?

— Pas du tout. Enfin, si, avouai-je. Mais j'ai lu jusqu'à une heure du matin. Je lis beaucoup en ce moment. Je peux en profiter en été.

S'il pensait que j'étais debout à cause d'Elvis, peut-être serait-il tenté d'éviter la maison d'hôtes, et je ne voulais pas d'une chose pareille, surtout pas par ma faute.

— Tu ne lis qu'en été ?

— Comme je suis institutrice, je n'ai pas beaucoup de temps à moi pendant l'année scolaire. Je vais faire ma rentrée à l'école élémentaire de Cedar Cove en septembre. C'est pour ça que je suis ici, le temps de trouver une maison.

— Où est-ce que tu vivais avant ?

— Seattle.

— Tu veux louer ou acheter ?

— Acheter.

— Tu as trouvé ce que tu voulais ?

— Pas encore, dis-je en détournant le regard. Tu comptes vivre dans la maison une fois les travaux finis ? Je veux dire, tu y vis déjà, mais tu comptes y rester ?

Il se redressa un peu.

— Pourquoi cette question ?

— Comme ça. Ça me semble un peu grand pour y vivre seul, c'est tout.

Je m'avisai soudain qu'il n'y habitait peut-être pas tout seul. C'était ce que je supposais, mais je pouvais me tromper. J'étais sur le point de lui poser la question lorsqu'il y répondit lui-même.

— C'est vrai que c'est grand pour une seule personne. Et toi, pourquoi tu as cherché un travail à Cedar Cove ?

Vu son abrupt changement de sujet, il n'avait pas envie de parler de la maison ni des travaux qu'il y faisait. Je remontai mes pieds sur le bord de la chaise pour appuyer le menton sur mes genoux.

— J'y suis passée l'été dernier avec un ami, pour ses retrouvailles des anciens du lycée, et je suis tombée amoureuse de cette ville.

— Un ami ?

— C'est ça. La maison d'hôtes est merveilleuse. Jamais je n'avais ressenti une telle...

— Quiétude ?

— Oui, fis-je, surprise qu'il ait deviné. Je me sens comme chez moi ici, même s'il faudra bien que je m'en aille un jour. Tu sais comment c'est, d'être dans les limbes, à attendre désespérément quelque chose ? Ce n'est pas ce que j'éprouve. Il faut que je me trouve une maison, je finirai par y arriver, mais pour le moment, je suis bien.

— Tu en trouveras une, affirma-t-il.

J'espérais sincèrement qu'il ne se trompait pas. Ma curiosité reprit le dessus, même si je ne voulais pas le harceler.

— Qu'est-ce que tu fais ici, surtout à cette heure de la nuit ?

C'était la question qu'il avait évitée plus tôt. Une longue allée séparait la propriété de la route ; il n'avait pas pu atterrir ici par hasard. Il prit son temps avant de répondre.

— Je suis en quelque sorte tombé dessus pendant une de mes balades nocturnes. C'est Elvis qui voulait venir, je ne sais pas pourquoi. J'avais beau tirer sur sa laisse, il tenait à s'engager dans l'allée. J'ai fini par céder après cinq minutes de lutte. Je ne sais pas pourquoi, mais après avoir fait le tour de cette maison, je me sens assez calme pour m'endormir.

J'étais stupéfaite. Jo Marie m'avait dit que la villa était un lieu de guérison. Je ne pouvais pas m'empêcher de me demander si je lui devais aussi mon propre sentiment d'apaisement. Quant à Nick, je ne savais rien de lui en dehors de ce que m'avait appris Dana.

— On dirait bien que nous avons tous les deux trouvé la paix ici, reprit-il.

En prononçant ces mots, il sourit, et son visage en fut transformé. C'était un homme imposant, et il n'était pas laid, mais son sourire le rendait dix fois plus attrayant. Je détournai les yeux pour éviter de le dévisager. Il m'attirait, ce qui m'agaçait. Je ne pouvais pas – je ne voulais pas me laisser entraîner dans une autre relation amoureuse. Mais il fallait avouer que Nick Schwartz était tentant.

Je bâillai involontairement.

— Tu es fatiguée. Ce n'est pas la peine de me tenir compagnie.

— Ça ne me dérange pas.

— Remonte. Moi-même, je me sens prêt à dormir.

Il avait raison, mais je n'avais pas envie de mettre fin à notre conversation. J'imagine que c'était l'obscurité, le fait d'être installés si près l'un de l'autre, qui lui conférait ce caractère complice. Il y avait une certaine liberté là-dedans. Sous la lune qui nous plongeait dans l'ombre, je distinguais à peine son visage. Jamais nous n'avions été si détendus ensemble.

Malgré ses dernières paroles, il ne bougea pas et moi non plus. Le silence était agréable.

— Je m'excuse pour la façon dont j'ai réagi quand je t'ai vue sur ma propriété, dit-il. Si tu veux faire ton jogging dans le verger, vas-y.

Cet homme était plein de surprises. Comme lui plus tôt, je me contentai de hausser les épaules en essayant de ne pas sourire, heureuse qu'il ait changé d'avis.

— Merci. Je serai contente de retrouver Elvis.

Le berger allemand redressa la tête en entendant son nom, et Nick se leva, prêt à partir.

— Viens, Elvis.

Le chien ne bougea pas.

— Elvis !

— On dirait que lui n'est pas encore prêt. Reste encore quelques minutes, suggérai-je.

— Tu es fatiguée…

— J'aime bien être assise là avec toi.

Je n'aurais sans doute pas dû dire une chose pareille, mais Nick se rassit.

— Est-ce que tu mentionneras mes balades nocturnes à la propriétaire des lieux ? demanda-t-il.

— Sûrement. Mais connaissant Jo Marie, ça ne la dérangera pas. Et si elle s'en inquiète, je lui dirai que tu es comme un gardien qui fait sa ronde.

— Merci, souffla-t-il, l'air sincèrement reconnaissant.

Comme il semblait bien disposé envers moi, je pris le risque d'aborder le sujet qui m'occupait l'esprit.

— On dirait que les travaux de ta maison avancent bien…

— Ça avance.

— Tu voudrais aller plus vite ?

— Pas forcément. Je ne suis pas pressé. J'ai du temps et de la patience.

— Tu n'as pas besoin de travailler ?

Encore un haussement d'épaules.

— Ma mère était fille unique, et j'ai hérité à la mort de ses parents. Je me donne un an pour retaper la maison, et après, je retourne sur les chantiers.

— C'est ton métier ?

— Je suis entrepreneur en bâtiment, oui.

— Alors, quand tu auras fini, qu'est-ce que tu comptes faire ?

— De ma vie ? répliqua-t-il d'une voix tendue, comme si ma question le mettait en porte-à-faux.

— De la maison, dis-je sans plus pouvoir retenir ma curiosité.

— Je ne sais pas. Je n'ai pas encore décidé.

Je me retins de lui demander carrément de me la vendre.

— Elle est magnifique. Je suis sûre qu'elle pourrait rendre quelqu'un très heureux.

— C'est un bel endroit, solide, c'est sûr. Mon grand-père l'a construit de ses propres mains quand il est revenu de la guerre. Lui et ma grand-mère s'étaient mariés avant qu'il ne parte combattre en Europe. Elle a travaillé comme secrétaire au chantier naval de Bremerton jusqu'à son retour. Ils avaient tous les deux des économies, et ils ont décidé de faire construire. Il s'est assuré d'avoir assez de place pour la famille qu'ils comptaient fonder.

— Il y a combien de chambres ?

Comme j'avais mentionné auparavant que je cherchais à acheter, je craignais que mes questions ne me trahissent.

— Cinq. Mon père était l'enfant du milieu. Trois filles et deux garçons.

— Cinq enfants !

— Si je la vends, ce qui n'est pas sûr, j'espère que ce sera à une jeune famille.

Ce n'était pas ce que je voulais entendre.

— C'est ton grand-père qui a planté le verger ?

— Non, il était là depuis longtemps. C'était une ferme, à l'époque. Beaucoup de ces arbres ont plus de cent ans et ne donnent plus grand-chose. Je les ferai sans doute abattre pour en planter d'autres, mais ce n'est pas pour tout de suite.

L'idée de les perdre m'attrista.

— Cette fois, il faut vraiment que j'y aille, déclara-t-il en bâillant. Je dors debout.

Je ressentais la même chose et tentai sans succès d'étouffer mon propre bâillement.

— Tu étais sérieux, je peux courir dans le verger ?

— Oui, pas de problème. Je n'aurais pas dû m'énerver comme ça.

Il se leva et Elvis le suivit sans rechigner. Je les raccompagnai au bord de la terrasse en bâillant encore.

— Ça m'a fait plaisir de te parler, Nick.

— Moi aussi.

— Merci… Tu sais, pour l'autorisation de courir dans le verger, et pour tout le reste.

Il fit signe de ne pas le remercier et disparut dans la nuit. Debout sur les marches de la terrasse, je m'appuyai contre l'une des colonnades pour le regarder s'éloigner à la suite d'Elvis. Au bout de l'allée, ils s'arrêtèrent pour se retourner.

Un peu gênée d'être encore là, j'agitai la main afin de dissimuler mon trouble. Nick n'y répondit pas.

C'était une énigme, cet homme. Chaque fois que je le croisais, il semblait de caractère différent. Sa colère la première fois m'avait enragée. La deuxième fois, lorsque j'étais venue chercher Rover au bar, il m'avait protégée, prêt à affronter une douzaine de motards pour moi. Et ce soir… ce soir, j'avais découvert un autre aspect de sa personnalité. Il m'avait paru vulnérable et ouvert. Comme quelqu'un de bien.

Je commençais à peine à le connaître et à explorer toutes ses facettes. Malgré notre faux départ, j'aimais bien Nick Schwartz. Ce qui m'inquiétait.

# 12

## Nick

NICK NE SAVAIT PAS COMMENT s'y prenait Emily pour s'immiscer si facilement dans ses pensées. Cette femme devait être un genre de virus. Malgré tous ses efforts pour la chasser de son esprit, rien à faire. Il lui avait interdit de revenir chez lui dans l'espoir de mettre fin à sa fascination pour elle, mais cela n'avait fait qu'empirer les choses. Ne pas la voir l'avait tourmenté encore davantage.

Elle lui avait manqué comme un verre d'eau manque à un homme qui meurt de soif. Chaque matin – chaque matin ! – il se réveillait à peu près à la même heure où elle traversait autrefois le verger. Et comme si ça ne suffisait pas, il allait à la fenêtre, à croire qu'il espérait la voir, qu'il espérait qu'elle ignore ses menaces pour revenir sur sa propriété. Ce qui ne risquait pas d'arriver, vu qu'il avait parlé d'appeler la police.

Pile au moment où il se pensait sur le point de passer à autre chose, voilà qu'elle avait fait son apparition au *Horse With No Name* pour le 4 Juillet, alors que le bar était bondé de motards et d'autres gens peu recommandablcs. Nick s'y était rendu tous les soirs de la semaine, sans jamais trouver le courage de passer le seuil, tremblant à l'idée de faire une crise d'angoisse en public. Puis Emily s'était garée à deux voitures de lui. Il avait tout de suite su qu'elle n'avait rien à faire là et l'avait suivie à l'intérieur. Dès qu'il avait vu le motard l'approcher, il avait compris qu'elle était en mauvaise posture et son instinct avait pris le dessus.

Et il s'était retrouvé face à face avec Lucifer, le vice-président du club de Washington. Qu'est-ce qui lui avait pris ? Il n'en avait aucune idée. Il avait eu de la chance de sortir de là entier.

Par-dessus le marché, Emily l'avait découvert sous sa fenêtre. Il s'était rendu complètement ridicule. Lorsqu'elle était sortie par la cuisine pour venir le voir au beau milieu de la nuit, il en avait perdu la voix.

Au début, il ne savait pas quoi penser. Était-elle la propriétaire ? Mais il aurait dû se douter que non, puisqu'il avait repéré le nom de Jo Marie Rose sur la pancarte. La savoir simple pensionnaire était un soulagement. Il ne savait pas que les maisons d'hôtes proposaient ce genre de service, et évidemment, celle-là accueillait Emily, la femme qu'il cherchait à tout prix à éviter. C'était bien sa chance.

Elvis l'aimait bien, sans aucun doute. Vraiment, il faisait un beau chien de garde, celui-là ! D'habitude, il se méfiait des inconnus, et il était bien dressé, ce qui rendait son affection pour Emily encore plus confondante. Personne ne pouvait passer devant chez Nick sans que son berger allemand ne montre les dents. Pourquoi faisait-il une exception pour Emily ? La seule explication, c'était que Nick avait transmis à son chien sa fascination pour elle. Ce qui était idiot et bien sûr impossible.

Encore une fois, Nick se réveilla vers six heures du matin, après à peine trois heures de sommeil. Par instinct, il s'approcha de la fenêtre qui donnait sur le verger. Sans surprise, Elvis s'y trouvait, à attendre Emily.

Elle ne le déçut pas.

Nick la vit ralentir le pas en apercevant Elvis et s'appuyer sur ses genoux pour reprendre son souffle pendant qu'elle parlait au chien. Puis elle s'agenouilla pour lui passer les bras autour du cou. En la voyant si tendre avec lui, Nick s'éloigna de la fenêtre, frustré et en colère.

Ce ne fut qu'après son café qu'il se rendit compte qu'il était jaloux. Jaloux d'un chien. On ne pouvait pas tomber plus bas.

Vers midi, Nick était en sueur. Il avait dégagé la cuisine pour y installer ses tréteaux. Les nouveaux placards étaient presque finis. Il pourrait s'occuper du sol après avoir fait les comptoirs. Pour ceux-là, il aurait voulu du marbre, mais même avec ses réductions, il ne pouvait se permettre une telle dépense.

Il était sur le point de s'interrompre pour le déjeuner lorsque Elvis aboya – pas en signe d'avertissement, mais pour accueillir quelqu'un. Nick posa son mètre et quitta la cuisine.

C'était Emily. Son pouls accéléra aussitôt. Il vint la trouver sur la terrasse.

— Salut, dit-il en essayant de ne pas montrer à quel point il était heureux de la voir.

Elle semblait nerveuse et, après l'avoir également salué, lui tendit soudain l'assiette qu'elle avait dans les mains.

— J'ai fait des cookies ce matin.

Apparemment, ils étaient pour lui. Il cligna des yeux.

— Prends-les, insista-t-elle.

— Pourquoi ? dit-il en coinçant les mains dans les poches arrière de son jean pour éviter la tentation de la toucher.

Elle se mordit la lèvre, ce qu'elle avait tendance à faire quand elle était nerveuse. Après leur discussion nocturne, la gêne qui s'était maintenant installée entre eux surprenait Nick. Pourquoi étaient-ils tous deux si hésitants ?

— C'est ma façon de te remercier de m'avoir autorisée à traverser le verger. J'adore cet endroit. Je peux courir à l'ombre.

— Ce n'est pas la peine...

— Je sais, mais j'en avais envie. Tu les prends, ces cookies, ou tu me laisses là à te tendre une assiette comme une idiote ?

Il sourit et prit les cookies, qui semblaient délicieux, il fallait le reconnaître.

— J'espère que tu aimes les cookies avoine-raisin...

— Je ne suis pas difficile quand ils sont faits maison.

Ils étaient encore chauds, et Nick inspira un moment leur odeur.

— Comme je le disais, ce n'était pas la peine. Ça ne me coûte rien de te laisser courir dans le verger, et Elvis a l'air de s'être attaché à toi.

— Moi aussi, je l'aime bien. C'est un super chien.

Personne d'autre, après s'être aventuré sur sa propriété, n'aurait été du même avis, mais Nick ne jugea pas bon de le mentionner.

— Et il m'a manqué, poursuivit Emily.

— Tu lui as manqué aussi.

Tout comme à Nick. La voir tous les matins – son corps mince et parfait, ses membres bronzés et athlétiques – ne le laissait pas insensible. Elle lui fouettait le sang, elle lui rappelait qu'il était encore vivant. Il n'aurait pas cru cela possible après la mort de son frère l'an dernier.

— Tu en veux un ? demanda-t-il en déposant l'assiette sur la table pliante de la terrasse.

— Non, merci. Ce que je voudrais, c'est voir les travaux… Si ça ne te dérange pas de me les montrer.

Elle ouvrit grand ses beaux yeux sombres pour appuyer sa demande.

— C'est un peu le bazar en ce moment…

— Pas grave. Je ferai attention à où je mets les pieds.

Apparemment, elle en avait très envie.

— D'accord, mais tout ça est encore loin d'être présentable.

— Message reçu, dit-elle en le suivant avec enthousiasme.

Nick lui tint la porte de la cuisine, puis rentra à sa suite. Au milieu de la pièce, elle s'arrêta et promena son regard alentour, comme pour embrasser tous les détails.

— C'est immense…, s'extasia-t-elle.

— Ma grand-mère voulait une grande cuisine, acquiesça Nick. Et elle en avait bien besoin. Elle faisait des conserves pour l'hiver avec les légumes du jardin et les fruits du verger. Ils avaient une salle à manger plus formelle, mais tout le monde dînait dans la cuisine. Papa me disait qu'elle ne transigeait pas là-dessus, il fallait manger en famille tous les soirs. C'était la priorité.

— Tellement de familles ont abandonné cette habitude, commenta Emily en passant sa main sur le dessus du placard qu'il allait installer. Tu remplaces ça aussi ?

— Les vieux étaient en assez mauvais état.

— Ceux-là sont parfaits. Tu as bien choisi.

— Merci.

— Tu as fini les rénovations dans d'autres pièces ?

— Suis-moi, dit-il en s'engageant dans le couloir. J'ai bien avancé dans le salon. Le manteau de cheminée en chêne est tout neuf, et les vitrines de chaque côté aussi.

— Oh, Nick, c'est magnifique, souffla-t-elle.

Son admiration lui plaisait. Elle se retourna pour le regarder.

— Tu as fait ça tout seul ?

— Mais oui.

Elle semblait avoir du mal à y croire, ce qui le flattait encore plus. Il devait admettre qu'il était fier de son travail.

— Je me suis lancé comme charpentier quand j'étais ado, en donnant un coup de main à mon père et à mon… frère.

Ses yeux rencontrèrent les siens et il y vit de la sympathie. Elle savait. Comment ? Et connaissait-elle toute l'histoire ? Heureusement, elle ne mentionna pas Brad, et lui-même n'avait aucune intention de le faire. Sa compassion l'embarrassait, et il voulait maintenant qu'elle s'en aille.

— Merci pour les cookies, lâcha-t-il abruptement.

Elle parut désarçonnée par son changement d'attitude.

— Il faut que je m'y remette, expliqua-t-il en espérant qu'elle ne chercherait pas plus loin. Je n'ai pas le temps pour un tour de toute la maison.

— Bien sûr…

Il avait des remords face à sa déception évidente, mais il refusait d'évoquer son frère avec elle ou qui que ce soit d'autre. Elle lui fit un sourire forcé, mais ses mots semblaient sincères :

— Merci de m'avoir montré tout ça. Ton travail est splendide.

Il accepta le compliment d'un bref signe de tête et, en la voyant rester en arrière pour regarder autour d'elle, il quitta la pièce, ne lui laissant pas d'autre choix que de le suivre.

— C'est beaucoup plus grand à l'intérieur que ce que je pensais, dit-elle derrière lui.

En ouvrant la porte qui menait à l'extérieur, il lui offrit sa main.

— Fais attention à la marche.

— Merci...

Lorsqu'elle lui prit la main, la connexion qui s'établit entre eux fut bien plus que physique. En voyant Emily lever les yeux vers lui, Nick sut qu'elle l'avait également ressenti. Ils se fixèrent un peu trop longtemps, leurs mains comme soudées.

Puis Emily retira lentement la sienne. Nick la lâcha aussi. Son esprit s'activait furieusement pour comprendre ce qui venait de se produire. Comment un simple contact avait-il pu le bouleverser à ce point ? Il avait l'impression que le cœur d'Emily était venu à la rencontre du sien : comme si, en comprenant la douleur et son deuil, elle avait révélé ses propres vulnérabilités. Il en venait à se demander ce qui avait bien pu lui arriver. Avait-elle aussi subi une terrible perte ?

Au-delà de cette connexion émotionnelle, il y avait autre chose encore... quelque chose de physique. Nick n'avait jamais désiré quelqu'un aussi intensément depuis un an, et il avait l'impression d'avoir reçu un crochet à l'estomac. Il faillit reculer d'un pas, pris par surprise.

À presque trente ans, il avait connu beaucoup de femmes. Aucune d'elles ne l'avait affecté comme Emily. Impossible de se l'expliquer. Mais il savait que ce n'était pas le moment d'entamer quelque chose avec elle, pas avec ce qu'il traversait. Il n'était pas en état d'accueillir une femme dans sa vie. Pourtant, il était terriblement attiré par elle.

— À bientôt, peut-être, dit-elle.

Son regard brûlait le sien.

— Peut-être.

Il ne voulait l'encourager ni à revenir ni à garder ses distances. Être près d'elle n'était sans doute pas une bonne idée, vu ce qu'il ressentait. Mais il n'était pas certain de pouvoir s'en empêcher.

— Tu sais, reprit-elle, parfois, je n'arrive pas à dormir, moi non plus... On pourrait se retrouver sur la terrasse.

Pas une bonne idée. Pas du tout. Tous les deux assis dans l'obscurité... Il se voyait déjà la prendre dans ses bras, l'embrasser, l'aimer, son corps perdu dans le sien.

— Nick ?

Il chassa ces pensées. Il n'était même pas sûr de pouvoir retourner à la maison d'hôtes tant qu'elle serait là.

— Il vaudrait mieux éviter.

— Oh, je pensais...

— Merci pour la proposition, mais c'est une propriété privée et je n'aurais pas dû y aller.

Elle sourit aussitôt.

— J'ai mentionné à Jo Marie ce matin que je vous avais vus, toi et Elvis, et elle a dit que ça ne la dérangeait pas. Tu peux revenir quand tu veux.

— C'est une mauvaise idée.

Elle n'imaginait pas à quel point. Mais ses mots semblèrent la blesser. Ils restèrent là, encore très près l'un de l'autre, à se dévisager.

— Je ferais mieux d'y aller.

Il hocha la tête. Qu'elle s'en aille, avant qu'il ne fasse quelque chose d'idiot, comme la prendre dans ses bras et la laisser absorber sa souffrance, le libérer de l'agonie qu'il s'était infligé lui-même, qu'il avait infligé à sa famille.

— Oui, je suis occupé.

La tristesse envahit le regard d'Emily, qui hocha la tête. Même sans explication, elle avait perçu son changement d'humeur.

— Est-ce que tu préférerais que je ne revienne plus faire mon jogging ici ?

— Non, vas-y, ça ne me dérange pas.

Il attrapa un marteau afin de donner l'impression que ces bavardages le retardaient dans son travail. Mais elle lui sourit :

— Tant mieux, sinon, il aurait fallu que je reprenne mes cookies.

Il ne put s'empêcher de lui rendre son sourire.

— En tout cas, merci pour la visite. Cette maison est vraiment magnifique.

— Merci.

Il rentra dans la cuisine pour mettre fin à la conversation. En regardant par la fenêtre, il vit Emily se pencher pour parler à Elvis. Elle leva les yeux, à croire qu'elle avait senti son regard, et lui fit un signe de main.

Il n'y répondit pas.

# 13

## Jo Marie

Mon premier rendez-vous avec Greg avait été parfait. Le samedi suivant le 4 Juillet, nous étions montés en voiture jusqu'au mont Rainier, dans le parc national de Paradise Valley, pour déjeuner dans une auberge. Comme cela représentait plus de deux heures de voiture, nous avions fait une pause dans un établissement de vins. Ce trajet nous avait permis de discuter et d'apprendre à nous connaître.

Greg me plaisait bien – il me plaisait même beaucoup, et son humour faisait souvent mouche. Je n'arrivais pas à me rappeler quand j'avais autant ri pour la dernière fois, de ce rire incontrôlable qui empêche de reprendre son souffle. De plus, nous avions beaucoup d'expériences en commun. Nous avions le même âge, nous étions nés le même mois, nous avions tous les deux perdu notre partenaire de vie. La femme de Greg était morte d'un cancer du cerveau. Sans avoir traversé soi-même ce genre de deuil, impossible de comprendre à quel point la douleur est profonde. Même la meilleure des empathies, même la plus sincère des compassions ne peut remplacer le fait d'avoir parcouru soi-même ce chemin semé d'ornières. C'est comme réapprendre la nouvelle chaque matin. Le sentiment de perte ne s'évanouit jamais complètement. Oui, la terre continue de tourner, mais ce n'est plus la même chose. Ce ne sera plus jamais la même chose.

En dehors d'une brève conversation au sujet de sa femme, Julie, et de mon mari, Paul, nous ne nous étions pas attardés sur notre deuil. Ni lui ni moi n'avions d'enfants, mais nous avions compris à demi-mot que nous comptions tous deux fonder une famille. J'espérais y arriver un jour.

Greg travaillait pour la division éducative de Microsoft et avait participé à un grand projet avec World Vision pour envoyer des ordinateurs au Kenya. L'année précédente, il s'y était rendu afin d'installer les machines et parlait de cette expérience avec enthousiasme. Lui qui était parti dans l'idée d'aider ces jeunes à entrer dans le XXI$^{e}$ siècle était revenu avec le sentiment que c'était plutôt eux qui lui avaient apporté quelque chose. Cette mission, m'avait-il dit, l'avait soutenu dans son deuil.

Pour la première fois depuis le départ de Mark – depuis l'abandon de Mark –, je me sentais à l'aise, parfaitement détendue, comme si les angoisses qui m'encombraient depuis des mois s'étaient envolées l'espace de quelques heures.

Nous avions profité d'un bon déjeuner à l'auberge du Paradis, puis nous nous étions promenés sur les sentiers de randonnée jusqu'à la limite de la forêt, avant de regagner Cedar Cove. Vraiment, cet après-midi m'avait changé les idées.

Lorsque Greg me déposa à la maison d'hôtes, il croisa mon regard, relâcha sa respiration comme s'il l'avait longtemps retenue, puis me dit :

— J'ai passé un bon moment aujourd'hui.

— Moi aussi.

Je crus qu'il était sur le point de m'embrasser, mais il recula comme s'il n'était pas certain que ce fût la chose à faire. Moi non plus, je ne savais pas.

— J'aimerais te revoir, dit-il sans détourner les yeux.

Je n'étais pas à l'aise avec la romance, et lui non plus, j'en avais conscience. Avant que je ne puisse répondre, il lâcha un petit rire et secoua la tête.

— Qu'est-ce qu'il y a ? demandai-je.

— Ça fait longtemps que je ne m'étais pas senti aussi intimidé... Mais j'ai réellement passé un bon moment.

— Moi aussi, j'étais sincère.

— Alors, tu voudrais bien remettre ça ?

— Ça me plairait beaucoup, Greg.

Un sourire naquit sur son visage.

— Super. Je t'appellerai plus tard dans la semaine, si ça te va. Il faut que je regarde quelque chose, voir si on peut encore réserver.

— Une réservation ? Pour un dîner ?

— Oui et non, s'amusa-t-il. C'est un peu plus que ça.

— Tu ne m'en dis pas plus ?

— Eh non. J'espère que tu aimes les surprises.

— J'adore.

Son sourire grandit encore.

— Tant mieux. Je te tiendrai au courant.

— Parfait.

Il recula comme s'il avait du mal à s'arracher à moi. Debout sur la terrasse, je le regardai partir vers sa voiture. Emily laissa sortir Rover qui s'arrêta à côté de moi et fixa Greg, comme confus par la présence d'un autre homme que Mark dans ma vie.

Je n'avais pas mentionné Mark. Je n'étais pas sûre de le faire un jour. Comment expliquer que j'étais retombée amoureuse après Paul, et que j'avais également perdu cet homme-là ? Quand j'avais dit à Greg que je n'étais sortie avec personne ces dernières années, c'était la vérité. Mes liens avec Mark n'avaient rien eu de romantique. Il ne m'avait jamais emmenée dîner ou voir un film. Toute notre relation tournait autour des travaux qu'il effectuait à la maison d'hôtes. Nous ne nous étions embrassés que quelques fois, et ç'avaient été les meilleurs baisers du monde, mais ils s'étaient produits peu avant son départ pour l'Irak.

J'avais assez de tragédies, assez de complications dans ma vie, sans en charger aussi le début de ma relation avec Greg. En partant, Mark m'avait dit de continuer à vivre sans lui. S'il revenait – et je priais pour qu'il revienne – il ne pourrait pas m'en vouloir pour avoir suivi ses conseils. Je faisais de mon mieux pour avancer, et j'espérais le faire avec Greg.

Emily m'attendait lorsque je revins dans la maison avec Rover.

— Alors, c'était bien ?

— Vraiment bien, dis-je en me sentant soudain envahie de bonheur.

Je n'avais plus ressenti cela depuis si longtemps qu'il me fallut un moment pour l'identifier. L'euphorie me faisait tourner la tête.

— On dirait, oui ! Regardez-moi ce sourire !

— Greg est super.

Je ne m'étais même pas rendu compte que je souriais.

Avoir Emily comme pensionnaire présentait des avantages inattendus. Pendant que j'étais sortie, deux clients s'étaient annoncés et elle les avait accueillis. Sans son remplacement au pied levé, je n'aurais pas pu passer la journée avec Greg. La maison d'hôtes était pleine à craquer pour le week-end. Des clients étaient arrivés vendredi et samedi matin, et un dernier couple en milieu d'après-midi.

— Et comment s'est passée ta journée ? lui demandai-je une fois que nous fûmes installées sur la terrasse avec un verre de thé glacé.

— Oh, rien d'extraordinaire. Je suis sortie faire un jogging cet après-midi.

Elle m'avait aidée à servir le petit déjeuner, ce que j'avais beaucoup apprécié. Lorsque toutes les chambres étaient occupées, elle me prêtait toujours main-forte le matin, sans même que je ne le lui demande.

— Dans le verger ? demandai-je.

— Oui, grimaça-t-elle. Elvis était là pour m'accueillir.

— Et tu as vu Nick ?

Je n'aurais pas dû poser la question, mais j'étais curieuse. Emily crispa les mains autour de son verre.

— Non, mais c'est drôle... Je sens qu'il m'observe.

— Comment ça, il t'observe ? Tu veux dire qu'il sort monter la garde dans le verger ? Quoi, il a peur que tu lui voles ses pommes ?

— Non, rit Emily. Il me regarde depuis la fenêtre de l'étage. Je l'ai vu l'autre jour, et il y est tous les matins.

Étrange.

— Je m'arrête pour dire bonjour à Elvis, qui me suit jusqu'aux limites de la propriété. Quand je quitte le verger, il regagne la maison.

— Est-ce que Nick est revenu se promener par ici la nuit ? demandai-je.

— Je n'en sais rien, mais ça m'étonnerait. Il a dit qu'il ne reviendrait pas.

— Dommage, murmurai-je.

Évidemment, elle ne pouvait pas le savoir, à moins de se réveiller exprès pour vérifier. Emily ne saisissait sans doute pas entièrement ce qui attirait Nick vers la maison d'hôtes. Pour ma part, j'étais certaine qu'il y ressentait le soulagement et le réconfort que Paul m'avait promis, et dont tant d'autres avaient profité. Après ce que nous avait raconté Dana sur la mort de son frère, tout était devenu clair pour moi. Beaucoup de mes clients avaient trouvé de l'apaisement ici, et si ma maison aidait Nick à traverser son deuil, je n'allais pas le chasser.

— Dommage ? répéta Emily en penchant la tête sur le côté.

— Oui, c'est dommage. Il peut revenir quand il veut.

— Je le lui ai dit. Il a sans doute peur de me croiser et de devoir me parler. Je pense… qu'il a compris qu'on m'a parlé de la mort de son frère. Il redoute que je lui pose des questions. Je ne le ferais jamais, mais il ne peut pas le savoir.

Elle devait avoir raison.

Après notre courte conversation, je partis prendre une douche brûlante et décidai de sauter le dîner car j'avais vraiment bien mangé à midi, et j'étais encore toute chamboulée par ma journée avec Greg.

J'étais en train de lire dans ma chambre, Rover à mes pieds, lorsque mon téléphone sonna. C'était Greg, et je me sentis aussitôt repartir sur mon petit nuage. En décrochant, je dus faire un effort pour ne pas laisser transparaître trop d'enthousiasme.

— Salut ! dit-il. J'espère que tu es disponible samedi soir prochain.

— Je peux me libérer.

Une fois de plus, j'étais reconnaissante pour la présence d'Emily. Elle m'avait dit et répété que s'occuper des clients quand j'avais besoin d'aide ne lui posait aucun problème. Comme elle-même n'avait pas de projets dans l'immédiat, son emploi du temps était très flexible.

— Tu as fait la réservation ? questionnai-je en me demandant s'il persisterait à garder la surprise.

— En effet. Tu es déjà allée à Blake Island et Tillicum Village ?

Mon cœur se mit à battre plus vitc.

— Non, mais j'ai toujours voulu y aller. Tu veux dire que tu as pu avoir des billets ?

— Eh oui !

Tillicum Village était une expérience culturelle amérindienne dans la tribu Chinook, avec des chants et des danses traditionnelles, ainsi qu'un dîner de saumon fumé au bois d'aulne. J'en entendais parler depuis des années, mais j'attendais le bon moment pour y aller.

— Tu vas adorer, reprit-il. C'est l'expérience du Nord-Ouest par excellence.

— C'est ce qu'on m'a dit. On se retrouve à quelle heure ?

— Dix-huit heures. Je viendrai te chercher en bateau à Cedar Cove. Normalement, la traversée démarre à Seattle, mais ce sera beaucoup plus pratique de partir directement du port.

— Tu as un bateau ?

— C'est celui de mon frère. J'ai déjà fait des dizaines de virées avec lui, mais je n'avais jamais eu de bonne raison pour le lui demander… jusqu'à maintenant. À croire que toute ma vie s'est améliorée depuis que je t'ai rencontrée.

— Merci, Greg, dis-je en sentant mon cœur fondre.

— Je sais que nous commençons à peine à nous fréquenter, Jo Marie, et je ne voudrais pas… te faire peur, ou en faire trop, mais cette journée ensemble a beaucoup compté pour moi.

— Pour moi aussi.

Je n'avais pas ressenti cela depuis Paul, mais je n'en dis rien. Si nous nous entendions bien je n'étais pas prête à me lancer dans une relation aussi vite, d'autant plus que j'étais toujours amoureuse de Mark.

— Depuis la mort de Julie, j'ai l'impression de vivre dans la brume, confessa Greg à voix basse.

— Je sais ce que tu veux dire, murmurai-je.

— Cet après-midi, pour la première fois, j'ai revu le soleil.

Moi aussi, j'avais senti cette chaleur sur mon visage. Certes, j'en avais aussi fait l'expérience avec Mark, mais les nuages s'étaient bien vite refermés.

— J'en ai trop dit, pas vrai ? regretta Greg.

— Non, non, pas du tout.

— Ce silence, à l'instant... J'ai été trop intense...

— Je t'assure que non.

Au contraire, j'étais flattée. À nouveau, je ressentais ce pétillement de bonheur que seul Paul avait su provoquer en moi – et Mark, si brièvement. Le long silence sur la ligne me fit craindre d'avoir accidentellement raccroché.

— Greg, tu es toujours là ?

— Oui, oui. Je peux te demander quelque chose ?

— Bien sûr.

— Est-ce que je pourrais te passer un coup de fil dans quelques jours ? Je comprendrais si la réponse était non. C'est juste que je ne sais pas si je pourrai attendre toute la semaine pour te reparler.

Je devais reconnaître que cet homme me faisait chavirer.

— Tu peux m'appeler quand tu veux.

Il avait raison : une semaine sans le voir me semblerait long.

— Tu pourrais venir dîner un soir.

— À la maison d'hôtes ?

— Je pourrais faire des steaks…

— Une assiette de spaghettis me ferait plaisir, pourvu que ce soit toi qui la prépares !

— Je suis bonne cuisinière !

Je l'étais devenue après avoir acheté la villa, et je cuisinais la viande à merveille, mais c'était surtout dans l'art du petit déjeuner que j'étais passée maître.

— Dis-moi quand, et je ferai en sorte d'être là.

— Mercredi, dix-huit heures ?

— Parfait. À mercredi !

Nous continuâmes à parler encore une heure. En raccrochant, je me laissai aller dans mon siège et fermai les yeux. Comme il serait facile de tomber amoureuse de Greg. C'était un homme bien, et il avait bon cœur.

Vers vingt-deux heures, je descendis boire un verre de lait. Malgré mon bonheur, j'avais besoin de quelque chose pour m'aider à dormir, et même si tout était déjà prêt pour le petit déjeuner du lendemain, je voulais m'en assurer une dernière fois.

Emily était assise dans le salon et leva les yeux lorsque je passai le seuil. Mes autres clients étaient déjà rentrés et étaient montés se coucher.

— Greg m'a appelée, dis-je. C'est fou, non ? Nous avons discuté presque une heure.

— Il te plaît beaucoup, on dirait.

— Oui, vraiment.

Le plus ironique, c'était que j'avais toujours pensé que Mark prendrait toujours toute la place dans mon cœur. Mais je devais me rappeler qu'il était sorti de ma vie. Il avait manqué les six rendez-vous. Je l'avais sans doute perdu pour de bon.

En regagnant ma chambre, je me baissai pour caresser Rover, la gorge serrée.

— Il est parti, tu sais. On ne le reverra sûrement pas.

Mon chien leva la tête pour que je lui frotte les oreilles et émit un gémissement bas, comme si lui aussi avait accepté que Mark ne nous reviendrait jamais.

# 14

## Emily

LA SEMAINE SUIVANTE, j'aperçus Nick à deux reprises autour de la maison d'hôtes, juste après l'aube. Peut-être était-il venu plus souvent sans que je ne le voie. Mais je n'avais pas besoin de le repérer pour penser presque constamment à lui. Oui, la maison m'attirait, mais je craignais de développer une attirance pour son propriétaire également, une idée qui me tenait éveillée la nuit. J'avais renoncé à l'amour avec de très bonnes raisons. Ce qu'il me fallait, c'était une bonne gifle pour me remettre les idées en place. Après tout ce qui m'était arrivé, on aurait pu s'attendre à ce que je comprenne la leçon ! Combien de déceptions devrais-je encore traverser avant d'accepter la réalité ?

Nick pensait-il également à moi lorsqu'il venait la nuit ? J'avais l'impression de l'attendre jusque dans mes rêves. Inexplicablement, mon cerveau semblait branché sur leur fréquence, à lui et à Elvis. À deux reprises, leur présence m'avait tirée d'un profond sommeil. La première fois, j'avais rejeté les couvertures pour sortir sur le balcon et, sans surprise, je l'avais vu avec Elvis dans la magnifique roseraie de Jo Marie. La deuxième fois, il était assis dans le kiosque, le dos courbé comme sous le poids du monde. J'avais mal pour lui, et j'avais été tentée d'aller le réconforter, mais j'avais résisté car je savais qu'il ne l'aurait pas voulu.

Comme mû par une force invisible, il avait jeté un œil par-dessus son épaule et m'avait aperçue sur le balcon. Il s'était alors levé, éclairé par le clair de lune, les yeux toujours fixés sur moi. Je ne pouvais pas croiser son regard dans l'ombre, et c'était sans doute tant mieux ainsi. Une fois encore, j'aurais voulu descendre le prendre dans mes bras – mais cette pensée ne m'avait effleurée qu'un moment, et je l'avais rejetée au prix d'un gros effort.

Au bout d'une éternité, Nick s'était détourné d'un pas lent, appelant Elvis à voix basse. Le berger allemand avait suivi son maître, non sans s'arrêter une fois de plus à la limite de la propriété. Après leur départ, j'avais eu beaucoup de mal à me rendormir.

Lorsque le réveil sonna quelques heures plus tard, je laissai échapper un grognement. Un coup d'œil à la fenêtre m'apprit que le ciel était bas et menaçant. L'excuse parfaite pour ne pas aller courir. Mais je savais que si je m'y dérobais ne serait-ce qu'une fois, ressortir le lendemain serait plus difficile, et le surlendemain pire encore.

Bien que tentée de rester au chaud, j'enfilai donc mon short et un haut à manches longues, attachai mes cheveux en une queue-de-cheval et me couvris d'une casquette. Lorsque je sortis, la maison d'hôtes était baignée dans un silence pratiquement total, à l'exception du bip discret de l'alarme.

Par automatisme, je suivis mon trajet habituel, en tournant à l'angle de Bethel Street. Mon regard alla de lui-même vers la maison, vers Nick. Je faillis choisir de ne pas passer par le verger, mais j'aperçus Elvis qui m'attendait. Je ne pouvais pas le décevoir.

Ma conversation de samedi avec Jo Marie tournait encore dans mon esprit. D'après elle, c'était dommage que Nick ait renoncé à se rendre à la maison d'hôtes durant la nuit. Je ne lui avais pas révélé qu'il avait apparemment changé d'avis depuis.

Mes pensées étaient si pleines de Nick, Elvis, Jo Marie et Cedar Cove, que je ne faisais pas attention où j'allais – et je trébuchai sur une racine. Avant d'avoir pu me redresser, je m'écroulai en avant. Je restai quelques instants trop sonnée pour bouger. Puis je parvins à m'asseoir pour brosser la terre et les petits cailloux de mes mains et de mes genoux. J'avais de la boue sur la figure.

En grommelant contre ma propre stupidité, je tentai de me relever. Aussitôt, une pointe de douleur me transperça la jambe. Je m'étais débrouillée pour me tordre la cheville. Avec beaucoup d'efforts, je parvins tout de même à me mettre debout. Pourrais-je marcher ? En ne posant que la pointe du pied au sol, je tentai un pas en avant, mais je poussai un cri de douleur et retombai aussitôt au sol. Impossible de regagner la maison d'hôtes, même en boitant.

D'habitude, j'avais mon portable, mais je ne l'avais pas pris ce matin. C'était bien ma chance. Comme si cela ne suffisait pas, il commença à pleuvoir. En quelques secondes, j'étais trempée jusqu'à l'os.

Elvis fit son apparition.

— Salut, toi, dis-je en me mordant la lèvre. Je me suis mise dans une drôle de situation, pas vrai ?

Je parvins à m'adosser au tronc épais d'un pommier, ce qui me protégea un peu de la pluie. Comme s'il savait à quel point j'avais froid, Elvis s'installa près de moi, contre mes jambes. Sa chaleur était merveilleuse.

— Je vais avoir besoin d'aide, lui dis-je. Je crois que je devrais essayer de me relever.

Je ne pouvais pas supporter l'idée que Nick me découvre ainsi. Si j'atteignais la rue, peut-être que quelqu'un s'arrêterait pour me prendre. J'aurais fait n'importe quoi pour l'éviter.

Mais à peine debout, je sus que c'était peine perdue. Ma cheville avait déjà gonflé et la douleur était si forte que je ne pus m'empêcher de gémir. Rien à faire, il me fallait attendre l'arrivée de Nick, et Dieu seul savait combien de temps cela prendrait.

En me retenant à l'arbre, je me rassis au sol en combattant l'envie de me traiter de tous les noms. Si je n'avais pas été aussi fatiguée, je n'aurais pas oublié mon portable. Justement aujourd'hui ! Je n'aurais pas pu faire pire.

Combien de temps restai-je assise là ? Suffisamment pour me mettre à trembler de froid. Le vent et la pluie étaient incessants, et je claquais des dents. Heureusement qu'Elvis refusait de me quitter.

Puis je l'entendis au loin.

— Elvis !

Nick appelait son chien. Elvis leva la tête, mais ne bougea pas.

— Par ici, criai-je aussi fort que possible – et je fus choquée de me rendre compte à quel point ma voix s'était affaiblie. Je suis là !

— Tant pis, cria Nick, tu n'as qu'à rester dehors, puisque c'est ça que tu veux.

Non, non, il ne pouvait pas me laisser.

— Au secours ! Nick, s'il te plaît, j'ai besoin de toi…

Je me repris aussitôt. Je ne voulais avoir besoin de personne, et surtout pas de Nick.

Mais plus rien. Nick était reparti. Mon seul espoir désormais, c'était que Jo Marie remarque mon absence et parte à ma recherche. Mais même cela pourrait prendre des heures, d'autant qu'elle était occupée à préparer le petit déjeuner pour ses clients.

Les températures en juillet n'étaient pas si élevées. Nous avions eu plusieurs belles journées dans les trente degrés, mais la pluie avait rafraîchi l'atmosphère et le vent n'arrangeait rien. J'étais transie de froid. En m'habillant, je m'étais dit qu'un haut à manches longues ferait l'affaire, et je n'avais pas emporté de veste, ce que je regrettais amèrement.

En dépit de la douleur, je sentais mes yeux se fermer, malgré tous mes efforts. Je parvins à me secouer, une fois, deux fois, jusqu'à ce que cela me demande trop d'énergie. Quelqu'un finirait bien par me trouver. Il fallait que je tienne jusque-là. Je n'avais plus très longtemps à attendre. Pas vrai ? Oh, ce que j'avais froid… Mes dents ne claquaient plus et j'avais l'impression que l'air glacé me transperçait tout le corps.

Je m'affaissai contre Elvis, qui laissa échapper une plainte comme pour me tenir éveillée. Je priais pour que Nick, quelqu'un, n'importe qui, entende le chien et vienne à mon secours. Trente minutes plus tard – mais j'avais l'impression d'être restée là des heures –, il ne m'était plus possible de résister au sommeil. Je fermai les yeux.

# 15

## Nick

La journée avait mal commencé. Il avait encore passé une nuit blanche et avait dû se lever pour laisser sortir Elvis. En quittant la chaleur et le confort de son lit, il marmonnait des injures. Qu'est-ce que ce chien pouvait lui taper sur les nerfs, parfois ! S'il ne grattait pas à la porte pour aller faire ses besoins, c'était sans doute qu'il voulait retrouver Emily.

Nick avait décidé de l'ignorer. Ces derniers jours, il avait résisté à l'envie de la guetter à la fenêtre. Il était convaincu qu'elle l'avait repéré. Elle l'avait aussi vu la nuit dernière à la maison d'hôtes, à sa grande contrariété. Il ne voulait pas penser à elle, mais en dépit de tous ses efforts, elle le hantait jour et nuit.

La pluie annoncée tombait à torrents. Après toutes ces longues, chaudes journées d'été, la fraîcheur était la bienvenue. Il ne faisait plus qu'une quinzaine de degrés.

Pourvu qu'Emily ait pensé à se couvrir si elle avait choisi de courir ce matin-là…

Voilà qu'il songeait encore à elle. Il sortit pour appeler Elvis une nouvelle fois. Disparaître ainsi n'était pas dans les habitudes de son chien.

— Elvis ! cria-t-il plus fort depuis les marches du perron.

Il perçut un aboiement inhabituel dans le lointain.

— Elvis !

Au lieu d'accourir, Elvis hurla comme s'il avait un problème. Jurant dans sa barbe, Nick rabattit sa capuche et partir vers le verger, en maudissant son chien à chaque pas. Elvis finirait par le rendre fou.

Le berger allemand avait dû l'entendre arriver, car il aboya encore et encore, avec insistance. En le voyant à moitié couché sur Emily, effondrée contre un arbre, Nick se mit à courir.

— Emily ! cria-t-il en s'agenouillant devant elle, le cœur battant.

Il lui tapota le visage et ses yeux s'ouvrirent.

— Nick, murmura-t-elle en essayant de sourire. Je savais que tu viendrais. Merci.

Ses vêtements étaient gorgés d'eau.

— Que s'est-il passé ? demanda-t-il en enlevant sa veste.

— Ma cheville…

Il vit qu'elle avait énormément gonflé.

— J'ai si froid, murmura Emily.

Nick la recouvrit de sa veste, ce qui ne servirait sans doute pas à grand-chose, vu qu'elle était déjà trempée jusqu'aux os. Comme elle n'arrivait pas à bouger les bras, il l'aida à enfiler les manches.

— Laisse-moi t'aider, dit-il en passant son bras autour de sa taille.

Elle parvint à se relever, mais à l'évidence, elle ne pouvait pas marcher, et il n'eut d'autre choix que de la porter pour la ramener vers la maison.

— Nick... Je suis trop lourde... Je peux sûrement marcher, si tu m'aides.

Il l'ignora. Trop lourde ? Pas plus que quelques sacs de ciment. Une fois dans la maison, il l'emmena dans la salle de bains et ouvrit la douche. En l'asseyant sur les toilettes, il l'aida à ôter ses vêtements mouillés.

— Ce n'est pas la peine...

— Ne t'en fais pas pour moi, plaisanta-t-il, je ne serai pas choqué.

Elle lui jeta un regard noir et, en d'autres circonstances, il en aurait ri.

Ils arrivèrent à lui enlever son haut et, comme elle ne pouvait pas se tenir debout, Nick se mit en caleçon pour entrer avec elle dans la douche. Elle tressaillit sous le jet d'eau, puis se détendit en laissant la chaleur chasser le froid de ses membres.

Nick ferma les yeux lorsqu'elle se laissa aller contre lui en pressant son front contre sa poitrine. Sans réfléchir, il frotta son menton contre le sommet de sa tête. Elle s'accrocha à lui. Pour une fois dans sa vie, il se sentait pile au bon endroit, au bon moment.

— Ça va mieux ? dit-il d'une voix rauque.

Des jours durant, il avait essayé de se l'ôter de la tête, et voilà qu'elle était dans ses bras, cramponnée à lui comme s'il la gardait en vie. À croire que Dieu cherchait à le punir pour la multitude de ses péchés. Elle leva la tête sous l'eau qui ruisselait le long de ses joues.

— Je savais que tu me trouverais. Je comptais sur toi, dit-elle, au bord des larmes.

— Pardon d'avoir tant tardé, murmura-t-il en repoussant ses mèches mouillées.

Leurs yeux se rencontrèrent pendant un moment qui lui parut durer toute une vie. Dans son regard, il vit le doute mêlé à l'hésitation. Peut-être était-ce le reflet de sa propre incertitude. Il ne savait plus où il en était, sa vie s'était effondrée – son frère était mort. Brad était mort, dans ses bras. Tout ça parce que Nick avait bu. Trop pour conduire. C'était à lui de mourir. Il aurait dû être enterré six pieds sous terre. Pas Brad. Brad était l'enfant prodige, le travailleur social qui aimait les enfants, qui était bien décidé à changer le monde. Nick était le mauvais fils, celui qui avait arrêté ses études, qui avait gâché dix ans de sa vie dans des relations sans lendemain, à faire la fête, irresponsable et imprudent.

Il aurait dû prendre ses distances avec Emily Gaffney autant que possible, avant que la noirceur en lui ne la contamine. S'éloigner d'elle pour ne pas l'entraîner à sa suite dans l'abîme. Personne ne pouvait le secourir. Pas ses parents, pas ses amis, personne. Certainement pas Emily.

Oui, ç'aurait été la chose à faire ; ne plus la voir aurait été plus raisonnable, mais il avait déjà amplement prouvé qu'il n'était pas du genre à faire le bon choix.

Au lieu de la sortir de la douche, au lieu de lui trouver des vêtements secs et de lui bander la cheville avant de lui dire au revoir, Nick l'embrassa comme si elle représentait son salut, comme si un seul baiser pouvait suffire à effacer la douleur et la haine de soi qu'il portait en lui depuis un an, depuis la mort de Brad.

Lorsque leurs lèvres se trouvèrent, Nick la sentit hésiter l'espace d'un instant. Puis elle passa les bras autour de son cou, ses doigts dans ses cheveux. Il aurait dû se douter qu'un seul baiser ne pourrait étancher sa soif d'elle, et leur étreinte se fit plus pressante. Il lui agrippa les cheveux, approfondit leur baiser, la dévora presque au point d'oublier où il était.

Il l'embrassa encore et encore jusqu'à ce qu'il n'y ait plus d'eau chaude. Une douche froide était pile ce dont il avait besoin, mais pas Emily. Il lui fallut un moment pour se forcer à couper l'eau. Son front pressé contre le sien, il reprit son souffle en essayant de se dominer.

Emily se remit à trembler et il l'aida à sortir avant de l'envelopper dans une serviette épaisse.

— Je vais te trouver des vêtements secs.

Il attrapa une autre serviette pour s'essuyer le visage, prêt à quitter la pièce. Emily le retint par la main et il se retourna vers elle.

— Nick…

Puis elle s'interrompit comme si elle ne savait pas quoi dire. Il répondit par un faible sourire, puis, incapable de lui résister, se pencha pour l'embrasser à nouveau.

# 16

## Jo Marie

J'avais changé d'avis sur Nick Schwartz, qui était désormais mon héros.

Alors que j'étais au bord de la panique, à me demander ce qui était arrivé à ma pensionnaire d'été, Nick m'avait contactée. Emily était avec lui : elle s'était tordu la cheville. Il l'avait trouvée et emmenée à l'hôpital du coin. Une heure après son appel, Nick la ramenait à la maison d'hôtes.

Elle arriva la cheville bandée, avec des béquilles. Au lieu de la laisser se débrouiller avec les marches du perron, Nick la souleva dans ses bras comme si elle ne pesait rien. Il la déposa sur le sofa avec tendresse et l'aida à surélever sa cheville sur un repose-pied. Lorsqu'il recula d'un pas, je vis qu'il la fixait comme si elle était une œuvre d'art inestimable. J'avais déjà vu ce regard chez un homme. Deux fois. Chez mon mari, Paul, et chez Mark, juste avant son départ.

Voilà pourquoi Nick n'avait pas cessé de souffler le chaud et le froid. Il ne voulait pas s'attacher à elle, et il n'arrivait pas à comprendre la force de ses propres sentiments. À l'évidence, ces émotions le mettaient mal à l'aise, mais il ne pouvait rien y faire.

Je me rendis compte qu'il m'avait adressé la parole.

— Pardon, quoi ?

Il plissa les yeux comme s'il doutait que je puisse m'occuper d'elle.

— Elle ne doit pas poser le pied au sol pendant les prochains jours. Ça ira ? Je sais qu'elle dort au deuxième étage.

— Nick..., tenta Emily.

Il l'ignora, tourné vers moi. Je dissimulai un sourire.

— Ce n'est pas un problème, elle pourra prendre une chambre au rez-de-chaussée.

— Très bien. Je reviendrai prendre de ses nouvelles.

Et des miennes, sans aucun doute, pour s'assurer qu'Emily avait tout ce qu'il lui fallait. Il partit sans que je ne puisse lui poser de questions, si bien que je me tournai vers Emily.

— Mais que s'est-il passé ?

— Je me suis tordu la cheville.

— Merci, je vois bien. Je veux dire : que s'est-il passé entre Nick et toi ?

— Comment ça ? répondit-elle d'un ton innocent.

— Je ne suis pas aveugle ! Tu ne l'avais pas décrit comme malpoli et grognon ?

Elle devait bien avoir remarqué la façon dont il la regardait, comme on lorgne une glace au plus fort de l'été. Le rouge lui monta aux joues et elle écarquilla les yeux.

— Je... Je ne vois pas de quoi tu parles...

Très bien, elle voulait faire celle qui ne comprenait pas. Je haussai les sourcils pour montrer que je n'étais pas dupe.

— Il m'a trouvée sous la pluie… J'avais tellement froid, et je ne pouvais pas me tirer de là… et il s'est occupé de moi, et tout ça…

— C'est ce « et tout ça » qui m'intéresse.

Emily se frotta les joues.

— Je préfère ne pas en parler, si ça ne te dérange pas.

— D'accord, d'accord, dis-je sans pouvoir retenir mon amusement. J'arrête les questions. Ce n'est que de la curiosité.

Emily ferma les yeux et se laissa aller contre le sofa, la jambe tendue.

— Ça fait très mal ?

— Plus maintenant. Le docteur m'a prescrit des antidouleurs et Nick est allé les chercher à la pharmacie. Je ne voulais pas te déranger…

— Mais tu ne me déranges pas.

— Je veux dire, la chambre au rez-de-chaussée…

— Ce n'est pas grave. Je n'ai qu'un couple cette semaine, je les mettrai à l'étage.

— Merci beaucoup, souffla-t-elle dans un long bâillement.

À l'évidence, les événements de la matinée l'avaient épuisée. Je la recouvris d'un plaid avant d'allumer un feu dans la cheminée. Il ne ferait pas beaucoup plus de quinze degrés aujourd'hui, mais nous avions bien besoin de pluie et la fraîcheur était agréable.

En revenant voir Emily quelques minutes plus tard, je la trouvai profondément endormie. Sans doute à cause des antidouleurs. Elle avait glissé sur le côté et je plaçai sa jambe sur le sofa en la recouvrant.

Une heure plus tard, Nick vint rapporter ses vêtements de jogging à Emily, lavés et pliés. Je lui proposai d'entrer et il jeta un regard vers le salon où elle sommeillait encore. Ses yeux s'adoucirent.

— Elle va bien ?

— Elle dort quasiment depuis son arrivée.

Il détourna la tête.

— Elle n'était pas en bon état quand je l'ai trouvée. Vous savez combien de temps elle a passé dehors ?

— Non, désolée, je ne l'ai pas entendue sortir.

Il hocha la tête. Ses yeux revinrent à Emily, toujours avec cette profonde tendresse.

— Vous voulez un café ? proposai-je.

J'espérais qu'il accepterait, car j'avais beaucoup de questions qu'Emily avait laissées sans réponse. Peut-être serait-il disposé à m'en dire plus.

— Une autre fois. Je ferais mieux d'y aller, mais je reviendrai prendre des nouvelles de notre grande malade.

Il venait de sortir lorsque je le rappelai :

— Nick ?

— Oui ?

Je m'appuyai contre l'encadrement.

— Heureusement que vous étiez là.

— C'est sûr, dit-il en m'offrant un sourire.

Il faisait toujours gris et morne : idéal pour un peu de pâtisserie. J'avais envie d'essayer une nouvelle recette de scones aux airelles, et une autre de flan aux œufs. Le temps qu'Emily se réveille, tout était prêt.

— Bienvenue parmi les vivants, plaisantai-je.

Elle s'étira, les bras au-dessus de la tête.

— J'ai dormi longtemps ?

— Quelques heures.

— Tant que ça ? Mince, j'étais censée voir Dana cet après-midi. Elle avait des maisons à me montrer.

— Pas de problème. Elle a appelé pour confirmer et j'ai annulé pour toi.

— Merci. Je la rappellerai plus tard.

— Une tasse de thé et un scone tout chaud ? proposai-je.

— Ce serait merveilleux, soupira-t-elle en passant péniblement sa jambe du sofa au repose-pied.

Pendant que j'étais dans la cuisine, elle attrapa les béquilles et clopina jusqu'à la salle de bains, en marquant une pause lorsqu'elle vit ses vêtements soigneusement pliés dans le couloir. À croire qu'elle avait oublié qu'elle portait un t-shirt et un jogging de Nick – d'ailleurs bien trop grands pour elle.

— Nick est passé ?

— Tout à l'heure, oui. Comme tu dormais, il a dit qu'il reviendrait plus tard.

— Oh...

Elle détourna les yeux comme si elle craignait que sa réaction n'en dise trop long. Je ne savais pas comment l'interpréter : était-elle heureuse ou gênée à l'idée de le revoir ? J'avais bien l'impression qu'elle-même n'en savait rien.

Elle était de retour sur le sofa lorsque je lui apportai deux scones encore chauds sur un plateau. Je lui versai une tasse de thé, dont elle fixa le fond comme si elle cherchait à lire son futur.

— Jo Marie... Tu te rappelles, quand je suis arrivée, tu m'as dit que la maison d'hôtes avait quelque chose de spécial. Qu'est-ce que tu voulais dire par là ?

Je lui racontai ma vision de Paul et ce qu'il m'avait dit. Emily m'écouta avec attention, même si elle ne semblait pas tout comprendre. Je me laissai aller dans mon fauteuil, Rover à mes pieds, et croisai les jambes.

— Tu te doutes bien que j'étais sceptique. Souviens-toi que j'étais à moitié endormie. Peut-être que tout ça n'était que le produit de mon imagination, un rêve né de mon deuil...

— Moi aussi, je me serais posé la question, admit Emily.

— Puis mes deux premiers clients sont arrivés. Josh Weaver travaillait dans le bâtiment et avait grandi à Cedar Cove. Il avait pris une chambre chez moi parce que son beau-père, Richard, était mourant. Tous deux ne s'entendaient pas vraiment. La mère de Josh était morte lorsqu'il était très jeune, et Richard lui avait mené la vie dure. Josh était la seule famille de Richard, dont le fils unique était mort. Richard en voulait à Josh d'être en vie alors que son propre enfant avait disparu. Je n'ai jamais su le fin mot de l'histoire, mais il n'y avait entre eux que de l'amertume et de la rancune.

Emily fronça les sourcils et secoua la tête.

— Je ne comprends pas. Tu veux dire que son beau-père est allé mieux ? C'est en ça que la Villa Rose est un lieu de guérison ?

— Non, non. Richard est mort, mais avant son décès, il s'est réconcilié avec Josh, qui était à côté de lui au moment fatidique. Il lui avait pardonné, et il y avait entre eux une sincère affection, quelque chose qui aurait été impossible à peine quelques jours plus tôt.

— Ils se sont réconciliés… C'est une belle histoire, murmura Emily, les yeux brillants.

À l'évidence, mon récit l'avait touchée.

— Il y a plusieurs façons de guérir, expliquai-je.

Je n'avais pas l'impression de trouver les mots justes. Dès le début, j'avais senti qu'Emily avait elle aussi le cœur lourd. Elle avait choisi de ne pas m'en parler et je le respectais. En lui racontant l'histoire de Josh et Richard, j'espérais l'orienter sur le chemin du renouveau.

— Mais ce n'est qu'un seul cas…, fit-elle comme si le doute l'avait déjà reprise.

— C'est bien normal d'avoir des questions. Que mon tout premier client ait vécu cette extraordinaire histoire de pardon, cela semble un peu trop commode, pas vrai ? Tu peux lui en parler, si tu veux. Il s'est marié à une fille qui vivait non loin d'ici, et ils se sont installés à Cedar Cove. Mais ce même week-end, j'ai eu une autre cliente. Abby était revenue en ville pour la première fois depuis dix ans à l'occasion du mariage de son frère. J'ai découvert que le premier hiver après le lycée, elle avait eu un terrible accident de voiture, avec sa meilleure amie, Angela, qui n'avait pas survécu. Les parents d'Angela lui en voulaient pour la mort de leur fille, et Abby s'en voulait à elle-même, alors que ce n'était la faute de personne.

— Et que s'est-il passé ?

— Abby a rendu visite aux parents d'Angela. Cela a dû lui demander beaucoup de courage, plus que je ne peux l'imaginer… Heureusement, ils étaient prêts à dépasser leur deuil pour lui offrir le pardon dont elle avait besoin.

— Dieu merci, la pauvre…

— Lorsqu'elle est revenue, on aurait dit quelqu'un d'autre. Elle était libre.

— Elle avait guéri, comprit Emily.

— Exactement. Après que mes premiers clients ont tous deux pris un tel virage en l'espace d'un week-end, mon scepticisme s'est enfui, et depuis, je ne doute pas du pouvoir de guérison de ma maison d'hôtes. Je ne peux pas l'expliquer. Je ne m'y essaierais pas.

— Tu as dû avoir des douzaines de clients depuis que tu as ouvert la villa.

Je hochai la tête.

— Est-ce qu'ils ont tous connu un moment de… guérison ?

— Je ne sais pas. La plupart de mes clients gardent leur souffrance pour eux. Je ne suis qu'une inconnue, et me raconter leurs problèmes les mettrait mal à l'aise. Les histoires que je connais sont celles dont j'ai entendu parler par hasard. Mais laisse-moi te dire une chose : elles sont puissantes. Je ne doute plus de ce rêve.

Je m'interrompis pour laisser Emily arriver à ses propres conclusions. J'avais du mal à me retenir de lui parler d'autres guérisons, dont certaines m'avaient semblé quasi miraculeuses. Peut-être que je n'aurais pas dû retirer tant de fierté de ma maison d'hôtes et de ce qui s'y déroulait, d'autant plus que je n'y étais pas pour grand-chose.

Mon téléphone sonna depuis le bureau. Je la laissai siroter son thé et courus vers mon portable. *C'était sans doute Greg*, me dis-je – et j'avais raison.

— Salut, me dit-il. Je voulais juste m'assurer qu'on était toujours OK pour demain soir…

— J'y compte bien !

— Je ne devrais sans doute pas te dire ça, mais je ne t'ai appelée que parce que j'avais envie d'entendre le son de ta voix.

Je n'aurais pas pu sourire plus largement.

— Moi aussi, j'aime le son de ta voix.

Il m'avait contactée tous les jours depuis notre rendez-vous de samedi au mont Rainier. Un soir, nous avions discuté pendant deux heures. Ce qui me semblait incroyable. Je n'avais jamais eu autant à dire à quelqu'un. Enfin, à part Paul.

— Tu as passé une bonne journée ?

— Oui, mais pas Emily. Elle s'est tordu la cheville en faisant son jogging ce matin.

Je baissai la voix avant de continuer :

— Tout ça évolue d'une façon intéressante… Je crois qu'il y a quelque chose entre elle et le propriétaire de cette maison qu'elle voudrait acheter.

Je m'installai confortablement dans ma chaise de bureau. Comme s'il comprenait que la conversation risquait de traîner en longueur, Rover entra pour s'asseoir à mes pieds.

# 17

## Emily

Je serais la première à reconnaître que je fais une très mauvaise malade. Dès le lendemain de l'incident, j'étais pleine d'impatience et de frustration. Le soir venu, j'étais prête à balancer ces maudites béquilles dans la baie, et bon débarras ! J'avais mal aux bras, et me lever réclamait des contorsions qui auraient intimidé un gymnaste olympique.

Toute cette journée n'avait été qu'un long cauchemar, du début à la fin. Le seul rayon de soleil, et j'hésitais à me l'avouer, avait été… Nick. Il était passé voir comment j'allais en fin d'après-midi. Notre conversation m'avait paru trop raide et inconfortable avec Jo Marie dans l'autre pièce : nous savions tous les deux qu'elle pouvait nous entendre. Nick était mal à l'aise. Je compris que la maison d'hôtes baignée de soleil et pleine de monde était en dehors de sa zone de confort.

Je ne savais plus comment me comporter avec lui, après avoir fondu comme ça quand il m'avait embrassée. Si on avait décerné une médaille pour cet exercice, Nick l'aurait remportée à coup sûr. Je n'aurais jamais imaginé lui rendre son baiser, mais je n'avais pas pu m'en empêcher. Voilà que ça recommençait...

Il fallait que je lui avoue la vérité sur moi tout de suite, que ce soit fait. Nick avait le droit de savoir avant que les choses aillent plus loin. L'angoisse m'envahit. J'aimais que l'on ait envie de moi, et je ne voulais pas que ça s'arrête, même si c'était égoïste de ma part. Cela faisait si longtemps que je n'avais plus ressenti cela pour un homme.

Je m'étais tournée et retournée dans mon lit sans trouver le sommeil, et Jo Marie l'avait remarqué au petit déjeuner, en s'imaginant que c'était à cause de la douleur. Oui, ma cheville me faisait souffrir, mais si j'avais fixé le plafond jusqu'à l'aube, c'était à cause de mon baiser avec Nick. Oh, j'avais tellement aimé ça !

Mon esprit se mit aussitôt à élaborer des excuses pour lui cacher la vérité sur moi. C'était personnel, privé. Intime. Mais ne pas lui dire causerait tant de problèmes par la suite. Je risquais d'avoir encore le cœur brisé, et j'avais déjà donné. Deux fiançailles rompues, ça ne suffisait pas ?

Je n'aurais jamais dû me laisser aller à lui rendre son baiser. C'était sans doute la douleur qui m'avait tourné la tête. Ou le froid. Quelle que soit la raison, j'avais clairement été délirante, car personne – assise là avec ma cheville bandée et surélevée, j'en étais certaine –, personne, dis-je, ne pouvait embrasser aussi bien que dans mon souvenir.

— Comment tu te sens ? demanda Nick, debout au milieu du salon de Jo Marie.

Je lui avais proposé de s'asseoir, mais il avait refusé. Il faisait les cent pas devant le sofa où j'étais assise, comme s'il aurait préféré se trouver n'importe où ailleurs. Visiblement, cette conversation le gênait autant que moi.

Tant mieux. Nous pouvions décider de laisser tout ça derrière nous. J'y étais tout à fait prête et j'espérais que Nick serait d'accord. Mais impossible d'en discuter avec Jo Marie si près.

— Emily ?

— Ça va mieux, merci.

— Tu n'aurais pas dû sortir sans vêtements chauds, par ce temps.

— C'est vrai…

— Ni sans ton téléphone !

— Tu as raison.

Je n'allais pas le contredire là-dessus. Peut-être qu'il aurait préféré que je le fasse.

— En tout cas, je suis content de ne pas être arrivé plus tard.

— Moi aussi.

Toujours debout, il posa sur moi un regard soucieux.

— Tu as encore mal ?

— Non, on m'a donné des antidouleurs. Mais j'ai dormi presque tout l'après-midi.

C'était parce que j'avais passé une nuit blanche, mais je n'en dis rien.

— Ce qui signifie que tu ne dormiras sans doute pas très bien ce soir…

— Sans doute pas, acquiesçai-je.

Rien de nouveau sous le soleil.

À mon grand soulagement, Nick s'en fut quelques minutes plus tard. Jo Marie réchauffa une soupe pour le dîner et me raccompagna ensuite jusqu'à ma chambre du rez-de-chaussée pour m'aider à me mettre au lit. Comme je n'étais pas fatiguée, j'ouvris un livre.

Vers minuit, j'entendis quelqu'un taper contre la vitre, d'abord légèrement, puis plus fort pour attirer mon attention. Par chance, le lit était proche de la fenêtre. À genoux sur le matelas, je regardai dehors et restai bouche bée : c'était Nick, avec Elvis. Avec un peu d'efforts, je parvins à ouvrir la fenêtre.

— Nick ? Mais qu'est-ce que tu fais là ?

— Viens me rejoindre, qu'on discute.

J'aurais pu m'irriter de cette intrusion, mais son sourire me faisait fondre comme un glaçon dans un bain chaud. Oh, non… J'étais sous son charme. Quoi que je fasse, impossible d'y résister.

— Te rejoindre ? Tu n'es pas sérieux ? Je ne peux pas.

— Pourquoi pas ?

— Avec les béquilles… La porte d'entrée est à l'autre bout de la maison…

— Sors par la fenêtre, proposa-t-il en tendant les bras.

— Quoi ? Tu plaisantes.

— Ne t'en fais pas, je suis là. Il ne t'arrivera rien.

Je devais admettre que c'était tentant, sans doute plus que de raison, et c'était vrai que j'avais besoin de lui parler sans Jo Marie dans les parages. Je me mordis la lèvre.

— Je ne sais pas…

— Allez, viens. En plus, Elvis est là, et tu lui manques.

C'était tellement adolescent. La dernière fois que j'étais sortie par la fenêtre, c'était à quatorze ans, pour me rendre à une fête d'Halloween où mes parents m'avaient interdit d'aller. Évidemment, je m'étais fait prendre et j'avais été punie.

— Alors ? dit Nick, les bras tendus.

— Comment savais-tu que je serais réveillée ? demandai-je le temps de me décider.

— Tu m'as dit que tu avais dormi tout l'après-midi, tu te rappelles ?

— C'est vrai.

Donc il n'était pas venu sur un coup de tête.

— Allez, on n'a pas toute la nuit.

Nous avions bel et bien toute la nuit, mais je ne tenais pas à le souligner. J'ouvris la fenêtre aussi grand que possible et sortis la tête la première en faisant attention à ma cheville. Il me fallut étouffer mes rires lorsque Nick m'attrapa les bras, puis la taille à mesure qu'il me tirait vers lui.

— Si quelqu'un nous repérait, on pourrait se faire arrêter, plaisantai-je.

— Personne ne nous verra.

— Je n'arrive pas à croire que je fais ça...

Quelques instants plus tard, j'étais dans ses bras. Il me porta jusqu'à l'avant de la maison, jusqu'à la terrasse où nous nous étions assis ensemble la dernière fois. La nuit était très claire.

— Ça va, la cheville ?

— Je survivrai, lui assurai-je.

— Tant mieux.

— Tes travaux ont dû prendre du retard ces deux derniers jours, non ?

Je me sentais coupable. Il avait mieux à faire que de s'inquiéter pour moi.

— Ne t'en fais pas pour ça, dit-il.

Il me prit la main et je retins ma respiration, sans savoir par où commencer. Avec douceur, je me dégageai – ce serait déjà assez difficile sans qu'il me touche.

— Écoute... Je crois qu'on devrait parler de ce qui s'est passé dans la douche.

— Ah oui ? fit-il en haussant les sourcils.

Je devais trouver un angle d'attaque.

— Je sais que tu regrettes, et…

— Qui t'a dit ça ?

— Ce n'est pas le cas ?

— Pas vraiment, non.

Cette conversation n'allait pas dans le bon sens. Je tentai une autre approche :

— Si je t'ai fait croire que je voulais que tu m'embrasses…

— Mais non.

— Je veux dire… Tout ça n'a pas beaucoup d'importance, pas vrai ? J'en fais toute une montagne pour rien.

Je regrettais maintenant d'avoir ouvert la bouche. On aurait dit une lycéenne. Nick fronça les sourcils.

— Je voulais t'embrasser, Emily. J'en avais besoin. Ce baiser compte beaucoup pour moi.

— Ah bon ? tentai-je de plaisanter. Moi qui pensais que tu préférerais ignorer ce qui s'était passé. Enfin, tu vois, quoi…

— Non, je ne vois pas. Qu'est-ce qui te fait penser ça ?

— Eh bien, tu ne semblais pas très à l'aise cet après-midi, tu ne voulais pas t'asseoir…

— Parce que Jo Marie était dans l'autre pièce. Si j'avais l'air gêné, c'est parce que… Je ne suis pas très à l'aise avec les gens en ce moment.

De fait, je l'avais déjà compris. Dana m'avait dit qu'il ne lui avait pas ouvert, et il y avait la façon dont il avait réagi à ma présence dans le verger.

— Mais tu étais au bar, ce soir-là…

— Oui, je voulais voir si je pouvais y arriver. Pas une bonne idée.

— Tu étais là pour moi.

— C'était un hasard.

— C'était une chance.

Il hocha la tête pour seule réponse.

— Et pourquoi es-tu venu ce soir ? demandai-je, curieuse.

— Je te dirais bien que c'était pour voir comment tu allais, mais ce ne serait pas toute la vérité. Je voulais m'assurer que tu comprennes que je n'avais pas prévu de t'embrasser. Mais maintenant que ça s'est produit, je n'ai aucun regret.

À l'évidence, il aurait préféré que je ne pose pas la question. C'était pour lui un assez long discours, et je ne pus y répondre que par :

— Oh.

Bon, il fallait que je crève l'abcès.

— Je suis heureuse que tu m'aies dit ça. Que nous soyons d'accord là-dessus. Mais je dois être honnête. Il faut que je t'apprenne quelque chose sur moi.

— Tu es mariée ?

Quelle drôle d'idée. Je secouai la tête et avalai ma salive.

— Non, non. Je suis stérile.

Il me fixa comme s'il ne connaissait pas ce mot.

— Je ne peux pas avoir d'enfants, expliquai-je.

— D'accord, et… pourquoi tu me dis ça ?

Je fermai les yeux. C'était ridicule. J'aurais mieux fait de me taire.

— Il vaut mieux que tu l'apprennes maintenant. Si on se lance dans quelque chose, il faut que tu saches.

Mon visage devait ressembler à une tomate bien mûre. Nick pensait sans doute que j'allais bien trop vite en besogne après l'incident dans la douche – que je m'imaginais que nous étions destinés à finir ensemble, ou quelque chose dans le genre.

— C'était juste un baiser, Emily. Je ne t'ai pas demandé de fonder une famille avec moi.

— Je… Je t'ai dit ça parce que… J'ai été fiancée deux fois et mes deux fiancés sont partis lorsqu'ils ont vraiment compris ce que ça voulait dire.

Je n'étais pas juste envers James. Nous avions rompu nos fiançailles parce qu'il était amoureux de Katie, et après avoir appris à la connaître, je savais qu'elle était faite pour lui.

Nick resta silencieux un long moment. Peut-être que je ferais mieux d'être plus claire encore, de lui faire comprendre qu'il n'y aurait jamais de solution.

— Je suis née sans utérus.

Il faillit se mettre à rire. Comme si je plaisantais, alors que je lui dévoilais mon âme ! L'irritation me raidit le dos et je commençai à me lever, en équilibre sur un pied. Jamais je ne m'étais sentie aussi humiliée, aussi grotesque.

— Ce n'est pas drôle, dis-je froidement.

— Pardon, fit Nick en se levant pour me faire asseoir à nouveau. C'est juste que c'était un peu soudain…

— Je n'ai pas réussi à te l'annoncer correctement, et je m'en excuse, mais il faut que tu le saches. Ne joue pas avec moi, Nick, je ne pourrais pas le supporter…

Ma voix tremblait. J'avais peur qu'il ne me prenne pas au sérieux.

— Emily, arrête, je t'en prie. Merci de me l'avoir dit, mais honnêtement, ça n'a pas d'importance.

— C'est ce que tu crois pour le moment, mais tu as tort.

Comment ne pouvait-il pas comprendre la portée de ce que je lui avais révélé ? À nouveau ce sourire exaspérant. Je commençais à me demander s'il mesurait vraiment l'effort que cet aveu m'avait demandé. Je haussai les épaules et décidai de prétendre, moi aussi, que ça ne signifiait pas grand-chose.

— Tu as raison, ce n'était qu'un baiser très chaste. Pas désagréable, mais rappelle-toi que mon cerveau ne fonctionnait pas vraiment à plein régime.

— Chaste ? releva-t-il. Je n'avais jamais rencontré autant d'enthousiasme. Admets-le, Em, tout ça n'avait rien de chaste. En d'autres circonstances, je t'aurais emmenée au lit tout de suite après. D'ailleurs, c'est dans mes projets.

Mes joues devaient être brûlantes.

— C'était la douleur… Je n'étais pas moi-même… Je n'aurais pas dû…

Puis je m'interrompis et me redressai.

— Est-ce qu'on pourrait tout simplement passer à autre chose, s'il te plaît ?

Son amusement se dissipa et il plaça les mains sur mes épaules.

— Viens là, dit-il en me prenant dans ses bras.

Je laissai aller ma tête contre lui malgré moi. Après un instant, il murmura :

— Merci de t'être confiée à moi.

— C'est un détail qui change tout…

— Pas pour moi.

Il ne comprenait toujours pas. D'expérience, je savais qu'il finirait par me voir différemment. Mais la balle était maintenant dans son camp. J'avais fait mon devoir : il était prévenu.

Dans d'autres relations, j'avais attendu bien plus longtemps avant d'expliquer que je ne pouvais pas avoir d'enfant. Je ne voulais pas, je ne pouvais pas recommencer. Si Nick décidait d'entamer quelque chose avec moi, il devait savoir d'emblée ce qu'il l'attendait.

— Et tu dois savoir autre chose.

— Quoi donc ?
— Je ne tomberai pas amoureuse de toi.
Je le sentis sourire.
— Ah tiens ?
— Je ne te laisserai pas me briser le cœur, Nick. Je ne veux plus que ça m'arrive. Plus jamais.
Je sentis sa poitrine se gonfler, puis il soupira.
— Je ne peux pas t'en vouloir.
— Très bien. On est donc clairs là-dessus.
— Complètement.
Il passa les doigts dans mes cheveux avec révérence, comme si me tenir contre lui était quelque chose de sacré.
— Excuse-moi si ma réaction t'a offensée.
C'était le cas, mais sa gentillesse avait rattrapé le coup.
— Je comprends. C'était abrupt.
— Tu viens de dire que tu ne tomberais pas amoureuse... Et moi ? Si je tombe amoureux ? Qu'est-ce qu'on fait ?
Ma gorge se serra, et je levai la tête.
— Ne fais pas ça, murmurai-je. Je t'en prie, Nick, ne laisse pas ça arriver...
Il me coupa la parole en m'embrassant aussi passionnément que la veille dans la douche. Son étreinte me donnait l'impression d'être enveloppée dans une couverture bien tiède. Le goût de son baiser me fit perdre la tête, et je le lui rendis sans pouvoir me contrôler. Si j'avais été debout, mes jambes se seraient dérobées sous moi.
Lorsqu'il se recula, j'avais du mal à reprendre mon souffle. Les yeux toujours fermés, je demandai :
— Pourquoi tu as fait ça ?
Il m'embrassa le front comme s'il ne supportait pas de ne pas me toucher.

— Je me suis dit que c'était la meilleure façon de mettre fin à cette dispute-là.

— Nous n'étions pas en train de nous disputer… Je tentais de nous épargner…

— Écoute, Em, tu as traversé des moments difficiles. Moi aussi, et pas qu'un peu. Nous pouvons nous épauler. J'ai envie de toi depuis la première fois que je t'ai vue traverser le verger.

Je ne voulais pas l'entendre dire ça. Il fallait que je m'éloigne avant qu'il ne soit trop tard. Il avait envie de moi, et moi de lui, mais ce n'était pas une bonne idée. Je ne pourrais pas lui résister tant qu'il serait là à me regarder avec tant de tendresse et de passion.

— Je vais rentrer.

— Pas encore…

— Je t'en prie, Nick, c'est déjà assez difficile comme ça.

Je voyais bien qu'il était partagé. Après un moment, il se leva et je tendis les bras pour qu'il me soulève à nouveau, ce qu'il fit sans effort. Il m'embrassa avec autant d'intensité que quelques minutes plus tôt.

Cette fois, je parvins à m'arracher à son étreinte.

— Arrête, Nick… Je n'arrive pas à garder mes résolutions.

— Tant mieux, sourit-il. C'est bien ce que je voulais entendre.

— N'en prends pas l'habitude, parce qu'on s'arrête là.

— Nous verrons.

Je ne voulais pas repartir là-dessus. J'aurais retrouvé ma volonté le matin venu, décidai-je. Après m'être éclairci les idées, je pourrais résister à ses baisers si addictifs.

# 18

## Jo Marie

Greg vint manger à la maison d'hôtes le mercredi soir. J'avais longuement hésité sur le dîner et feuilleté mes livres de recettes pour trouver quelque chose qui l'impressionnerait. Après m'être maudite pour avoir proposé de lui faire la cuisine, j'avais fini par me décider pour des escalopes de poulet farcies, plutôt que du steak. Je les avais servies avec des légumes frais du jardin, une salade verte avec croûtons maison, et une tarte aux pommes pour le dessert.

Mais c'était vrai que j'aurais pu lui faire des pâtes, car ni lui ni moi ne fîmes attention à ce que nous mangions. Nous avions beau parler chaque jour, on aurait pu croire que nous ne nous étions pas vus depuis des mois, et nous étions si concentrés l'un sur l'autre que nos plats refroidissaient. Greg avait apporté du vin que nous bûmes sur la terrasse après dîner. Je n'avais pas été aussi détendue depuis des lustres. Ce ne fut qu'ensuite que je me rendis compte que cette soirée m'avait rappelé tous les couchers de soleil que j'avais admirés avec Mark.

Greg partit vers vingt-trois heures – il serait resté plus longtemps si nous n'avions pas été en semaine. Il travaillait à Kirkland, à l'est de Seattle, ce qui lui faisait presque une heure et demie de transports tous les jours ; et comme les ferrys étaient espacés à cette heure de la nuit, il lui faudrait contourner la baie en voiture, en passant par les Narrows et Tacoma.

Je le raccompagnai à la porte et nous restâmes un moment sous la lune, face à face, peu pressés de nous séparer. Je savais qu'il voulait m'embrasser, et à vrai dire, j'espérais qu'il le ferait.

Greg glissa ses doigts dans mes cheveux et se pencha pour presser ses lèvres contre les miennes. C'était un baiser qui prenait son temps, une découverte, comme s'il venait de trouver le plus précieux des trésors et ne voulait pas se précipiter, de peur de rompre la magie.

— J'ai rêvé de faire ça toute la soirée, dit-il en appuyant son front au mien.

— J'espérais que tu le ferais.

— Je ne sais pas si je devrais te le dire, mais…

— Quoi ?

— Tu es la première femme que j'embrasse depuis Julie.

Il avait laissé entendre qu'il n'était sorti avec quasiment personne après la mort de sa femme. J'étais dans la même situation, à l'exception de ce désastreux rendez-vous avec le futur beau-frère d'un ami. Mon seul vrai baiser, depuis que j'avais perdu Paul, avait été avec Mark – par désespoir, juste avant qu'il ne s'envole pour l'Irak.

— Je suis contente que ce soit moi, murmurai-je.

— Moi aussi.

Il me relâcha à regret.

Tandis que je regardais s'éloigner sa voiture, je m'aperçus que dans aucune de nos conversations je n'avais mentionné Mark. Je ne pouvais pas, de peur de me mettre à pleurer. Renoncer à lui avait été, d'une certaine façon, aussi difficile que d'accepter le décès de Paul.

En rentrant à l'intérieur, il me sembla entendre Emily. Je m'immobilisai, certaine de reconnaître également la voix de Nick, mais je n'allai pas voir ce qui se passait. J'avais l'impression qu'il était dans sa chambre, et si c'était le cas, je ne voulais surtout pas les interrompre.

Emily fut dans la lune toute la semaine. Elle détestait ses béquilles, et elle pouvait déjà remarcher un peu sans souffrir le week-end venu. Nick ne fit pas son apparition, et la seule fois où je lui demandai de ses nouvelles, Emily changea abruptement de sujet. Clairement, elle préférait ne pas en parler.

Greg m'emmena sur Blake Island dans le bateau de son frère pour le festin amérindien, et l'expérience fut aussi merveilleuse que ce que j'avais toujours imaginé – mieux encore, car nous la partagions. Le dimanche, après le petit déjeuner de mes clients, Greg et moi nous rendîmes à la messe ensemble. Bob et Peggy Beldon allaient à la même église et je sentis le regard de Bob peser sur moi pendant toute la cérémonie. Il devait s'interroger sur Greg, qui avait passé son bras autour de mes épaules.

Nous retrouvâmes les Beldon sur le parvis. Je pris la main de Greg pour leur montrer que nous étions ensemble. Bob semblait… déçu, impossible de le dire autrement. Je choisis d'ignorer sa désapprobation : s'il savait quelque chose que j'ignorais au sujet de Mark, il ne m'en avait rien dit.

— Je voudrais vous présenter Greg Endsley. Greg, Bob et Peggy sont de bons amis. Ils dirigent une maison d'hôtes en ville, et ils m'ont beaucoup aidée à lancer la mienne.

Greg s'avança pour serrer la main de Bob, et sourit à Peggy.

— Toujours un plaisir de rencontrer les amis de Jo Marie.

Bob lui jeta un regard noir :

— Jo Marie, je ne savais pas que tu voyais quelqu'un…

— Bob, siffla Peggy en lui envoyant un coup de coude.

— Ça ne fait que quelques semaines, expliquai-je.

Bob dévisageait Greg comme s'il se demandait ce que valait cet homme-là.

— Comment vous êtes-vous rencontrés ?

— Je suis un ami de la famille, expliqua Greg au lieu de se lancer dans le détail de notre barbecue du 4 Juillet.

— Donc vous vous connaissez depuis longtemps ?

— Pas vraiment.

— Bob, répéta Peggy de façon plus appuyée. Ce n'est pas un interrogatoire.

Elle le tira par le bras et ajouta :

— Désolée de mettre fin à cette inquisition, mais Bob et moi avons un rendez-vous.

— Ah bon ? dit son mari.

— Mais oui, grinça-t-elle, les dents serrées.

Greg et moi les regardâmes s'éloigner et je me préparai mentalement aux inévitables questions qui allaient suivre. Greg eut la galanterie d'attendre que nous ayons regagné la voiture. Les mains sur le volant, le regard droit devant, il demanda :

— Qu'est-ce qu'il voulait dire ?

Je ne savais pas par où commencer.

— Bob était ami avec mon homme à tout faire, Mark Taylor.

— « Était » ?

— Mark n'est plus là.

Greg tourna la tête vers moi, les sourcils froncés.

— Tu veux dire qu'il est parti ? Ou qu'il est mort ?

— Oui, parvins-je à dire, la gorge serrée.

— Parti ou mort ?

— Les deux. Mark m'a quittée… pour repartir au Moyen-Orient secourir un ami irakien. C'était il y a un an, et nous… Je n'ai pas eu de ses nouvelles depuis des mois… Je ne peux que supposer qu'il ne s'en est pas sorti.

La voiture semblait soudain étouffante.

— Tu l'aimais ?

— Oui.

Greg ne dit rien pendant un long moment.

— Tu tiens toujours à lui ?

Répondre à cette question n'était pas facile. Bien sûr, j'aimais toujours Mark. Je l'aimerais toujours. Mais, tout comme Paul, il appartenait désormais à mon passé et je devais les laisser derrière moi.

— Jo Marie ?

— Oui. Je l'aime encore. Mais comme je l'ai dit, il ne reviendra pas.

Après un autre silence, Greg reprit d'une voix tendue :

— Je ne sais pas trop où nous en sommes, du coup.

— Comment ça ?

— Si tu aimes quelqu'un d'autre…

— Oui, mais il est parti. Je n'ai aucun moyen de savoir ce qui lui est arrivé. Paul n'est jamais revenu non plus… Je ne peux pas passer le restant de mes jours dans la douleur et les regrets… Je les aimais tous les deux, et ils ont disparu.

Ma voix se brisa et je me couvris le visage des deux mains en essayant de maîtriser mes émotions. Je me penchai en avant pour presser le front contre mes genoux.

Greg m'enlaça et je sentis son visage contre mon dos.

— Je suis désolé, Jo Marie.

Je me redressai avec une grande inspiration pour me calmer. Je n'étais pas certaine de comprendre ses excuses.

— Désolé pour quoi ? Désolé de m'avoir rencontrée ?

— Ça, jamais, dit-il en m'embrassant la tempe. Ce matin à l'église, j'ai remercié le Seigneur de t'avoir envoyée dans ma vie.

Incroyable à quel point les mots de cet homme pouvaient m'aller droit au cœur. Je tentai de sourire :

— Désolé que j'aie aimé quelqu'un d'autre ?

— Ton cœur est plein d'amour, et c'est l'une des choses qui m'attirent chez toi, répondit-il avec sérieux. Je suis désolé que tu aies perdu deux hommes que tu aimais. J'aurais pu en mourir quand Julie a disparu. Je ne pourrais pas imaginer vivre ce genre de deuil une deuxième fois.

Je lui pris la main.

— Le plus dur, c'est de ne pas savoir… Le corps de Paul n'a été retrouvé qu'au bout d'un an. Je ne saurai jamais comment ou quand Mark est mort. Ma seule consolation est une carte postale codée où il semble dire qu'il a retrouvé son ami. Je suis reconnaissante pour cela, au moins.

Greg ne dit pas grand-chose pendant le trajet du retour. Je savais qu'il lui faudrait du temps pour digérer tout ce que je lui avais appris. J'aurais voulu pouvoir apaiser ses angoisses.

Il se gara dans l'allée et resta dans la voiture. J'avais prévu de cuisiner pour le déjeuner. Comme le silence entre nous m'oppressait, je m'efforçai de le remplir en parlant beaucoup trop vite.

— J'ai fait de la soupe avec les tomates du jardin. Il suffit de les faire cuire, puis sauter avec des oignons et du céleri haché, et quelques aromates. Je t'avais dit que j'avais planté des aromates cette année, non ? Après ça, j'ai...

— Je n'ai pas très faim, Jo Marie.

Mes épaules se raidirent. Ses doutes sur notre relation étaient, à l'évidence, on ne peut plus sérieux.

— Oh. D'accord.

— Il y a quelque temps, tu as mentionné un homme à tout faire qui avait labouré tes plates-bandes, dit-il en fixant le jardin. C'était Mark ?

— Je ne m'excuserai pas de l'avoir aimé, Greg. Je suis désolée si ça te fait de la peine... Peut-être que tu ferais mieux de prendre un moment pour réfléchir à notre relation. Quand tu seras prêt à aller de l'avant, si tu en as envie, passe-moi un coup de fil.

Le cœur au bord des lèvres, je quittai la voiture et me dirigeai vers la maison d'hôtes. Greg demeura dans l'allée quelques minutes encore, puis fit marche arrière et s'éloigna. Je ne savais pas si j'aurais un jour de ses nouvelles. Sans doute pas. Quelle déception.

Rover et Emily m'attendaient à l'intérieur. Il suffit à Emily de poser les yeux sur moi pour demander :

— Ça va ?

— Pas vraiment.

— Tu veux en parler ?

Je secouai la tête, et une sorte d'amusement triste me fit tressauter les épaules.

— Greg prend le temps de réfléchir à notre relation.

— Pourquoi ? Je pensais que ça se passait très bien entre vous.

— Il a appris pour Mark.

— Et il n'est pas content ?

— Je peux le comprendre.

En des circonstances similaires, j'aurais sans doute eu la même réaction.

— Greg n'est pas certain que je sois disponible, émotionnellement parlant, et il a besoin de réfléchir aux risques que ça implique.

S'engager dans cette relation revenait pour lui à se mettre en danger, alors qu'il avait déjà souffert, comme moi. Une autre perte pourrait bien le dévaster. Je parlais d'expérience.

Je ne pris pas la peine de déjeuner. La meilleure chose à faire, décidai-je, serait de m'occuper sur un projet. Cela faisait un moment que je voulais peindre la cuisine. Pourquoi remettre encore à demain ? Sans plus tergiverser, je partis au magasin de bricolage pour acheter de la peinture jaune citron et tout ce dont j'avais besoin.

— Je peux t'aider ? demanda Emily en me voyant vider la cuisine.

— Et ta cheville ?

— Je ne peux pas rester debout très longtemps, mais je peux m'asseoir par terre sans problème pourvu que tu m'aides à me relever.

— Alors, d'accord.

— Parfait ! Dans ce cas, nous voilà partenaires.

Pour la première fois depuis que Greg avait refusé de venir déjeuner, je souris. Un peu de compagnie me permettrait de ne pas penser à lui. Puis j'abordai avec prudence le sujet de Nick :

— On dirait que nous avons toutes les deux des amours compliquées…

Emily n'en avait pas dit grand-chose, mais je voyais bien que ce n'était pas seulement sa cheville qui l'incommodait. Le dimanche, en fin d'après-midi, Nick était passé à la maison d'hôtes et Emily m'avait demandé de lui dire qu'elle se reposait. Il avait semblé déçu, mais n'était pas revenu depuis.

— On se fait tellement de tracas sur les hommes, alors qu'ils n'en valent vraiment pas la peine, déclara-t-elle.

— Amen. Mais dis-moi… Ça va ?

— Ça va. Je crois juste que ça ne va pas fonctionner entre Nick et moi. Mais ce n'est pas grave.

Vu l'air dépité de Nick quand je lui avais répondu qu'Emily n'était pas disponible, je n'étais pas convaincue qu'il ressente la même chose. J'avais plutôt l'impression qu'il avait envie d'aller au bout du chemin sur lequel ils s'étaient engagés ensemble. Mais j'étais loin d'être une experte en amour, et je restai donc muette.

Après avoir étendu un vieux drap par terre pour protéger le carrelage, je vis qu'Emily était perdue dans ses pensées.

— Tu sais, il est passé te voir l'autre jour.

— Encore ? dit-elle en se tournant vers moi. Plus d'une fois ?

— Non, juste cette fois-là.

— Oh.

Je ne savais pas comment interpréter sa réaction et décidai de passer à autre chose.

Emily était peut-être du genre fataliste, mais je n'étais pas convaincue qu'elle suivait ses envies. Cela faisait quatre jours qu'elle errait comme une âme en peine dans la villa sans se nourrir correctement. Elle prétendait que sa mauvaise humeur et son manque d'appétit étaient dus à sa blessure, ce dont je doutais. Nick l'attirait beaucoup, et à l'évidence, il ressentait la même chose. Qu'est-ce qui pouvait bien les bloquer ?

Après un après-midi de travail, nous avions quasiment fini. L'effet était splendide : la cuisine peinte en jaune semblait plus chaleureuse et accueillante que jamais, pile ce que je voulais pour mes clients. Une fois le nettoyage et le rangement effectués, je fis réchauffer ma soupe à la tomate maison que j'accompagnai de croque-monsieur. Puis je fis semblant d'être fatiguée et gagnai ma chambre, tout comme Emily. Apparemment, nous avions toutes les deux besoin d'être seule.

Je n'eus aucune autre nouvelle de Greg ce dimanche, ni le lendemain. Après y avoir longtemps réfléchi, j'avais accepté sa décision. Mieux valait mettre fin à notre relation à ses débuts. J'étais déçue, mais une rupture plus tardive aurait été bien plus douloureuse, surtout si les choses avaient continué à progresser si intensément.

Le mercredi soir, mon téléphone sonna. Quand je vis que c'était lui, je fermai les yeux avant de décrocher.

— Allô ?

— Bonjour…

Son hésitation semblait de mauvais augure.

— J'ai beaucoup réfléchi ces derniers jours.

— C'est bien ce que j'avais imaginé, dis-je en me mordant la lèvre.

— Julie est morte il y a trois ans et, Jo Marie, je n'avais plus rien ressenti pour une femme jusqu'à te rencontrer. Je suis désolé si j'ai mal réagi dimanche, et j'espère que tu voudras bien me donner une autre chance.

# 19

## Emily

Deux semaines s'étaient écoulées depuis que je m'étais tordu la cheville, et je pouvais enfin remarcher. En dehors de cette visite où j'avais inventé une excuse pour ne pas lui parler, je n'avais plus eu de nouvelles de Nick. C'était mieux ainsi, maintenant qu'il connaissait la vérité sur moi. J'en avais conscience, mais j'en souffrais tout de même.

Je ne m'étais pas remise à courir, en me disant qu'il valait mieux laisser ma cheville se reposer si je ne voulais pas me blesser à nouveau. En vérité, c'était surtout pour ne pas risquer de tomber sur Nick.

La fin de l'été approchait et je n'avais toujours pas trouvé de maison. La meilleure solution en attendant me semblait de chercher un appartement à louer. J'aimais beaucoup vivre chez Jo Marie, mais notre accord ne portait que jusqu'à l'automne.

Plutôt que de prendre une décision hâtive, je localisai une barre d'immeubles non loin de l'école élémentaire de Cedar Ridge et signai un bail de six mois à dater du 1er septembre. Ainsi, je n'étais pas sous pression et je pouvais prendre le temps de chercher quelque chose qui me convienne vraiment, plutôt que de céder à un compromis.

Dana, l'agent immobilier qui m'épaulait, n'avait plus rien à me proposer dans Cedar Cove, et nous avions décidé d'étendre les recherches vers le sud, jusqu'à Gig Harbor, et vers le nord, jusqu'à Silverdale. Si j'emménageais dans ces zones-là, je devrais finir par changer d'école pour éviter de passer trop de temps dans les transports. Rien ne m'obligeait à m'installer à Cedar Cove. Bien sûr, la ville me plaisait et je m'y étais fait des amis, mais je pourrais tout aussi bien vivre dans une de ces autres communautés mentionnées par Dana.

Je me préparais à son arrivée lorsque Jo Marie annonça que j'avais de la compagnie. J'aurais dû deviner de qui il s'agissait en voyant son énorme sourire.

En sortant dans l'entrée, je tombai sur Nick, un sachet de cookies à la main. Mon cœur s'envola à une vitesse qui me coupa le souffle.

— Salut, dit-il.

Je n'aurais pas dû me sentir si heureuse, mais il m'était impossible de ne pas lui sourire. Mon cœur battait si fort contre mes côtes que j'étais certaine qu'il s'en rendrait compte.

— Tu m'as apporté des cookies, parvins-je à dire.

— Je ne les ai pas faits moi-même…

Mon sourire grandit encore. Le sien s'estompa, et son regard devint sérieux.

— Je me suis dit qu'il était temps qu'on discute un peu.

Un coup d'œil à ma montre me fit soupirer.

— J'aimerais bien, Nick, mais malheureusement, j'ai un rendez-vous.

— Tu ne peux pas le décaler ?

— Désolée, mais non... J'ai déjà annulé mon dernier rendez-vous avec Dana quand je me suis tordu la cheville.

— Dana ? dit-il en levant les sourcils.

— Mon agent immobilier.

— C'est vrai que tu veux acheter. J'avais oublié.

— Je ne suis pas arrivée à grand-chose.

— Tu cherches dans quel coin ?

— Nous allons à Silverdale cet après-midi.

— Je croyais que tu avais trouvé un travail ici, à Cedar Cove.

— En effet, mais si je trouve une maison qui me plaît à Silverdale, je ferai en sorte d'être transférée dans leur district l'an prochain.

— Pourquoi ?

— Eh bien, ça m'éviterait les transports.

Je ne comprenais pas sa question. Son front se rida.

— Je croyais que Cedar Cove te plaisait. Je ne veux pas que tu déménages.

Moi non plus, je ne voulais pas déménager, mais je n'avais pas vraiment le choix.

— Sérieusement, Emily, ne t'en va pas.

Ce fut alors qu'on sonna. Avant que je ne puisse répondre, Nick décida d'ouvrir la porte lui-même. Dana cligna des yeux en le voyant.

— Mais je vous connais ! s'écria-t-il. Vous êtes l'agent qui n'arrêtait pas de venir chez moi !

Dana me jeta un bref regard avant de revenir à Nick.

— Votre propriété est magnifique. Si vous décidez un jour de la mettre sur le marché, j'espère que vous penserez à moi.

— La maison n'est pas à vendre, répliqua-t-il avec un regard noir. Et par ailleurs, Emily s'excuse, mais elle doit annuler pour cet après-midi.

— Dana ! appelai-je derrière lui en agitant la main. J'arrive dans une seconde.

Puis je me tournai vers Nick et secouai simplement la tête.

— Je n'annulerai pas.

— Si tu fais ça pour m'éviter, ça ne marchera pas. Il faut qu'on parle, et le plus tôt sera le mieux.

— Je suis d'accord, dis-je aussi posément que possible malgré mon cœur qui s'emballait toujours. Je passerai chez toi à mon retour. Donne-moi deux heures.

Il hocha la tête, à contrecœur.

— D'accord, tu as deux heures.

Je levai les yeux au ciel – quel dictateur ! En me voyant faire, il sourit. Je détestais admettre à quel point son sourire me plaisait. À quel point Nick me plaisait. J'aurais préféré faire autrement, mais je ne pouvais plus revenir en arrière.

— Je t'attendrai, mais tu devrais dire à Dana que vous perdez votre temps à chercher une maison à Silverdale.

— Cause toujours, lui lançai-je avant de sortir avec Dana.

Deux heures et demie plus tard, je me rendis chez Nick, qui vint m'ouvrir.

— Alors, tu as trouvé une maison qui te plaît ?

— Non.

Dana perdait patience avec moi, et franchement, je m'irritais moi-même. J'avais l'impression qu'il manquait quelque chose à toutes les maisons que nous visitions. Rien de ce que je voyais ne me convenait, pour toute une variété de raisons. Je commençais à perdre espoir.

— Il faut que tu restes à Cedar Cove.

C'était ce qu'il ne cessait de me dire. Comme je n'étais pas venue pour me disputer avec lui, je ne répondis rien. Nick me guida à l'intérieur en disant :

— Tu veux que je te montre mes progrès dans la cuisine depuis la dernière fois ?

— D'accord.

Je faisais de mon mieux pour cacher ma nervosité, agrippée à la bandoulière de mon sac comme à une bouée de sauvetage. Dès que j'eus passé le seuil, Nick se retourna vers moi et me prit dans ses bras. Il frotta son menton contre le sommet de ma tête avec une tendresse qui me rappela la façon dont ma mère caressait son chat. D'ailleurs, j'avais envie de ronronner. Après quelques instants, il enfouit son visage dans mon cou comme pour inhaler mon parfum.

Puis il releva la tête. Muette, je ne pouvais que le regarder.

— Tu es vraiment très belle, dit-il sur un ton d'excuse.

— Nick, répondis-je d'une voix dont la faiblesse me surprit. Est-ce que tu as réfléchi à ce que je t'ai dit ?

— Je n'ai pensé quasiment qu'à toi, Em. Pourquoi n'as-tu pas voulu me voir ? Nous aurions pu régler tout ça il y a des jours.

— Je… Je n'étais pas prête. J'avais besoin de temps pour y voir clair dans mes propres sentiments, pour réfléchir à mon futur. Et toi aussi, tu en avais besoin. Si nous voulons avancer, il ne faut plus avoir de doutes.

— Tu as raison.

Au moins, nous étions en accord là-dessus. Son regard rencontra le mien, plein de sincérité.

— J'y ai beaucoup réfléchi depuis notre dernière discussion. Et je vois bien à quel point il t'en a coûté de me l'avouer. Je ne sais pas ce qui t'est arrivé, mais vu la façon dont tu en parlais, je vois bien que ça t'a beaucoup blessée.

Ma poitrine se contractait à force de retenir mon souffle. Lui-même prit une grande inspiration qu'il ne relâcha pas.

— Je veux avoir des enfants un jour, Em.

Je vis le regret dans ses yeux, le sursaut de culpabilité : il savait que ses paroles me feraient du mal. Il me prit dans ses bras comme pour empêcher le barrage de mes émotions de céder.

Le plus fou, c'est que pendant ces premières secondes, je ne ressentis rien. Puis, d'un seul coup, j'eus l'impression que le monde entier s'était arrêté, que j'étais sortie de mon corps. Ma fierté m'interdisait de lui montrer à quel point j'étais dévastée par sa décision, alors même que je lui étais reconnaissante pour sa franchise. J'aurais dû être prête, vu ce qui s'était passé avec Jayson. Même maintenant, penser à lui me causait encore une pointe de douleur. Jayson m'avait appris tout ce que je savais sur l'amour, et sur un cœur brisé.

— Merci de ton honnêteté, murmurai-je.

Presque malgré moi, je levai la main pour lui caresser la joue. Puis je voulus me détourner, mais le souvenir de notre entrevue plus tôt dans la journée m'arrêta.

— Pourquoi est-ce que tu tiens tellement à ce que je reste à Cedar Cove ?

Nick avait tellement insisté là-dessus. Il recula d'un pas et baissa les yeux.

— Tu m'as dit la vérité et je dois te rendre la pareille. Il faut que tu saches quelque chose sur moi. Je ne suis qu'un gros égoïste. Je ne sais pas pourquoi, mais… j'ai besoin de toi.

— Pardon ?

— Ta présence me fait du bien. Depuis l'accident, je suis devenu un genre d'ermite. Je n'ai pas parlé à mes parents depuis des mois. Ni au reste de ma famille, ni à mes amis. Je ne quitte jamais la maison, sauf la nuit. Enfin, en dehors de cette fois-là au bar, et quand j'ai besoin d'acheter du matériel pour la rénovation...

— Tu es bien venu me voir, moi, lui rappelai-je.

— Tu es l'exception. Quand tu es là... je me sens mieux. Je reprends espoir. Ma plus grande peur, quand je quitte la maison, c'est de faire une autre crise d'angoisse. Elles me paralysent complètement. Je n'ai pas le droit de te demander quoi que ce soit, mais je ne sais pas ce que je deviendrai si tu t'en vas. Je t'en prie, Em, reste.

Je ne savais pas comment réagir. Il ne devait pas comprendre ce qu'il me demandait.

— Nous ne pouvons pas être ensemble, Nick. Tu l'as saisi, non ?

Il hocha la tête à contrecœur :

— On pourrait être amis ?

Répondre à cette question-là était plus difficile. Il m'attirait tellement que je n'étais pas sûre d'en être capable.

— Juste amis. Rien de plus.

— Je ferai attention à toi, murmura-t-il.

Encore une promesse impossible à tenir. Jayson avait veillé sur moi, et James aussi, d'ailleurs. Ce qui ne m'empêchait pas de me sentir pleine de bleus et de bosses, marquée à jamais.

— Laisse-moi y réfléchir un peu, d'accord ?

Il acquiesça.

— Je sais que je me montre très injuste. C'était difficile pour toi de me dire la vérité. J'essaie de faire pareil et je dois avouer que ça ne coule pas de source. C'est horrible de ma part de te demander une telle chose. Si les rôles étaient inversés, je ne sais pas comment je réagirais. Je n'aime pas me montrer aussi faible. Je n'ai jamais eu besoin des autres, mais j'ai besoin de toi, Em. Je ne peux pas m'en cacher, j'ai besoin de toi.

# 20

## Jo Marie

Le vendredi après-midi, je préparais la maison d'hôtes qui serait pleine à craquer pendant le week-end. Alors que je m'affairais dans la cuisine, mon Smartphone vibra sur le comptoir. J'étais loin d'imaginer quel impact cet appel aurait sur ma vie.

Machinalement, je calai le portable contre mon oreille en sortant le lait du réfrigérateur. Je n'avais même pas regardé qui c'était : seuls ma famille et mes amis proches avaient mon numéro personnel. Grossière erreur. Si j'y avais jeté un coup d'œil, peut-être que j'aurais pu me préparer émotionnellement.

Je m'attendais à moitié à tomber sur Greg. Nous parlions tous les jours, souvent plusieurs fois dans la journée, et nous étions plus proches que jamais.

— Allô, oui ?

— C'est Dennis.

Le lieutenant-colonel Milford. Je me pétrifiai, la brique de lait à la main. Des nouvelles de Mark ? J'avais espéré cet appel, j'avais prié pour le recevoir, pour connaître enfin la vérité, quelle qu'elle soit. Mon cœur se mit aussitôt à battre à tout rompre et mon estomac se contracta. J'étais loin d'être prête à entendre ce qu'il avait à me dire, mais il fallait pourtant que je sache.

— Oui ? Vous avez appris quelque chose ? Vous avez de ses nouvelles ?

La fêlure dans ma voix alerta Emily qui s'immobilisa également et me jeta un regard anxieux.

— Mark est en vie.

J'oubliai le lait qui s'écrasa sur le sol. Le bouchon sauta et le liquide se déversa sur le carrelage.

— Vivant ?

Le choc et le soulagement m'avaient coupé les jambes, et je dus me raccrocher au comptoir de la cuisine pour rester debout.

— Allô, Jo Marie ? Ça va ?

— Dites-moi… dites-moi tout, demandai-je d'une voix plus tremblante que jamais.

— Écoutez, je ne veux pas vous donner de faux espoirs. Nous avons localisé Mark, mais il n'est pas en bon état.

— Mais il est vivant ?

— On lui a tiré dessus, Jo Marie, il y a des semaines. La blessure n'a pas été soignée correctement et s'est infectée. La femme d'Ibrahim a fait ce qu'elle pouvait mais elle n'avait guère de moyens. Ce sont toutes les informations dont je dispose…

— Il est vivant.

Ma réflexion s'arrêtait là. Tant que Mark respirait encore, l'espoir demeurait.

— Laissez-moi le reformuler : Mark est vivant pour le moment.

La réalité me revint en pleine figure.

— Pour le moment ?

— Il était à moitié mort à son arrivée. On l'a transporté à l'hôpital, on fait tout ce qu'on peut pour le sauver, mais si j'ai bien compris, le pronostic n'est pas bon.

Je refusais l'idée que Mark ne soit rentré aux États-Unis que pour y mourir.

— Et Ibrahim et sa famille ?

— Ils vont bien, ils s'acclimatent.

— Mais où sont-ils ? Et depuis quand êtes-vous au courant ?

Mon inquiétude pour Mark se transforma aussitôt en colère. Si Ibrahim et Shatha étaient déjà aux États-Unis, où était Mark depuis tout ce temps ?

— Jo Marie, écoutez-moi. Je suis déjà en train d'outrepasser les limites en m'impliquant là-dedans. Et moi-même, je ne suis au courant que depuis quelques minutes. Cela fait une semaine que Mark est rentré.

Une semaine ? Cette seule idée me donnait le tournis. Mark ne m'avait demandé qu'une chose : s'occuper de ses amis.

— Ibrahim, Shatha et leurs deux enfants sont à Detroit. Ils ont de la famille là-bas.

— Ibrahim a laissé Mark derrière lui ?

D'après ce qu'on m'avait raconté sur lui – pas grand-chose, je dois l'admettre –, une telle chose ne lui ressemblait pas. Surtout après que Mark avait risqué sa vie pour les secourir, lui et sa famille.

— Il n'avait pas le choix. Si Mark survit, je suis sûr qu'ils reprendront contact.

*Si Mark survit.*

*Si Mark survit.*

*Si Mark survit.*

Ces mots résonnaient dans ma tête comme l'écho dans un canyon.

— Quand pourrai-je le voir ?

Mon esprit s'éclaircissait et un plan d'action prenait forme. Le plus important était de me retrouver aux côtés de Mark aussi vite que possible.

— Il est au Madigan Army Medical Center…

— Quand pourrai-je le voir ? répétai-je en lui coupant la parole.

— Jo Marie…

— Dites-moi ! criai-je, à court de patience.

Il fallait que je retrouve Mark, que je le voie de mes propres yeux, que je lui dise que j'étais avec lui et que je l'aimais.

— Je ne peux rien vous promettre. Je crois qu'ils ne m'ont mis au courant que parce qu'ils pensent qu'il ne lui reste plus beaucoup de temps.

— Il survivra.

— Vous ne pouvez pas en être certaine, contra Milford. Personne ne le peut.

Ce débat ne mènerait nulle part.

— Je sais qu'il survivra, tranchai-je. Il est rentré, il est là où il devrait être. Dites-moi juste comment le voir.

— Il est inconscient, Jo Marie. Cela fait un moment qu'il est dans le coma.

Mon cœur me dictait de retrouver Mark sans attendre. Milford finit par me donner l'information, dont je pris aussitôt note. Il continuait à m'avertir, mais je ne l'écoutais plus. Rien d'autre ne comptait. Cela faisait presque un an que je priais pour ce moment. Rien ne se dresserait sur ma route. Ni l'armée ni le gouvernement américain, et certainement pas un docteur, une infirmière ou un hôpital quelconque.

Je lui raccrochai au nez. Avait-on déjà osé infliger cela au grand lieutenant-colonel Milford dans toute sa carrière de militaire ? Moi, j'avais osé.

— Jo Marie ?

Mon nom perça les turbulences qui m'embrumaient l'esprit, et je m'aperçus que c'était Emily.

— Mark est vivant.

— J'ai entendu, dit-elle en me prenant la main. Que puis-je faire pour t'aider ?

Mon esprit se vida, puis passa en revue toutes mes responsabilités, mon planning, pour aujourd'hui et pour la semaine. Je me sentis aussitôt noyée : je ne pourrais pas être à deux endroits en même temps.

— Je m'occuperai de tout ici, ne t'en fais pas, m'assura Emily comme si elle avait lu dans mes pensées. Fais ce que tu as à faire. Pour le reste, compte sur moi.

— Oui. D'accord. Il faut…

Mes pensées s'étaient dispersées comme du verre brisé sur le sol de la cuisine. Je me frottai le front.

— Il faut que j'appelle Bob et Peggy… Que je les mette au courant.

— Tu veux que je le fasse ?

Je hochai la tête et regardai ma montre. Combien de temps me faudrait-il en voiture pour me rendre à Tacoma ? Un sentiment d'urgence me saisit.

Emily avait déjà sorti la serpillière alors que je ne m'étais même pas rendu compte que j'étais debout dans une flaque de lait.

— Je m'occupe de tout, répéta-t-elle. Fais ce que tu as à faire.

Je ne savais pas par quoi commencer, et je pris conscience que tout mon corps tremblait. J'aurais pu croire à un glissement de terrain, mais c'était bien ma vie qui venait d'être traversée par une secousse sismique.

Moi qui avais abandonné tout espoir, moi qui avais laissé tomber, je n'arrivais pas à intégrer cette nouvelle.

Emily posa la serpillière et vint me prendre dans ses bras. Comme j'avais besoin de chaleur humaine ! J'exhalai profondément en me détendant contre elle, submergée par le soulagement. Maintenue dans l'ignorance, tourmentée par le doute et terrifiée à l'idée d'avoir perdu l'homme que j'aimais pour la seconde fois de ma vie, j'avais été tendue à me rompre, et je ne m'en étais même pas rendu compte.

— Tout ira bien, m'assura Emily comme si elle avait des dons de voyance. Mark est vivant, et il te reviendra.

Je tremblais toujours.

— Tu veux que je te conduise quelque part ?

— Laisse-moi juste quelques minutes.

Après avoir absorbé la nouvelle, je pourrais contrôler ma réaction.

— Bien sûr.

Emily était mon roc. Je ne sais pas ce que j'aurais fait sans elle durant ces premières minutes après l'appel de Milford. Lorsque je partis me changer dans ma chambre, elle me suivit avec une tasse de café bien noir et très sucré.

Je fouillai mon placard pour trouver quelque chose de convenable. Cela faisait un an que Mark était parti et il était hors de question que je l'accueille en jean, coma ou pas coma.

— Rover ! m'inquiétai-je soudain. Où est-il ?

Cela pouvait sembler irrationnel, mais en cet instant, il me fallait mon chien.

— Juste là, dit Emily en le pointant du doigt.

Rover m'avait suivie dans ma chambre et me regardait avec attention. Je me demandais ce qu'il pensait de mon comportement hystérique. Tombant à genoux près de lui, j'entourai son cou de mes bras.

— Mark est vivant, dis-je, la voix étouffée par son pelage.

Lorsque je relevai la tête, Rover lécha les larmes sur mon visage. Je m'étais mise à pleurer sans même m'en rendre compte.

Je bus le café d'Emily, si sucré qu'il me fit grimacer. Pendant que je me changeais, Emily disparut et revint bien vite avec d'autres informations.

— J'ai appelé Vents et Marées et je suis tombée sur Peggy. Elle a fondu en larmes en apprenant que le lieutenant-colonel Milford t'avait appelée avec des nouvelles de Mark. Bob était sorti faire des courses. L'un d'eux te retrouvera à Madigan cet après-midi.

— Merci, dis-je, encouragée.

Malgré le sucre – ou peut-être grâce à lui – le café m'avait calmé les nerfs et je quittai la maison d'hôtes sans tarder. Tandis que je roulais vers le sud pour me rendre au complexe médical militaire, ma tête débordait de questions. Je me garai si loin de l'entrée que j'eus l'impression de marcher un kilomètre avant de passer enfin les portes du bâtiment.

— Jeremy Mark Taylor, dis-je à la réceptionniste.

Elle entra son nom dans l'ordinateur et leva les yeux vers moi :

— Nous n'avons personne de ce nom-là ici.

— Il est arrivé la semaine dernière…

La colère me reprit à l'idée que je n'avais pas été mise au courant, mais je restai aussi calme que possible, malgré mon cœur battant. S'il le fallait, j'entrerais dans toutes les chambres jusqu'à trouver Mark.

— Peut-être aux urgences ?

— Il n'est pas sur la liste.

— C'est impossible !

— Je suis désolée, je ne peux pas vous aider.

— Mais il faudra bien, lui dis-je avec un faux sourire.

Hors de question de la croire sur parole sans remuer ciel et terre. Je sortis mon téléphone et rappelai Milford, qui répondit à la quatrième sonnerie, alors que je commençais déjà à perdre espoir. Je raccrochai après quelques minutes de conversation.

— Vous allez bientôt recevoir un appel, lui dis-je avant de m'éloigner.

J'attendais avec impatience ce que venait de me promettre Milford, et il ne me déçut pas. Le téléphone sonna sur le bureau de la réceptionniste, qui décrocha. Quelques secondes plus tard, son regard croisa le mien. Après la fin de l'appel, je revins vers elle.

— Et maintenant, vous pouvez m'aider ?

— Quelqu'un va venir vous escorter d'ici quelques minutes.

*M'escorter.* Je ne m'attendais pas à ça.

En effet, moins de cinq minutes plus tard, un officier vint me trouver dans la salle d'attente. Sur sa poitrine, une étiquette indiquait « Whitney ».

— Je dois vous préparer à ce que vous allez voir, me prévint-il en se dirigeant vers les ascenseurs.

Je tentai de l'écouter, mais rien de ce qu'il ne disait ne m'atteignait vraiment. Lorsque j'entrai dans la chambre de Mark, relié à toutes sortes de machines, la réalité me frappa de plein fouet. Si on ne m'avait pas dit que c'était lui dans ce lit, je ne l'aurais pas reconnu. Jamais je ne l'avais vu si maigre. Malgré sa peau tannée par le soleil, il était d'une pâleur maladive.

D'une pâleur de mort.

En jetant un œil aux moniteurs, je vis que son pouls était lent et irrégulier. Sa tension était si basse que je crus d'abord avoir lu le mauvais chiffre.

— Vous avez cinq minutes, dit une infirmière derrière moi.

Je ne m'étais même pas rendu compte que je n'étais pas seule dans la pièce. Après avoir hoché la tête, je m'approchai de Mark pour lui prendre la main. Elle était si froide.

— Mark, murmurai-je. C'est Jo Marie. Je suis là. Je t'aime. Je dois te dire quelquc chose d'important, alors écoute-moi bien… Si tu n'es rentré d'Irak que pour mourir, je te préviens, je ne te pardonnerai jamais. Je suis sérieusc, Mark.

J'embrassai sa main molle, pressant mes lèvres contre sa peau glacée. Les larmes vinrent enfin, coulant librement sur mes joues.

— Je t'aime. Je t'en prie, ne m'abandonne pas. Tu ne peux pas me laisser, Mark. Tu ne peux pas mourir après tout ce chemin.

# 21

## Mark

La voix de Jo Marie m'atteignit par-delà un abîme de ténèbres. Je l'avais déjà entendue : ses doux murmures m'étaient parvenus lorsque la fièvre me faisait délirer. Cette fois semblait différente. Si réelle, si proche.

Était-ce possible ? Était-ce vraiment elle ? Que faisait-elle en Irak ? Non, ce devait être la fièvre. Elle n'était pas en sécurité ici. Je gémis pour l'avertir, pour la supplier de partir, mais aucun son ne sortit de ma gorge. Mon cœur battait lourdement, douloureusement. Le poids qui m'écrasait la poitrine s'intensifia.

Une voix lointaine cria :

— Arrêt cardiaque !

Je savais ce que cela voulait dire. J'étais mourant. Le noir menaçait de m'engloutir tout entier.

— Non, non...

Encore Jo Marie, qui me criait de rester avec elle.

— Ne meurs pas, Mark Taylor ! Je t'interdis de mourir !

C'était bien elle. Ce n'était pas un murmure sorti de mes rêves, de mes désirs. Mentalement, je tentai de l'atteindre tandis que l'obscurité s'efforçait de m'absorber, en un violent affrontement, un affrontement contre la mort. Et la mort gagnait du terrain : je sombrais.

— Mark ! cria encore Jo Marie. Je t'aime... Non, par pitié, non...

*Je t'aime.* Ces mots étaient comme un trait de lumière. Je rassemblai toutes mes forces pour tenter d'attendre cet aiguillon de soleil, ce minuscule éclat de chaleur et d'amour.

Ça ne suffisait pas. Les ténèbres étaient trop fortes.

# 22

## Jo Marie

DEBOUT DANS LE COULOIR DE L'HÔPITAL, appuyée au mur, je me laissai lentement glisser au sol tandis que des infirmières et des médecins se ruaient au chevet de Mark. Son électrocardiogramme était plat. Un docteur tentait frénétiquement de le ramener à la vie.

Je ne voulais pas voir ça. Je ne pouvais pas les entendre déclarer mort l'homme que j'aimais. J'enfouis mon visage dans mes mains et pressai mon front contre mes genoux.

Quelqu'un vint m'aider à me redresser. Whitney, à nouveau.

— Laissez-moi vous emmener dans la salle d'attente…

Je le fixai – il était très jeune – et secouai la tête.

— Non, j'ai besoin de rester là. Je dois rester.

Je me retournai vers Mark, toujours au centre d'une nuée de médecins qui s'activaient. Je refusais de le quitter. Pas maintenant. J'étais sûre qu'il parviendrait à s'accrocher à la vie si j'étais à ses côtés. C'était fou, mais jamais ma conviction n'avait été aussi ferme. Il avait besoin de moi. Il avait besoin de ressentir mon amour, qui lui donnerait la force de tenir.

— Il vaut mieux que vous partiez…

Sa voix était douce, inquiète.

— Je ne peux pas.

— Ils font tout ce qu'ils peuvent…

Ce fut alors que je l'entendis. L'électrocardiogramme. Le cœur de Mark était reparti. Je levai les yeux vers Whitney et parvins à lui sourire. Il cligna des yeux comme s'il ne savait pas quoi dire. Moi, je savais.

— L'amour l'a fait renaître, murmurai-je.

Il lâcha un petit rire.

— À vrai dire, je pense que vos menaces y sont aussi pour quelque chose.

Je lui souris encore en retour.

# 23

## Nick

Nick était assis à côté d'Emily dans la cuisine pratiquement rénovée de la maison de ses grands-parents – sa maison, désormais. Elle l'avait appelé pour lui faire part d'une urgence avec Jo Marie.

Si elle n'avait pas confirmé qu'elle voulait bien de son amitié, Emily n'avait pas reparlé d'un déménagement. Il espérait qu'elle resterait à Cedar Cove. Ce dont il était certain, c'était que leur relation s'était transformée. Son désir pour elle n'avait pas changé, mais était passé au second plan. Il avait promis de veiller sur elle, surtout après ce qu'elle avait traversé. Sa décision s'était faite sur un coup de tête, trop vite pour digérer ce qu'elle lui avait appris. Il commençait seulement à s'apercevoir qu'aucune femme avant elle n'avait eu pareil effet sur lui. Quoi qu'il arrive, il ne la décevrait pas.

Pour le moment, ils tâtonnaient toujours. Leurs discussions ne portaient que sur des sujets légers, comme la couleur de la peinture de la cuisine ou quelque autre aspect de la rénovation. Il lui avait demandé de passer le voir, et c'était ce qu'elle avait fait.

À peine était-elle arrivée que son Smartphone avait sonné. Les bribes de conversation qu'il avait entendues lui avaient appris que c'était sa mère.

— Je me remets bien. Tout va bien, je t'assure. Maman ! s'était-elle plainte. Ce n'est vraiment pas la peine...

Nick s'était dit que la mère d'Emily ressemblait à la sienne. C'était l'une des raisons pour lesquelles il évitait tout contact avec ses parents. Ils savaient où il était et à quoi il s'employait, mais il préférait qu'ils le laissent tranquille. Sa mère s'y était pliée de mauvaise grâce. Il avait déjà suffisamment de mal à digérer le fait qu'il avait plus ou moins tué son frère sans devoir faire face en plus à la douleur dans le regard de ses parents.

La mère d'Emily s'éternisait au téléphone, et celle-ci lui jeta un regard d'excuse.

— Non, je n'ai pas repris la course. J'attends que ma cheville soit moins fragile. Maman, je t'en prie, dit-elle en levant les yeux au ciel. Tu es trop occupée pour ça. J'apprécie la proposition, mais...

Sa mère sembla lui couper la parole.

— Oui, je t'appelle bientôt.

Nick ne pouvait pas l'entendre, mais il vit le front d'Emily se plisser.

— J'aimerais bien passer, je t'assure, mais Jo Marie a besoin de moi. Je m'occupe de la maison d'hôtes pour elle... Elle est à l'hôpital quasiment tous les jours. Je pense qu'elle dormirait là-bas si on l'y autorisait. D'après ce que j'ai compris, Mark va mieux. Il est toujours dans le coma, mais elle est convaincue qu'il sait qu'elle est là, et je pense qu'elle a raison.

Nick n'était pas sûr de croire au pouvoir de l'amour, mais les hommes avaient tendance à ne pas y accorder autant de crédit que les femmes. Et surtout, l'amour lui était étranger. Il ne l'avait guère connu en dehors de sa famille. Ses relations au lycée et à l'université n'avaient pas duré et il avait oublié la plupart des femmes qu'il avait fréquentées.

Souvent invité au mariage de ses amis, il ricanait lorsqu'ils lui expliquaient que « c'était la bonne ». Mais pour la première fois, depuis qu'il avait rencontré Emily, il entrevoyait ce que cela signifiait. Elle l'avait tout de suite attiré. Quel dommage de ne pas pouvoir aller plus loin. Mais il savait au fond de lui qu'il voudrait un jour fonder une famille, et il refusait de lui mentir ou de la blesser.

Il se sentait coupable de solliciter son amitié. Vouloir son aide était égoïste, narcissique, voire insensible. Néanmoins, la présence de la jeune femme lui apportait une paix dont il avait désespérément besoin.

De façon éhontée, il se servait de sa maison comme excuse, en demandant à Emily son avis sur toute une ribambelle de détails. Il avait bien reconnu l'agent immobilier, et après y avoir réfléchi, il la soupçonnait d'être venue de la part d'Emily. Cette hypothèse pouvait le servir.

Em mit fin à sa conversation téléphonique et lui jeta un regard d'excuse.

— Désolée, ma mère est championne olympique de l'angoisse. À l'entendre, on croirait que je me suis fait amputer le pied. Elle m'a envoyé un colis. Elle voulait que j'aille le chercher moi-même, mais j'ai dû lui dire que je ne pouvais pas.

— Je ne sais pas ce que Jo Marie ferait sans toi.

Emily avait pris le relais sans faillir. Nick ne savait pas qui était ce Mark, mais il n'avait pas à le savoir. L'absence de Jo Marie retenait Emily à la maison d'hôtes, et c'était tout ce qui lui importait.

— Tu as beaucoup aidé, toi aussi, lui dit-elle.

Le ballon d'eau chaude avait eu des ratés et il avait pu le réparer, ce qui avait évité de le remplacer. Ce genre de choses n'était pas un problème pour Nick. Cela ne voulait pas dire qu'il l'aurait fait pour n'importe qui, mais pour Emily, il aurait traversé un mur de flammes.

Son estomac gargouilla. C'était l'heure du déjeuner.

— J'ai apporté des sandwichs, dit Emily en ouvrant son panier en osier. J'espère que tu aimes le poulet au curry.

Il aurait mangé n'importe quoi pourvu qu'elle l'ait préparé. Elvis entra dans la cuisine en les entendant parler de nourriture ; il avait le chic pour retenir l'heure des repas. Il semblait toujours plus réjoui, remarqua Nick, lorsque Emily était là. Tout comme son maître.

Cela faisait plus de deux semaines qu'il n'avait pas fait de crise d'angoisse, un nouveau record. Peu après l'enterrement de son frère, ses parents lui avaient suggéré d'aller voir quelqu'un. Mais il refusait de s'allonger sur un canapé pour raconter sa vie à un inconnu. Il réglerait son problème à son rythme, à sa façon, et il finirait bien par trouver une façon de reprendre le dessus.

Il ne s'en sortait pas vraiment jusqu'à sa rencontre avec Emily. L'avoir près de lui était plus efficace qu'une dizaine de docteurs armés de tranquillisants. Impossible d'expliquer ce qui l'apaisait chez elle. Elle possédait tout simplement ce talent, et il lui suffisait de l'accepter.

La cuisine était presque finie ; il venait d'achever la table à laquelle ils étaient assis. Nick regardait Emily étudier les murs.

— Quelle couleur tu mettrais ? demanda-t-il.

Il songeait à un jaune pâle pour illuminer la pièce, comme celui que Jo Marie avait choisi pour sa cuisine.

— Tu vas me prendre pour une folle, mais je pense qu'un marron clair serait parfait.

— Marron ? répéta-t-il, surpris. Pourquoi marron ?

— Pour faire ressortir les placards blanc cassé. Pas une couleur foncée, quelque chose de léger. Je pourrais aller chercher quelques échantillons de peinture, voire un pot, pour te montrer ce que je veux dire.

Nick acquiesça, songeant que ça lui éviterait d'affronter le monde extérieur.

— Tu as dit que tu voulais être amis…, reprit Emily doucement.

— Tu y as réfléchi ?

— Et tu as mentionné que tu étais devenu une sorte d'ermite.

— Et alors ?

Il ne voulait pas sembler sur la défensive, mais il ne tenait pas à évoquer son agoraphobie. Côtoyer une ou deux personnes ne lui posait pas de problèmes, mais il avait dû se mettre au défi d'entrer dans un bar, et n'avait pas réussi à quitter sa voiture. Ce n'était qu'en voyant Emily qu'il avait trouvé le courage de la suivre.

— Je veux bien être ton amie, mais à une condition.

— Dis toujours…

— Je ne peux pas être la seule à t'offrir quelque chose dans cette relation. Alors, je voudrais te demander quelque chose en retour.

Il se raidit, élevant entre eux une muraille invisible.

— Qu'est-ce tu dirais de… te promener sur la plage avec moi dans l'après-midi ?

Une vision le frappa aussitôt – Emily et lui, main dans la main, le vent dans le dos, riant ensemble. Ça ne risquait pas d'arriver. Il ne pouvait pas la toucher. Il ne pouvait pas l'embrasser. Il le lui avait promis, et il ne reviendrait pas sur sa parole, qu'importe la difficulté.

— Nick, tu m'as entendue ?

— Oui, dit-il avec une lente inspiration. Il y aura beaucoup de gens sur la plage ?

— Sûrement.

Il exhala.

— Pas une bonne idée.

— Il y avait beaucoup de monde dans ce bar de motards, non ?

Il avait eu l'impression d'étouffer dès qu'il y avait mis le pied.

— Tu m'as dit qu'être près de moi t'aidait, insista-t-elle.

— C'est vrai.

— Alors laisse-moi t'aider.

— Pas comme ça. Tu ne peux pas me réparer, Em. N'essaie pas. Si ton amitié repose là-dessus, il vaudrait mieux que tu t'en ailles.

Elle soutint son regard un long moment.

— Je me suis renseignée en ligne sur le choc post-traumatique et je pense que c'est ce que tu traverses.

— Tu n'en sais rien ! s'agaça-t-il en se levant brusquement. Mon frère est mort par ma faute, parce que j'avais trop bu pour conduire et que je lui ai demandé de prendre le volant…

Il s'agrippa les cheveux et se mit à faire les cent pas dans la cuisine. Sa respiration était hachée, au point de l'empêcher de reprendre son souffle. Il fit de son mieux pour la contrôler. En se rasseyant, il tenta de remplir ses poumons, mais ses genoux s'agitaient d'eux-mêmes, ce qui signalait toujours le début d'une de ses crises d'angoisse. *Pas maintenant,* supplia-t-il. *Pitié, pas maintenant.*

— Nick, ça va ?

— Non… Je préférerais que tu t'en ailles…

Il n'attendit pas son départ. Il fallait qu'il s'éloigne. Sautant à nouveau sur ses pieds, il partit dans le salon et s'assit à même le sol dans un angle du mur, en se couvrant la tête des deux bras, submergé par le souvenir de son frère mourant dans ses bras. Ce moment horrible revenait sans cesse, comme une vidéo en boucle. En gémissant, il se mit à se balancer d'avant en arrière, hanté par l'idée que tout était de sa faute. C'était lui qui aurait dû mourir. Pas Brad. Pas son petit frère...

— Nick... Nick !

Sa voix l'atteignit comme au sortir d'un long tunnel. Il sentit ses bras l'entourer et, malgré lui, il s'accrocha à elle, enfouit la tête dans son cou tandis qu'elle le réconfortait en lui frottant le dos.

Combien de temps restèrent-ils assis là ? Nick n'aurait su le dire. Puis, en relâchant son souffle, il parvint à s'éloigner d'elle, mortifié qu'elle ait été témoin de sa crise, refusant de croiser son regard.

— J'aurais préféré que tu t'en ailles quand je te l'ai demandé, marmonna-t-il plus sèchement qu'il ne l'aurait voulu.

Elle se mordit la lèvre, et il vit des larmes briller sur ses joues. Incapable de se retenir, il prit son visage entre ses mains. Le baiser fut profond, affamé, désespéré. Emily eut un moment d'hésitation avant de s'abandonner à son étreinte.

Puis elle le repoussa et ce fut un déchirement.

— Nick, non... Il ne faut pas.

Son élan de passion s'était enfui. Il baissa la tête.

— Je suis désolé...

Il avait brisé sa promesse. Il se servait d'elle alors qu'il avait juré de ne pas le faire. Elle recula et s'essuya la bouche du dos de la main.

— Tu m'as demandé d'être ton amie...

— Je sais. Je ne le ferai plus. Vraiment, Em. Je t'en prie… Pardon.

— Je… ne devrais sans doute plus revenir, dit-elle en secouant la tête.

— Non, protesta-t-il. S'il te plaît…

Comprenait-elle seulement à quel point il lui en coûtait de la supplier ?

— Je ne peux pas tolérer que tu m'embrasses, Nick.

— Ça ne se reproduira pas.

— Tu me l'as déjà dit.

— Je sais…

Il s'efforça de retrouver son calme.

— Je suis désolé, Em. Sincèrement. Si tu ne veux plus me voir, je l'accepte.

Après quelques secondes qui lui semblèrent durer plusieurs minutes, elle se leva, partit chercher ses affaires dans la cuisine, et quitta la maison. Il entendit la porte se refermer derrière elle et enfouit son visage dans ses mains. Il ne pouvait s'en prendre qu'à lui-même.

# 24

## Jo Marie

Je passais chaque minute de mon temps à l'hôpital. Au début, les infirmières ne m'autorisaient à rester au chevet de Mark que pendant les heures de visite. Puis un médecin remarqua que son pouls et sa tension s'amélioraient lorsque j'étais dans la pièce, et donna l'ordre que l'on me laisse le voir aussi longtemps que je le désirais.

Je voulais être constamment à ses côtés, même s'il était inconscient, car je savais que ma présence faisait toute la différence. Il émergeait peu à peu de son coma, j'en étais certaine. À plusieurs reprises, il remua les doigts – mais peut-être n'était-ce qu'un mouvement réflexe. Je vis un jour ses paupières bouger comme s'il tentait d'ouvrir les yeux. Je rapportai ces deux incidents au médecin qui en prit note.

Assise près de Mark, je lui faisais la lecture, convaincue au fond de moi qu'il pouvait m'entendre. C'était un roman de Vince Flynn, un auteur que nous appréciions tous les deux. Après avoir découvert que nous avions les mêmes goûts, nous avions souvent discuté de littérature ensemble.

Après une heure ou deux de lecture, ma gorge s'asséscha et je partis chercher de l'eau. En revenant, je sentis que quelque chose avait changé. Dès que j'entrai dans sa chambre, je constatai que ses yeux étaient ouverts.

Un grand sourire naquit sur mon visage, et je lui pris la main pour l'embrasser. Les larmes montaient déjà. Il tenta de sourire, même s'il était encore trop faible pour y parvenir.

— Bienvenue parmi les vivants, dis-je. Il faut que je prévienne quelqu'un. Je reviens tout de suite…

Il secoua la tête.

— D'accord, je reste. Ça fait un moment que je suis là, tu sais.

À son regard, je compris qu'il s'interrogeait.

— On ne m'a pas avertie immédiatement après ton retour…, expliquai-je. Je sais, je sais que légalement, personne n'avait à me tenir informée. Mais dès que j'ai su, j'ai insisté pour rester auprès de toi.

Le temps de finir ma phrase, ses yeux s'étaient déjà refermés et sa main s'était relâchée dans la mienne. Il devait s'être endormi.

Lorsque j'informai l'infirmière que Mark avait ouvert les yeux, je compris qu'elle avait anticipé ce moment. Plus tard dans l'après-midi, il se réveilla à nouveau et tourna aussitôt la tête comme pour me chercher du regard. J'étais là. Je serais toujours là pour lui.

Lisant dans ses pensées, je pris le verre d'eau sur la table et lui plaçai la paille dans la bouche. Il avala une gorgée et parvint à sourire pour de bon.

— Tu sais que je n'ai jamais rencontré quelqu'un d'aussi têtu, lui dis-je.

Son sourire s'agrandit. Il le savait, et c'était son entêtement qui l'avait maintenu en vie. Je n'allais pas m'en plaindre. Puis il plissa le front, soudain confus.

— Tu te demandes qui gère la maison d'hôtes ? devinai-je.

Un clignement d'yeux m'apprit que mon hypothèse était la bonne.

— On dirait bien que tu ne m'écoutais pas. Je te l'ai déjà dit. Ce n'est pas grave, je recommence : j'ai une pensionnaire, Emily Gaffney. Elle vient d'arriver en ville et elle cherche à acheter. C'est une institutrice, elle te plaira beaucoup. Elle voulait prendre une chambre tout l'été ; c'était notre accord, au départ, et elle comptait déménager bientôt dans une location, mais je lui ai demandé de rester. Elle m'est vraiment d'un grand secours. C'est elle qui s'occupe de la Villa Rose pendant que je suis à tes côtés.

Il referma les yeux, à nouveau épuisé.

— Repose-toi, mon amour, murmurai-je en me penchant pour lui embrasser le front.

Mark sourit comme s'il n'avait attendu que cela depuis le début.

Durant les deux jours suivants, Mark se réveilla de plus en plus souvent, et de plus en plus longtemps. Ce ne fut que le troisième jour qu'il retrouva la parole.

— Salut. Tu es si belle.

— Mais oui, mais oui. J'espère que tu ne me flattes pas dans le seul espoir d'éviter un sermon. D'ailleurs, ça ne marchera pas.

Ses yeux brillèrent.

— Tu n'as pas idée de ce que j'ai traversé par ta faute, poursuivis-je.

— Je parie que tu rêves de me l'expliquer.

C'était sa plus longue phrase depuis son réveil.

Bob Beldon arriva quelques minutes plus tard. Il resta dans l'encadrement de la porte en jetant un coup d'œil vers Mark lorsque je remarquai sa présence.

— Il est sorti du coma, lui dis-je avec soulagement.

— Je peux entrer ? L'équipe médicale m'a bien fait comprendre que je ne pouvais pas rester longtemps...

— Pas trop longtemps, non.

Je connaissais la chanson.

— Mark est réveillé ?

— Non, il s'endort très facilement, mais il se réveille vite. Je te préviendrai quand il rouvrira les yeux ?

— Je veux bien. Je serai dans la salle d'attente.

Mark émergea dix minutes plus tard. J'allai chercher Bob et restai en retrait pendant leur conversation, sur le pas de la porte. Pas plus d'un visiteur à la fois, c'était la règle.

— Salut, mon vieux, dit Bob en s'avançant vers le lit.

— Salut, répondit Mark en tendant le cou pour s'assurer que je n'étais pas loin.

— Pas besoin de te dire que tu n'as pas l'air frais, dit Bob.

Il avait tort. Mark était sublime, du moins à mes yeux. Un terme peut-être un peu fort pour un homme, mais je n'en trouvais pas d'autre. Il était vivant ! Oui, il était pâle comme la mort, qu'il n'avait évitée que de justesse, mais cela ne comptait pas. Pas pour moi.

Bob ne resta que cinq minutes et, en partant, m'indiqua qu'il voulait me parler.

— Je reviens dans une minute, dis-je à Mark.

En rejoignant Bob dans la salle d'attente, qui était heureusement vide, je vis qu'il fronçait les sourcils.

— Comment vas-tu ? dit-il en enfonçant les mains dans les poches de son jean.

— Bien. Heureusement qu'Emily me remplace à la maison d'hôtes.

Il gardait les yeux baissés sur le tapis comme s'il tentait de déchiffrer un code dans ses motifs.

— Et ton… ami ?

Greg. Je me hérissai aussitôt, en essayant de le cacher, mais sans grand succès.

— Je peux savoir pourquoi tu m'en parles ?

— Il sait pour Mark ?

— La réponse est oui, mais ça ne te regarde pas.

Il exhala et m'offrit un sourire gêné.

— Peggy n'arrête pas de me le dire. Je suis inquiet, Jo Marie. Je sais que je dépasse les limites… mais j'espère que tu me laisseras te dire le fond de ma pensée sans te fâcher.

Je croisai les bras et hochai la tête. Bob et Peggy étaient de bons amis et je ne voulais pas briser notre relation.

— Mark t'aime…

— Je sais, l'interrompis-je.

Mark m'aimait tant qu'il était retourné en Irak. Pas seulement pour Ibrahim et sa famille, mais aussi pour moi. Écrasé par la culpabilité d'avoir abandonné Ibrahim à son sort, il ne se sentait pas digne de mon amour.

— Il est allé en enfer pour toi.

— J'en suis bien consciente.

— S'il se rend compte qu'il y a un autre homme dans ta vie, il pourrait en mourir.

— Écoute-moi bien, Bob. Je comprends ton inquiétude, mais ce sont mes choix. C'est Mark qui m'a dit qu'il ne reviendrait pas et que je devais continuer ma vie. Il a été très clair : il ne voulait pas que je me morfonde en l'attendant, et j'ai fait de mon mieux. Tu sais très bien ce que j'ai traversé cette année.

— Tu as passé des moments difficiles, acquiesça-t-il, le visage crispé.

— Oh, tu crois ?

— Pardon, pardon. Tu as raison, Peggy a raison. Je n'avais pas à te dire ça, mais j'avais quand même besoin de t'en parler. La suite est de ton ressort. Peggy et moi serons toujours à tes côtés, quoi que tu décides.

Je hochai la tête en relâchant ma respiration.

— Merci, Bob.

— Ménage-le, d'accord ?

— Bien sûr. Ne t'inquiète pas.

Je le regardai s'éloigner dans le couloir, puis je regagnai la chambre de Mark. Celui-ci fronça les sourcils en me voyant, et l'espace d'un instant j'eus peur qu'il ne nous ait entendus, mais c'était impossible : la salle d'attente était au bout du corridor.

— Qu'est-ce qu'il avait ? demanda Mark.

— Bob voulait me parler de quelque chose.

— De quoi ?

— Pas besoin de t'en inquiéter.

— Tu es sûre ?

— Parfaitement sûre, dis-je avec un sourire. Tout ce que tu peux faire pour moi, c'est aller mieux pour que je puisse te ramener à la Villa Rose.

Il écarquilla les yeux.

— Oui, tu rentres avec moi. Je me suis déjà occupée des formalités.

Comme il avait vendu sa maison, Mark n'avait nulle part où aller. Je le considérais comme un membre de ma famille, et mon foyer serait le sien jusqu'à ce qu'il se remette suffisamment pour que nous puissions discuter de l'avenir.

La culpabilité me saisit aussitôt. Cela ne faisait pas longtemps que je fréquentais Greg, mais nous partagions quelque chose de très intense. Lui aussi comptait pour moi, et je ne voulais pas lui mentir ou le faire souffrir.

Je l'avais tenu informé, et il savait que Mark était vivant, dans un état critique. Il comprenait que je passe chaque minute de mon temps avec lui, et ne s'étonnait pas que nous ne puissions plus communiquer comme aux débuts de notre relation.

Mais il était malheureux. Il avait tenté à plusieurs reprises de me joindre. Chaque fois que je quittais l'hôpital, ma boîte vocale était remplie de ses messages. Bob avait raison sur un point : je devais être honnête avec Mark comme avec Greg.

L'après-midi fila et je quittai Mark pour la nuit vers neuf heures et demie, peu enthousiaste à la perspective du long trajet en voiture jusqu'à Cedar Cove. Avant de sortir du parking, j'allumai mon portable et vis que Greg m'avait envoyé un SMS, simple et direct.

*Appelle-moi.*

Assise au volant, je le rappelai et il me répondit aussitôt, comme s'il m'attendait, Smartphone à la main.

— Ça va ? me demanda-t-il d'une voix basse, sans émotion.

— Très bien.

— On ne dirait pas.

— Je suis fatiguée, c'est tout.

— Combien de temps as-tu passé à l'hôpital aujourd'hui ?

Je ne m'en souvenais pas. Les heures se confondaient.

— Un certain temps.

— Toute la journée et la moitié de la nuit ?

— Quelque chose comme ça, répondis-je, peu désireuse d'entrer dans les détails.

— Il se réveille plus souvent, maintenant ?

— Oui, mais il dort encore beaucoup. Par éclipses. Il peut parler, maintenant.

— Il se remettra ?

Je ne savais pas comment répondre. Après ce que Mark avait traversé, après les souffrances qu'il avait endurées... Il en sortirait forcément changé. Moi-même, j'étais transformée.

— Physiquement, je crois bien. Mentalement... je ne sais pas. Je crois que ni toi ni moi ne pouvons imaginer ce qu'il a vécu.

— Sans doute pas, dit-il après une longue pause.

Je savais que ce n'était pas facile pour lui. Pour moi non plus.

— Tu me manques, murmura-t-il comme s'il avait peur de le dire tout haut.

— Toi aussi.

Et c'était vrai. Toute ma vie avait pris un nouveau virage en l'espace de deux semaines. Je n'aurais rien voulu changer, à part peut-être le fait de n'avoir appris la présence de Mark qu'au moment où il se trouvait aux portes de la mort. Même maintenant, cela me semblait toujours impardonnable.

— J'ai discuté avec Emily, reprit Greg.

— Ah ?

— Tu ne répondais pas au téléphone, et j'avais besoin de savoir comment tu allais.

— Pardon, c'est juste que...

— Tu n'as pas à t'expliquer, interrompit-il. Emily dit que tu pars à l'aube pour l'hôpital et que tu ne rentres que tard le soir. Les premiers jours, tu y passais apparemment presque tout ton temps. Je ne veux pas te harceler...

— Ce n'est pas le cas.

— Est-ce que je pourrai bientôt te revoir ?

Je me passai une main dans les cheveux.

— Je... je ne sais pas. Pour le moment, Mark doit rester ma priorité. Je ne peux rien te promettre. Je suis désolée, mais...

— Je t'en prie, Jo Marie, ne t'inquiète pas, je comprends. Et je prendrai ce que tu voudras bien me donner.

Je fermai les yeux et pressai le front contre le volant.

— Greg, je suis désolée. Je ne veux rien te cacher, je ne veux pas te faire du mal… Je ne sais pas ce qui nous attend, Mark et moi. Je l'aime, et je sais qu'il m'aime, mais cela fait un an et il s'est passé tant de choses… Nous avons tous les deux changé…

— Je comprends, murmura-t-il.

— Vraiment ?

— Oui, répéta-t-il avec plus de conviction.

— Peut-être que nous ferions mieux d'en rester là, toi et moi…

Ce n'était pas ce que je voulais, mais je n'avais aucune envie de lui briser le cœur. Aussitôt, il répondit :

— Non. Tu as besoin de temps ? Prends tout le temps que tu veux. Je sais que nous ne sommes pas ensemble depuis longtemps et que tu as beaucoup partagé avec Mark. Je l'accepte, mais je suis prêt à prendre le risque de t'attendre.

Les larmes me montèrent aux yeux.

— Tu es sûr que c'est ce que tu veux ? demandai-je.

— Absolument. Tu en vaux la peine. Si les choses se passent bien avec Mark, je ne me battrai pas, je passerai à autre chose, mais dans le cas contraire, je veux que tu saches que je suis là pour toi.

Je me mordis la lèvre pour ne pas me mettre à pleurer et ne pus que murmurer :

— Merci.

# 25

## Emily

LE SOUVENIR DU BAISER DE NICK M'OBSÉDAIT. Il m'avait dit que nous n'avions aucun futur ensemble. Cela m'avait blessée, et j'avais essayé de lui cacher à quel point, mais je lui étais aussi reconnaissante pour son honnêteté.

Jayson avait dit que ma stérilité ne lui importait pas, que nous pourrions adopter. Qu'il m'aimait pour moi-même, pas pour ma capacité à me reproduire. Mais quand sa mère avait appris que, non contente de ne pas partager les croyances religieuses de son fils, je ne lui donnerais pas de petits-enfants, c'en avait été trop. Sous la pression de sa famille, Jayson avait cédé. Car, comme j'avais fini par le comprendre, cela importait aux gens. J'avais minimisé mon deuil après cette première rupture. Deuil était vraiment le mot : j'avais enterré mes fiançailles. Lorsque Jayson avait annulé le mariage, cela m'avait dévastée. J'avais même brièvement cru ne pas y survivre. J'étais persuadée qu'aucun homme ne voudrait de moi… puis j'avais rencontré James.

Nous nous étions séparés par ma faute. Je savais qu'il aimait encore la fille dont il était amoureux au lycée. Lorsque je lui avais rendu sa bague de fiançailles, il n'avait pas beaucoup protesté. Par la suite, je m'étais posé la question : si j'avais pu lui donner des enfants, aurait-il essayé de me dissuader ? Quoi qu'il en soit, ce qui était fait était fait, et James avait insisté pour que je garde la bague – c'était tout lui.

Au moins Nick m'avait-il épargné cette souffrance. Il en savait assez sur lui-même pour reconnaître qu'il voudrait être le père de ses enfants, une chose que je ne pourrais jamais lui offrir.

Après cette déclaration, il m'avait demandé l'impossible : rester amis. D'après lui, passer du temps avec moi l'aidait à digérer ce qui était arrivé à son frère. Je ne comprenais pas pourquoi, et lui non plus.

Malheureusement, je m'étais laissée convaincre. Et puis il m'avait embrassée et tout était parti à vau-l'eau, comme l'aurait dit ma grand-mère. Nous ne pouvions pas être amis. Notre attirance mutuelle était indéniable, et présente depuis le début. J'avais fait mon possible pour la nier, tout comme Nick, semblait-il. Quel échec retentissant !

Nick devait l'avoir compris, car je n'eus aucune nouvelle de lui ce week-end-là. Garder nos distances était la chose à faire, mais cela me déprimait. Je faisais les cent pas dans la maison d'hôtes, incapable de me divertir ou de me détendre, insatisfaite. Combien de fois mes pensées s'étaient-elles envolées vers Nick ? J'avais perdu le compte. Impossible de le chasser, comme un moustique. J'avais beau agiter la main, il revenait me tourmenter.

À cause de Mark, Jo Marie n'était quasiment jamais là. Elle ne rentrait que pour quelques heures de sommeil et une douche. Je ne savais pas si elle pourrait continuer ainsi encore longtemps. Par bonheur, j'avais le temps de l'aider, et j'étais bien contente de pouvoir me distraire avec la maison d'hôtes.

J'avais pu annuler le bail signé pour l'appartement. Mark avait travaillé là-bas et le propriétaire s'était déclaré heureux de contribuer à son rétablissement. En vérité, rester plus longtemps à la Villa Rose ne me posait aucun problème. Je m'y sentais comme chez moi.

Le lundi matin, après avoir fait le ménage dans les chambres, je préparais une lessive lorsqu'on sonna à la porte. Rover aboya bruyamment et je laissai tomber les draps au sol pour aller répondre. Je n'attendais personne à cette heure de la matinée, et j'espérais avoir plus de temps pour mettre l'endroit en ordre avant d'accueillir de nouveaux clients.

Lorsque j'ouvris la porte, Nick se trouvait de l'autre côté. Pendant un long moment, nous ne pûmes qu'échanger un regard. Sa seule présence me donnait le vertige. Il faudrait que je sois plus forte cette fois-ci.

— Salut, dit-il avec un signe du menton. Je peux entrer ?

Ma gorge se serra.

— Pourquoi ? me contentai-je de demander.

— Je voulais avoir ton avis sur la cuisine, dit-il en me montrant quelques échantillons de peinture. Le marron, c'était ton idée. Je pensais que tu plaisantais, mais tu as l'œil pour ce genre de choses. J'ai encore besoin d'un conseil.

Je restai figée un instant. Il aurait pu trouver une meilleure excuse. Pourtant, je m'écartai pour le laisser entrer.

Nick me suivit dans la cuisine et, par réflexe, je nous versai à tous les deux du café. Ma main tremblait tellement que je m'étonnais de ne pas en reverser. Après lui avoir tendu une tasse, je m'adossai au comptoir en essayant de paraître détendue, en vain. Je n'avais jamais su faire semblant, et je n'allais pas commencer aujourd'hui.

— Nous savons tous les deux qu'il ne s'agit pas de peinture, alors dis-moi ce que tu as à dire, qu'on en finisse.

Il parut soulagé, voire reconnaissant d'entrer directement dans le vif du sujet. Avant qu'il ne puisse dire quoi que ce soit, je ressentis le besoin de lui asséner les faits une fois de plus.

— Je ne peux pas être ton amie, Nick. Nous étions d'accord pour qu'il ne se passe rien entre nous, et tu m'as embrassée. J'ai des émotions, tu sais. Je ne veux pas que tu te serves de moi.

J'aurais aussi bien pu lui envoyer un coup de poing. Ses épaules s'affaissèrent.

— Je suis désolé, Em, désolé. Je sais que je te demande l'impossible, mais j'ai besoin de toi. Je ne sais pas pourquoi je me sens mieux quand je suis à tes côtés. Je me suis dit mille fois que c'était injuste, que je n'avais pas le droit de revenir te voir… Chasse-moi d'ici, si tu veux, je ne t'en voudrai pas. Mais écoute-moi avant.

— Tu m'en demandes trop.

Il posa sa tasse et se passa les doigts dans les cheveux.

— Je sais. J'ai passé un week-end horrible, enfermé chez moi. Parfois, j'ai l'impression que je ne peux plus respirer. Les murs se rapprochent et je suis paralysé, complètement paralysé. Je ne sais pas si tu comprends que…

— Arrête.

Surpris, il leva les yeux pour rencontrer les miens. Même si je ne connaissais pas tous les détails de l'accident, je savais bien que Nick se considérait comme responsable. J'avais lu beaucoup de choses à ce sujet en ligne.

— En substance, tu as traversé quelque chose de traumatique, et ton cerveau n'arrive pas à dépasser ce moment, si bien que tu ne cesses de le revivre avec chaque fois la même terreur, le même choc.

— Oui, murmura-t-il. J'ai l'impression de sombrer dans un trou noir. Je n'arrive pas à m'en sortir. Chaque fois, je revis cette nuit-là... Nos dernières minutes ensemble... J'avais trop bu, je chantais, Brad conduisait parce que je n'étais pas en état. Il me disait que je ferais bien de grandir, et je me moquais de lui. Je lui répliquais qu'il était trop coincé. Et lui, il secouait la tête, il voulait savoir quand est-ce que j'arrêterais d'être aussi immature... J'étais offensé par cette question. J'étais plus vieux que lui, plus mature que lui, je travaillais plus dur et, oui, je m'amusais davantage, et ça me convenait très bien comme ça...

Il semblait perdu dans ses souvenirs, dans sa douleur.

— Brad, c'était le plus responsable, celui dont mes parents étaient fiers. Moi, c'était tout l'inverse. On m'avait viré de l'équipe de football au lycée à cause de mon attitude, alors que Brad était la star de l'équipe de basket. J'avais failli rater mon bac alors que Brad était le meilleur de sa classe...

À l'évidence, la culpabilité le consumait.

— Je l'avais appelé très tôt le matin, je l'avais réveillé, en exigeant qu'il vienne me chercher. Et, en bon frère, il était venu au bar où j'avais passé toute la nuit avec mes potes. Ils étaient dans un aussi triste état que moi et ils avaient tous besoin qu'on les ramène, eux aussi.

Je ne voulais pas qu'il me fasse la leçon, et je le lui ai dit, et c'est là que c'est arrivé. Une voiture nous est rentrée dedans… C'est tellement ironique, quand on y pense…

Nick devait s'asseoir. Il était pâle, et tout son corps s'était mis à trembler. Je lui pris le bras pour le guider jusqu'à une chaise et m'installai en face de lui, si près que nos genoux se touchaient. Il me prit les deux mains en serrant si fort que je faillis pousser un cri de douleur. Relâchant sa pression, il porta son regard dans le vide, toujours perdu dans les détails de cette nuit-là.

— Le conducteur était ivre. À contresens sur la voie rapide. Brad a fait un écart pour l'éviter, un écart pour prendre l'impact de son côté plutôt que du mien…

Ses genoux s'agitaient de façon incontrôlable. Je ne savais pas comment l'aider et me penchai pour le serrer contre moi. Il s'agrippa à moi comme à une bouée dans une mer déchaînée, la respiration hachée et sifflante.

— Il est mort, Em… Il est mort dans mes bras. Je n'oublierai jamais son visage. Je ne vois plus que ça, et je sais que j'aurais dû mourir à sa place. Ça me hante. Mon frère était quelqu'un de bien. Il avait si bon cœur. Il plaçait des enfants dans des familles d'accueil et il les aimait tous tellement… Il prenait même les pires des cas, les adolescents rebelles, et il les aimait… Il leur changeait la vie…

Je voyais bien qu'il avait du mal à respirer. Une autre crise d'angoisse s'annonçait. Je resserrai mon étreinte et lui murmurai des mots de réconfort. Puis, en désespoir de cause, je me mis à fredonner *Amazing Grace*, ce qui sembla le calmer. Peu à peu, sa respiration s'apaisa, ainsi que les battements fébriles de son cœur.

Il s'écarta et fixa sur moi ses yeux brillants, suppliants.

— J'ai besoin de toi, Em. Tu es la seule qui ait jamais pu m'aider. Je promets de ne plus jamais te faire de mal, je le jure devant Dieu. On trouvera une solution pour cette histoire de stérilité. Je m'en fiche. Je ne peux pas renoncer à toi.

J'écartai les cheveux qui lui tombaient sur les yeux, et il appuya le front contre mon épaule. Il était d'un caractère si fier : ça n'avait pas dû être facile pour lui de venir me trouver.

— Ne me laisse pas, Em.

Je lui embrassai la tempe tout en sachant pertinemment que je me mettais en danger. Malgré tout, je lui assurai que je resterais à ses côtés. Comment aurais-je pu refuser ?

Il prit le temps de retrouver son calme, puis nous bûmes notre café avant d'étudier les échantillons de peinture qu'il avait apportés pour en faire une sélection destinée aux murs de la cuisine. Lorsqu'il repartit, il paraissait rasséréné. Debout à la porte, en le regardant s'en aller, je sentis qu'il emportait mon cœur avec lui.

Il faisait encore jour lorsque Jo Marie rentra ce soir-là. Rover courut à sa rencontre en remuant la queue, heureux de son retour. Elle se pencha pour le caresser, puis me dévisagea.

— Tout va bien ?

— Très bien, répondis-je sans croiser son regard. Rien de nouveau. Comment va Mark ?

Les choses devaient s'améliorer pour qu'elle rentre si tôt ; d'ordinaire, elle n'était pas de retour avant dix heures du soir. Elle sourit et je vis que les petites rides entre ses yeux s'étaient évanouies.

— Ils l'ont sorti des soins intensifs cet après-midi.

— Quelle bonne nouvelle !

Le personnel médical avait longtemps douté qu'il s'en sorte.

Lorsque Jo Marie partit dans la cuisine, elle remarqua que j'avais préparé son dîner, comme je le faisais tous les soirs depuis le retour de Mark. La plupart du temps, elle n'y touchait pas. J'avais fait un effort ce soir-là en espérant l'inciter à manger.

— On mange ensemble ? proposa-t-elle.

J'étais tentée de lui raconter la visite de Nick, mais je ne voulais pas l'encombrer avec mes problèmes alors qu'elle avait déjà assez des siens.

— Je n'ai pas envie de dîner seule…

— D'accord, concédai-je.

Je m'assis en face d'elle et décidai de lui poser des questions pour éviter qu'elle ne m'en pose, ce qui me conduirait fatalement à lui parler de Nick.

— Tu te rappelles notre discussion sur le pouvoir de guérison de la maison d'hôtes ?

— Bien sûr, dit-elle avec attention.

— Tu as senti que je souffrais, n'est-ce pas ?

— Oui, admit-elle après un moment d'hésitation. Tu n'avais pas envie d'en parler et je n'ai pas insisté. Mais je voulais t'aider, et surtout, je voulais que tu saches que tu trouverais la paix ici.

— C'est bien ce que je ressens. Mais je savais que la maison nc pourrait rien faire pour moi.

— Ah bon ?

— Je suis stérile, Jo Marie. Mon séjour ici ne pourra rien y changer.

Elle sourit comme si j'avais fait une plaisanterie.

— On peut guérir de plusieurs façons, expliqua-t-elle. Mon mari n'est pas revenu d'entre les morts non plus. Je suis restée veuve, mais il m'est arrivé quelque chose d'inattendu. Je suis retombée amoureuse. L'amour n'était plus dans mes projets, mais voilà qu'il m'est tombé dessus. J'ai trouvé une nouvelle vie ici, et je suis convaincue que ce sera également le cas pour toi.

J'aurais voulu y croire, mais je ne pouvais pas m'empêcher d'être sceptique.

— Cela s'est déjà produit tant de fois, insista-t-elle.

Je n'avais pas envie de l'entendre raconter à nouveau l'histoire d'un client au cœur brisé dont les problèmes s'étaient résolus du jour au lendemain. C'était trop beau pour être vrai. Peut-être cet endroit pouvait il aider les autres, mais pas moi.

— Nick est passé cet après-midi, dis-je en détournant les yeux.

— Je croyais que tu avais décidé de ne plus le revoir.

— En effet.

— Tu le lui as dit ? demanda-t-elle avec inquiétude.

— J'ai essayé, mais j'ai changé d'avis. Il a fait une de ses crises d'angoisse, et il a l'impression qu'il n'y a que moi qui puisse l'aider.

Le front de Jo Marie se plissa davantage et elle posa les coudes sur la table en me dévisageant.

— Tu ne pourras pas lui tenir la main toute sa vie.

— Je sais…

Il m'en coûtait de l'admettre, et j'aurais pu lui rétorquer que Mark aussi avait besoin d'elle, mais je ne voulais pas sembler sur la défensive.

— Nick a besoin d'un professionnel, dit Jo Marie.

— Je suis d'accord, et je compte le lui suggérer.

Une thérapie demanderait du temps et de la patience. Je savais qu'il avait déjà refusé l'idée à plusieurs reprises.

— N'attends pas trop longtemps, me conseilla-t-elle.

— Non.

Elle prit une bouchée de tourte au poulet et leva les sourcils.

— Dis donc, qu'est-ce que c'est bon !

— J'ai quand même quelques talents, plaisantai-je, heureuse que l'atmosphère s'allège.

Nous discutâmes pendant qu'elle mangeait et je lui indiquai que j'avais pris deux nouvelles réservations cet après-midi pour plus tard dans le mois. Je voyais bien qu'elle m'était très reconnaissante. Nous avions beaucoup discuté de mon implication à la Villa Rose. Jo Marie tenait à me payer, mais de mon point de vue, vivre ici durant cette période de transition dans ma vie suffisait amplement comme salaire. Nous n'avions pas encore trouvé un compromis.

— Et le courrier ? Rien que des factures ?

Je le lui apportai, après avoir choisi ce qui était sans rapport avec la maison d'hôtes. Jo Marie prit une enveloppe manuscrite et la retourna pour vérifier l'adresse de l'envoyeur. Je vis ses traits se détendre.

— Une lettre de Mary.

— Une amie ?

— Une ancienne cliente.

Elle s'adossa à sa chaise et m'étudia comme si elle hésitait à poursuivre. Je commençais à connaître ce regard : elle voulait me raconter une autre histoire sur la Villa Rose.

Je l'y encourageai en souriant.

— Le récit de Mary est merveilleux. J'aimerais beaucoup t'en parler, si tu veux bien. C'est l'un de mes préférés.

À l'idée de l'écouter, je me sentais plus détendue que je ne l'avais été de tout le week-end.

— Vas-y.

— Lorsque j'ai rencontré Mary, elle avait un cancer. Elle était seule et très faible. Peu après son arrivée, elle a repris contact avec un certain George. Dès que je l'ai vu, j'ai compris qu'il l'aimait. Son état l'inquiétait énormément. Tous deux avaient été en couple, mais la vie les avait séparés.

— Elle voulait renouer avec lui ?

— Non.

— Non ?

— Mary était une vraie carriériste. Elle avait reçu une importante promotion pile au moment où elle était tombée enceinte de George. Ils avaient rompu et elle était partie à New York. Elle voulait se faire avorter même si George n'était pas d'accord. Elle avait fini par y renoncer, sans lui dire qu'elle avait gardé l'enfant.

— Mon Dieu ! Alors, elle était revenue à Cedar Cove pour tout lui avouer ?

— Non. Elle voulait revoir sa fille, Amanda, une dernière fois avant de mourir. Ses parents adoptifs vivent non loin d'ici.

— Alors, elle s'est réconciliée avec George et elle a revu sa fille après avoir séjourné ici.

— C'est ça.

J'étais toujours sceptique.

— Mais l'enveloppe vient de Seattle et tu m'as dit que Mary vivait à New York…

Les yeux de Jo Marie s'illuminèrent quand elle sourit, d'une façon que je n'avais pas vue depuis un moment. Elle ouvrit l'enveloppe, en lut quelques lignes et sembla plus réjouie que jamais.

— Mary et George m'invitent à dîner pour célébrer un an de rémission. Elle dit qu'elle espère que j'amènerai mon compagnon.

— Tu vas y aller ?

— Je ne raterais ça pour rien au monde, répondit-elle en reposant la lettre. La vraie question, c'est : avec Mark ou Greg ?

# 26

## Mark

Jo Marie était à mon côté chaque fois que j'ouvrais les yeux, ou presque. Contempler son beau visage était ce qui me maintenait en vie. Lorsque j'avais traversé le pire, je m'étais raccroché avec toute ma volonté à l'idée de la revoir un jour. Elle m'avait accompagné dans mes illusions fiévreuses. Sa voix m'était parvenue aussi clairement que par radio. J'étais convaincu de l'avoir entendue me menacer. Elle avait crié qu'elle ne me pardonnerait jamais si je mourais. À ce souvenir, je ne pouvais pas m'empêcher de sourire.

— Qu'est-ce qui te fait rire ?

Je rouvris les yeux et, une fois de plus, elle était là. Je tendis la main vers elle et elle la serra dans la sienne.

— Bien dormi ? murmura-t-elle en m'embrassant le front.

Comme j'avais envie de l'embrasser. J'en avais rêvé, de cela aussi – l'embrasser, l'aimer. Je comptais bien bâtir le reste de ma vie auprès d'elle.

— Tu as passé toute la nuit ici ?

— Non, je ne suis là que depuis cinq minutes.

Un coup d'œil vers l'horloge m'apprit qu'il était à peine six heures du matin. Elle suivit mon regard et expliqua :

— Je voulais être là quand tu te réveillerais.

Qu'avais-je fait pour mériter l'amour d'une telle femme ? Je ne pouvais pas détourner les yeux de son visage. Même en cet instant, je n'arrivais pas à croire qu'elle était là. Elle avait dû quitter la maison d'hôtes vers cinq heures, et elle restait souvent tard à l'hôpital.

— Quand je suis arrivée, tu souriais dans ton sommeil. À quoi tu pensais ?

— À toi, évidemment, dis-je en sentant mon sourire revenir.

— Vraiment ?

— Oui. Pendant que nous tentions de quitter l'Irak, je t'entendais me parler. À vrai dire, tu me criais dessus. Même au milieu du désert, c'était comme si tu étais là.

— Je te criais dessus ?

— Tu me menaçais.

— Tu es bien sûr que c'était moi ? s'amusa-t-elle en levant un sourcil.

— Oh, j'en suis certain.

— Et qu'est-ce que je disais ?

— Que je ne m'en tirerais pas comme ça si je me laissais mourir.

— Ah, ça…

— Quoi, ce n'était pas un rêve ?

— Eh non. C'était le premier jour, quand j'ai appris que tu étais à Madigan. On m'a prévenue parce que personne ne s'attendait à ce que tu survives plus de quelques heures.

— Ils me connaissent bien mal, plaisantai-je.

Ce n'était pas la première fois que je frôlais la mort, mais je ne tenais pas à réitérer l'expérience. Je ne désirais rien d'autre qu'épouser Jo Marie et élever avec elle une ribambelle d'enfants. Cette pensée m'électrisait. Mais les choses n'étaient pas si simples. On m'avait envoyé en Irak pour accomplir une mission particulière, qui n'avait rien à voir avec Ibrahim, et je n'avais pas pu la mener à bien. Je ne savais pas quelles seraient les conséquences de cet échec.

Ses yeux se firent moins rieurs, sombres et sérieux.

— Tu te sens d'attaque pour une vraie conversation ?

— Quel genre ?

— Je voudrais des réponses, dit-elle en baissant les yeux sur ma main qu'elle serrait toujours.

J'avais redouté cette discussion, mais elle était nécessaire.

— Je te répondrai si je peux, mais il faut que tu comprennes que je n'ai pas le droit de tout divulguer.

Elle hocha la tête, puis me regarda droit dans les yeux.

— Tu as reçu l'aide du gouvernement pour entrer et sortir d'Irak, n'est-ce pas ?

— Je ne peux pas en parler.

— Mais je le sais déjà, dit-elle avec un petit sourire. Milford me l'a confirmé.

Je connaissais ce nom. Milford était le supérieur de Paul. Jo Marie devait l'avoir harcelé jusqu'à ce qu'il lui révèle ce qu'elle voulait savoir.

— Et tu n'y es pas allé dans le seul but de retrouver Ibrahim. Tu avais une autre mission. Sans me donner les détails, je voudrais que tu me confirmes que j'ai raison.

Un poids s'abattit sur ma poitrine en l'entendant mentionner ma mission. Rien ne s'était passé comme prévu après que l'on m'avait tiré dessus, et j'aurais aimé savoir ce qui m'attendait désormais.

— Je ne peux pas répondre.

— Ça veut dire oui, donc, rit-elle. Et tu l'as réussie, cette mission ? demanda-t-elle en baissant la voix.

— Jo Marie...

Elle savait déjà que je ne pouvais pas en parler, et surtout, je ne voulais pas admettre que j'avais échoué.

— D'accord, d'accord. De toute façon, ça n'a plus d'importance, parce que c'est fini.

— C'est fini ?

— Tu en as fini avec l'armée, déclara-t-elle.

— Je vois que c'est toi qui décides.

— Je ne plaisante pas, Mark.

Je l'avais bien compris, mais ce n'était pas si simple. J'avais passé un marché avec l'armée afin de repartir en Irak, et j'avais la ferme intention d'accomplir mon devoir jusqu'au bout. Bien sûr, je ne savais pas comment les choses se passeraient, mais qui pouvait prévoir le futur ?

Je vis les épaules de Jo Marie s'affaisser légèrement. Puis ses yeux se plissèrent.

— Mark ? Tu ne dis rien...

— Nous en reparlerons plus tard.

Il me faudrait plus de forces. Elle se leva d'un bond, partit à l'autre bout de la pièce et se passa une main sur les yeux.

— Si tu m'annonces que tu repars là-bas, je m'en vais et je ne reviendrai jamais.

Je savais à quel point elle pouvait s'entêter, et je savais aussi qu'elle était sérieuse.

— Jo Marie...

— Tu ferais mieux de tout me dire ! Tu as déjà accepté d'y retourner ? Oh, je vais être malade…

Elle se plia en deux, les mains sur les genoux. Je voulus me redresser, mais je n'avais pas assez d'énergie. Elle prit plusieurs grandes inspirations et me rassura :

— Ça va, c'est passé.

Je ne voulais pas la contredire, mais elle était pâle et immobile, comme si elle était sur le point de s'évanouir.

— Assieds-toi, dis-je en lui indiquant la chaise qu'elle venait de quitter.

Heureusement, elle ne discuta pas et revint à mon chevet. Une minute ou deux s'écoulèrent avant qu'elle ne reprenne la parole.

— Dis-moi ce que tu as fait.

— Je n'ai rien accepté, l'assurai-je.

— Dieu merci.

Vu sa réaction, je n'osais pas ajouter de détails. Oui, le futur était encore incertain, mais une chose était certaine : j'étais le seul à pouvoir mener cette mission à bien. J'avais passé un accord auquel j'avais fait défaut. L'armée ne me laisserait peut-être pas le choix, même si je n'avais aucune envie d'y retourner.

— Il vaudrait mieux en discuter plus tard.

— Mark, je t'en prie… Qu'est-ce que tu me caches ? Pour l'amour du ciel, dis-moi que tu n'auras pas à te remettre en danger.

— Parlons d'autre chose, Jo Marie.

Le silence qui suivit était si complet que je pouvais entendre les battements de mon cœur.

— S'il te plaît, murmurai-je. Je ne peux pas supporter de me disputer avec toi. Je suis rentré. Je suis en vie. Ce n'est pas assez ?

Elle se mordit la lèvre en hochant lentement la tête, puis se pencha pour presser son front contre le dos de ma main.

— J'ai peur, Mark, peur de ce qui nous attend… Je pourrais encore te perdre, et je ne le supporterais pas.

— Je n'ai aucune intention de mourir. Quelques minutes plus tôt, je rêvais de t'épouser et de fonder une famille avec toi. Moi non plus, je ne veux pas renoncer à ce futur.

Elle releva brusquement la tête en ouvrant de grands yeux pleins d'incertitude là où j'aurais voulu voir de l'amour.

— Ça te surprend que je sois amoureux de toi ? demandai-je.

Elle se leva et repartit à l'autre bout de la pièce.

— Mark, tu es parti depuis près d'un an. J'ai continué à vivre.

— Tu ne m'aimes plus ? dis-je d'un ton que j'espérais léger.

— Si, bien sûr…

— Je n'avais que toi dans mon cœur et dans mes pensées, je t'assure. Chaque jour. Je ne voulais qu'une chose, rentrer pour passer le reste de ma vie à tes côtés.

Elle continuait à me fixer et je vis que ses lèvres s'étaient mises à trembler. Ce n'était pas bon signe. À l'évidence, elle me cachait quelque chose. Mais si elle avait rencontré quelqu'un d'autre, pourquoi aurait-elle passé chaque minute de son temps à mon chevet ? Je ne pouvais que lui rappeler mes sentiments pour elle, qui n'avaient pas changé depuis mon départ.

— Avant de te connaître, je ne faisais que traverser la vie. Je ne songeais plus à l'amour. J'étais plein de culpabilité et de remords. Puis je t'ai rencontrée, Jo Marie, et j'ai su. J'ai su presque dès le début que tu allais bouleverser ma vie.

Ses yeux brillaient de larmes, et elle porta une main à sa bouche comme pour y retenir des mots qui ne pourraient que me blesser.

— Il faut… il faut que je t'avoue quelque chose.

Je me préparai au pire. L'angoisse dans sa voix me tordait déjà l'estomac.

— Qu'y a-t-il ?

— Tu te rappelles ce que tu m'as dit en partant ?

— J'ai dit beaucoup de choses.

— Tu m'as demandé de continuer à vivre comme si tu ne reviendrais jamais.

Je m'arrêtai de respirer, ce qu'elle ne parut pas remarquer. C'était comme si elle m'avait lâché un bloc de ciment sur la poitrine. Incapable de répondre, je me contentai d'attendre.

— J'ai rencontré quelqu'un, murmura-t-elle.

Elle attendit ma réaction, mais je restai silencieux.

— Il s'appelle Greg.

Parfaitement immobile, je tentai d'absorber cette information.

*Quelqu'un d'autre.*

*Greg.*

— Tu ne dis rien ? demanda-t-elle.

— Qu'est-ce que tu voudrais que je te dise ?

Elle ne s'attendait quand même pas à des félicitations pour avoir suivi mon conseil.

— Quelque chose. N'importe quoi.

— Je crois que je n'ai plus rien à dire.

— On… on ne se fréquente pas depuis très longtemps.

Est-ce qu'elle s'imaginait que je me sentirais mieux en entendant ça ? Si oui, c'était un échec.

— Il sait que tu existes, alors j'ai pensé qu'il serait plus juste que tu saches pour lui, toi aussi.

— Tu l'aimes ? demandai-je, les yeux levés vers le plafond pour éviter de la regarder.

— Non… Je ne sais pas.

— Qu'est-ce que tu attends de nous, maintenant ? C'est celui qui pisse le plus loin qui emporte ta main ?

— Mark, tu es ridicule.

Je n'en avais pas l'impression. Moi qui lui avais ouvert mon cœur, moi qui l'avais presque demandée en mariage, moi qui rêvais de la famille que nous aurions un jour ensemble ! Je comprenais mieux pourquoi elle avait eu l'air aussi mal à l'aise.

— Il est veuf... Sa femme est morte d'un cancer l'année de la mort de Paul. Il travaille à...

— Si ça ne te dérange pas, je préférerais ne pas en savoir plus sur lui.

— D'accord, murmura-t-elle d'un air coupable. Je ne voulais pas te blesser.

— C'est un peu tard pour ça.

— Mark, c'est toi qui m'as quittée. Tu m'as bien fait comprendre que tu ne reviendrais pas.

Je ne l'entendais plus. Je ne pouvais penser qu'à Jo Marie, ma Jo Marie, dans les bras d'un autre homme.

— Et alors, c'est sérieux entre vous ?

— Je... je ne sais pas encore. Tout ça est si confus...

— Confus ? Pour toi ?

Je faillis éclater de rire. Vraiment, quel cliché !

— Mark, cela fait un an que tu es parti. Un an ! Je ne suis plus celle que tu as laissée derrière toi. J'ai changé, et toi aussi.

— Non. Je suis toujours le même que lorsque j'ai quitté Cedar Cove. Si j'ai changé, c'est en bien.

— D'accord, je vois, tu as changé en bien, et maintenant tu m'annonces que tu as accepté une mission top secrète pour le gouvernement qui pourrait impliquer... je ne sais pas quoi puisque tu ne peux pas en parler. Qu'est-ce que tu vas encore me demander ? Tu ne peux pas me le dire, ou tu ne veux pas. Je fais quoi, moi ? Je m'assois dans un coin et j'attends de voir si tu t'en tireras vivant cette fois-ci ?

Ses mots restèrent suspendus entre nous comme un funambule au-dessus du Grand Canyon.

— Je ne t'ai pas demandé de sacrifier quoi que ce soit pour moi, dis-je.

— Non, c'est vrai. Tu es simplement parti du principe que je le ferais.

— Pas du tout !

C'était vrai. J'espérais tout simplement trouver une solution avec elle, comme n'importe quel couple décidé à s'engager. Ce que je n'avais pas prévu – et je me rendais compte à présent que j'avais été bien naïf –, c'était cet autre homme.

Nous restâmes silencieux pendant un moment qui me parut durer une éternité. Ce fut moi qui repris la parole :

— Comment s'appelle-t-il, déjà ? Gary ?

— Greg.

— Tu lui parles souvent ?

Comme Jo Marie passait la majorité de ses journées avec moi, ils ne devaient pas s'être vus depuis un moment.

— Oui…, hésita-t-elle.

— Très bien. Transmets-lui un message de ma part.

— Quel message ? s'enquit-elle en relevant les yeux vers moi.

— Dis à Gary…

— Greg ! s'agaça-t-elle.

— Peu importe. Dis à Greg que je n'abandonnerai pas. Dis-lui que ce sera l'affrontement de sa vie. Je n'ai pas fait tout ce chemin pour te laisser à un autre homme. C'est compris, Jo Marie ?

Elle hocha la tête.

— Vraiment compris ?

Encore un hochement de tête. J'espérais qu'elle aussi avait entendu mon message.

# 27

## Emily

Je n'avais pas vu Nick depuis près d'une semaine. Nous discutions tous les jours, souvent pendant des heures. Je l'entendais parfois marcher autour de la maison d'hôtes la nuit, mais je me retenais de ne pas sortir le retrouver. Ces balades nocturnes signifiaient qu'il avait toujours du mal à dormir. Il attendait que je le rejoigne dans le noir pour discuter avec lui sur la terrasse, comme la dernière fois, je le savais. Mais je résistai à la tentation. Je n'étais pas là pour lui servir de béquille.

Après avoir insisté pour qu'il voie un psychologue, je lui avais proposé de l'accompagner pour faciliter les choses. Il m'avait d'abord ignorée, mais à ma grande surprise, il avait fini par accepter. Je savais qu'il voulait me montrer qu'il n'essayait pas de m'utiliser, et qu'il était prêt à faire un effort pour gérer son angoisse.

Je devais protéger mon cœur. Comme il m'aurait été facile de tomber amoureuse de lui ! Nos âmes blessées s'attiraient mutuellement avec la puissance d'un courant océanique.

Le samedi matin, je reçus un texto de sa part.

Tu fais quelque chose aujourd'hui ?

Je fixai longtemps le message en me demandant ce qu'il signifiait vraiment. Quelle que soit la raison, Nick voulait me voir.

Pas grand-chose. Tu as quelque chose en tête ?

Tu peux passer à la maison ?

Encore une fois, je fixai son message, assez longtemps pour qu'il m'en envoie un autre :

Tu avais raison.

À propos de quoi ?

La peinture dans la cuisine. Il faut que tu voies ça.

Je relâchai mon souffle en tentant de trouver la meilleure façon de répondre. Bien sûr, je voulais l'aider à gérer le traumatisme de l'accident, mais j'aurais voulu qu'il sorte de chez lui. Il se servait des rénovations comme d'une excuse pour rester enfermé.

Tu m'emmènes déjeuner quelque part avant ?

Après avoir envoyé ces mots, j'attendis longtemps sa réponse.

D'accord.

Je me rendis compte que j'avais retenu ma respiration, et ne pus m'empêcher de sourire.

Tu es sûre que tu veux te lancer là-dedans ?

Voilà qu'il doutait déjà.

Sûre.

J'en avais bien peur.

Je lui envoyai un sourire. Nous décidâmes qu'il passerait me chercher à la maison d'hôtes à midi, et je lui proposai un restaurant mexicain. Je venais de reposer mon portable lorsque Jo Marie entra dans la cuisine. Elle était déjà habillée, prête à partir à l'hôpital. Ces derniers jours, elle n'avait pas dit grand-chose de l'état de Mark, et j'en venais à me demander si tout allait bien.

— Ça va ?

Elle me fixa comme si j'avais dit une énormité. Non, vraiment, quelque chose n'allait pas, et cela devait concerner Greg.

— Tu veux en parler ?

— Je vais très bien, répliqua-t-elle sèchement.

À l'évidence, tout ce temps passé à l'hôpital l'avait fatiguée mentalement et physiquement, mais il s'était passé quelque chose d'autre. Nous n'avions pas échangé un mot de toute la semaine, et je commençais à me dire qu'elle avait peut-être fait exprès de m'éviter. Je haussai les sourcils et ses épaules s'affaissèrent.

— Pardon, je ne voulais pas prendre ce ton-là.

— Un problème avec Mark ?

— Aucun. Il se remet plus vite que prévu. On pourrait même dire qu'il en fait trop.

J'aurais pu deviner cela moi-même, et je ne parlais pas de son état de santé, mais elle devait bien le savoir. Elle évita mon regard comme si elle hésitait à tout me raconter. Je ne cherchais pas à la mettre mal à l'aise, et je ne voulais pas non plus la forcer à me révéler quoi que ce soit.

— Très bien, dis-je.

Je la pris brièvement dans mes bras, car elle semblait en avoir besoin. Elle partit se verser une tasse de café au comptoir de la cuisine.

— J'ai fait une erreur.

— Quel genre ?

— J'ai parlé de Greg à Mark, dit-elle, les yeux dans le vague. J'aurais dû attendre. C'était trop tôt, et maintenant, il n'arrive plus à se reposer. Mais il avait commencé à parler de notre futur, et j'ai dû l'interrompre parce que je ne sais pas si nous serons ensemble… ni si j'en ai envie.

Elle but un peu de café pour maîtriser ses émotions. J'étais stupéfaite. Dès notre rencontre, dès sa première mention de Mark, j'avais compris qu'elle l'aimait plus que tout. Oui, elle fréquentait Greg, et je savais que les choses se passaient très bien entre eux, mais je n'avais pas réalisé que ses sentiments pour lui avaient grandi au point de prendre le pas sur ce qu'elle éprouvait pour Mark.

— Tu es amoureuse de Greg ? demandai-je même si ça ne me regardait pas vraiment.

— Je ne sais pas…, dit-elle, au bord des larmes. Mais je ne veux pas rompre avec lui, surtout si Mark repart en Irak…

— Quoi ? Tu plaisantes, pas vrai ? Il ne va pas y retourner ?

— Je ne sais pas. Je lui ai plus ou moins dit que s'il repartait, tout serait fini entre nous. Je refuse de rester coincée à m'inquiéter pour lui. Je refuse.

Je ne savais plus quoi dire. Jo Marie semblait désespérée. Vu les cernes sous ses yeux, elle ne dormait sans doute pas plus de quelques heures par nuit.

— Nous discutons toujours, Greg et moi. Je ne veux pas le perdre, mais je ne veux pas qu'il pense que je me sers de lui…

— Mais il est au courant pour Mark, n'est-ce pas ?

— Oui, bien sûr. Je lui en avais parlé avant même d'apprendre que Mark était vivant.

— Et quand il a appris que Mark était revenu, il a tout de même décidé de rester dans ta vie. Il était prêt à te perdre. Je pense qu'il n'attend rien d'autre que de l'honnêteté de ta part.

— J'étais sérieuse quand j'ai dit à Mark que je le quitterais s'il repartait. C'était un ultimatum. Et s'il met trop longtemps à se décider, je devrais trancher pour lui.

C'était la chose à faire, à mon sens. Mark ne pouvait pas raisonnablement s'attendre à ce qu'elle patiente, et elle me paraissait bien déterminée. Je décidai d'être optimiste :

— Les choses finiront par s'arranger.

— Peut-être, soupira-t-elle, peu convaincue.

Elle partit peu après pour l'hôpital. Je servis le petit déjeuner, nettoyai la cuisine, puis partis changer les draps dans les chambres pour les nouveaux clients. Le temps de finir et de me changer, il était midi. J'attendis Nick à la porte.

Il me fallut quinze minutes pour me rendre compte qu'il ne viendrait pas, et un texto de sa part me le confirma. Je l'étudiai un moment en tentant de lire entre les lignes. Il se contentait de dire qu'il avait un empêchement, mais je ne le croyais pas.

Très bien, dans ce cas, j'irais à lui. Je gagnai Bethel Street à pied. La maison de Nick était visible dès que l'on tournait à l'angle et, comme la première fois, j'eus l'impression qu'elle me souhaitait la bienvenue.

Elvis, qui était sur la terrasse, aboya joyeusement en m'apercevant. Aussitôt, Nick sortit par la porte de la cuisine. Il s'appuya contre une colonne, les épaules basses, comme s'il se détestait de m'avoir déçue.

— Salut, lançai-je. Tu es en retard. Je croyais que nous avions rendez-vous.

— Tu n'as pas reçu mon texto, fit-il en tentant de sourire.

— Si. Tu n'as pas l'air d'avoir un empêchement.

Quelque chose devait s'être produit pendant la matinée ; il m'avait semblé enthousiaste quelques heures plus tôt. Je vis qu'il commençait à serrer et desserrer les poings, et ses jambes tremblaient. Encore de l'angoisse.

— Nick, dis-je doucement en lui prenant la main. Dis-moi ce qui s'est passé.

— Tu ferais mieux d'y aller…

— Si tu ne veux pas déjeuner avec moi, ce n'est pas grave. Mais tu voulais me montrer la cuisine, non ? Tu as fini de la repeindre, c'est ça ?

— Repasse plus tard, grogna-t-il, les dents serrées. Je t'en prie, Em.

Je voyais bien qu'il était au bord de la crise. Ses mains et ses jambes tremblaient de plus en plus violemment.

— Je veux juste savoir ce qui s'est passé.

— S'il te plaît, va-t'en, dit-il en s'asseyant sur une chaise de jardin.

Ses genoux se mirent aussitôt à tressauter, et sa respiration se faisait hachée. Je m'accroupis devant lui et lui pris les mains.

— Dis-moi ce qui ne va pas.

Il secoua la tête, buté, et commença à hyperventiler, incapable de reprendre sa respiration. Son regard devint paniqué, mais j'avais déjà géré ce genre de choses avec mes élèves.

— Regarde-moi. Nick, insistai-je en lui serrant les doigts. Compte jusqu'à cinq et respire.

Il ne semblait pas m'entendre.

— Nick, répétai-je fermement.

Elvis aboya, ce qui attira son attention. Ses yeux étaient hagards, et l'espace d'un instant, je crus qu'il était sur le point de s'évanouir. Il avait besoin d'aide, je devais appeler les secours. Lorsqu'il me vit sortir mon portable de mon sac, il s'écria :

— Non !

— Alors, respire. Retiens ton souffle, compte jusqu'à cinq, respire.

Je voyais bien qu'il essayait, mais ses lèvres étaient pratiquement bleues. Sans savoir quoi faire d'autre, je le repris dans mes bras. Il tremblait tant que j'en tremblais aussi, mais je le gardai contre moi et, après un moment qui me sembla durer une vie entière, il se détendit lentement, le front pressé contre mon épaule.

— Ça va mieux ? dis-je en lui peignant les cheveux en arrière.

Il émit un petit rire incrédule et sa main se resserra sur la mienne, jusqu'à me faire mal.

— Mes parents m'ont appelé, murmura-t-il. Ils veulent venir voir la maison.

— Bien sûr qu'ils veulent te voir. Tu es leur fils.

— Mais tu ne comprends pas ? s'enflamma-t-il. J'ai tué mon frère ! Comment veux-tu que je les regarde en face ?

— Ils ont déjà perdu un fils. Ils ne veulent pas te perdre aussi.

— Qui t'a répété ça ? dit-il en croisant mon regard.

— Quoi ?

— C'est exactement ce que ma mère m'a dit. Mot pour mot.

— Ils ont besoin de toi, murmurai-je.

— Je ne peux pas, répondit-il en secouant la tête. Je ne peux pas les voir avec la mort de Brad sur la conscience.

— Mais si.

Il n'avait pas vraiment le choix. Comment pourrait-il trouver la paix tant qu'il ne se serait pas réconcilié avec ses parents ?

Nick avait le regard fou. Je ne pouvais pas supporter de le voir ainsi et le serrai à nouveau dans mes bras. Il s'accrocha à moi comme si j'étais son seul point de repère dans la tourmente.

— Tu voudrais bien être là quand ils viendront ?

J'en perdis le souffle.

— J'ai besoin de toi, Em. Je n'y arriverai pas tout seul. Je leur ai parlé de toi, je leur ai dit que tu m'avais convaincu d'aller voir un psy, je leur ai raconté à quel point tu m'avais aidé.

— Oh, Nick, je ne sais pas si…

— Je n'y arriverai pas sans toi, répéta-t-il.

— Mais, Nick, ils ne me connaissent pas. Vous devriez être en famille.

Cette conversation serait déjà assez difficile pour eux sans la présence d'une inconnue. Je voulais aider Nick, bien sûr, mais être présente pendant qu'il discutait avec ses parents ne me semblait pas la meilleure chose à faire.

— Moi, je te connais, objecta-t-il. Et ma mère veut te rencontrer. Elle est heureuse que tu sois dans ma vie.

Je me sentais faiblir.

— Quand est-ce qu'ils arrivent ?

— La semaine prochaine.

J'exhalai lentement. Le premier rendez-vous de Nick avec son psychologue devait avoir lieu mardi, et j'avais accepté de l'y accompagner, en restant dans la voiture. Il ne pourrait pas se dédire, pas comme avec notre déjeuner.

— D'accord, acceptai-je à contrecœur, je rencontrerai tes parents, mais à deux conditions.

— Lesquelles ? demanda-t-il, incertain.

Je le fixai dans les yeux pour qu'il comprenne bien que je serais inflexible.

— D'abord, tu n'annules pas ton rendez-vous de mardi.

— D'accord. Et l'autre ?

— Tu parles à tes parents en privé avant que j'arrive. Je serai heureuse de les rencontrer, mais seulement après votre conversation.

Il hésita, mais il finit par hocher la tête et m'embrassa le sommet du crâne.

— Merci.

Elvis se coucha près de moi, la tête sur les pattes, et nous observa tous les deux.

— Un thé nous ferait du bien, non ? suggérai-je.

Il me relâcha et je me relevai. J'étais restée à genoux si longtemps que des marques s'étaient imprimées dans ma chair. En entrant dans la cuisine, je restai un moment hypnotisée par le contraste entre les murs marron et les placards blanc cassé. Le rendu était encore plus joli que prévu.

Nick entra derrière moi et plaça ses mains sur mes épaules.

— Pas mal, non ?

Je frissonnai à son contact. Ma voix était à peine reconnaissable lorsque je répondis :

— C'est sublime.

— Oui, acquiesça-t-il – mais c'était moi qu'il regardait. Em…

La chaleur avec laquelle il prononça mon nom me fit lever les yeux. Il posa sa main sur ma joue et je reculai d'un pas. Non, hors de question. Notre attirance était magnétique, mais nous savions bien qu'elle ne mènerait nulle part. J'avais déjà parcouru ce chemin de douleur, qui m'avait presque détruite. J'étais tentée de céder, je mourais d'envie d'être dans ses bras, mais je ne pouvais pas.

— Je ferais mieux d'y aller, dis-je abruptement.

Je me tournai pour sortir, mais il m'attira contre lui.

— Nick, il ne faut pas…

— Em, murmura-t-il contre mes cheveux. Écoute-moi. J'ai beaucoup réfléchi, et j'ai changé d'avis. Je ne peux pas me contenter d'être ton ami. Je n'y arrive pas, je veux plus, et je sais que toi aussi.

Comme j'aurais voulu croire que nous avions un futur ensemble ! Mais l'expérience m'avait appris que Nick ne savait pas ce qu'il disait, et je ne supporterais pas d'être rejetée une nouvelle fois.

# 28

## Jo Marie

Lorsque j'arrivai à Madigan ce matin-là, Mark était debout et marchait à pas lents dans le couloir, en poussant sa perche à perfusion. J'avais fait exprès de venir plus tard que d'habitude, et s'il l'avait remarqué, il ne le releva pas. Depuis que j'avais mentionné Greg une semaine plus tôt, notre relation était tendue.

Ce n'était pas la première fois que Mark quittait son lit. Il reprenait chaque jour un peu plus de forces. Je l'accompagnai dans le couloir en marchant à son rythme.

— Tu as passé une bonne nuit ?

— J'ai réussi à dormir, si c'est ça que tu veux dire, lança-t-il en haussant les épaules.

— Très bien.

Nous évitions tous les deux le seul sujet qui nous occupait l'esprit.

— Tu as parlé à Greg, aujourd'hui ? me demanda-t-il sans me regarder.

— Non.

Il tourna la tête vers moi. À présent, son regard me transperçait comme pour un interrogatoire.

— Tu vas le faire ?

— Sans doute.

Je ne voulais pas lui mentir. Ce que je ne lui disais pas, c'était que Greg m'avait invitée à dîner ce soir, à Tacoma. J'avais accepté après une longue discussion. Le voir alors que j'étais avec Mark ne me plaisait pas, mais il avait insisté et j'avais cédé.

— Ça te gêne ? dis-je en lui rendant son regard.

— À ton avis ? s'agaça-t-il. Je suis coincé ici et il y a un autre homme dans ta vie alors que tu sais parfaitement ce que je ressens pour toi. Ce n'est pas comme ça que j'imaginais nos retrouvailles !

— Je ne pensais pas que nous en aurions un jour, lui rappelai-je.

C'était lui qui s'en était assuré. Mais il était déjà frustré et en colère, et je voyais bien que je n'arrangeais rien.

— Mark, je t'en prie, je ne veux pas qu'on se dispute.

— Moi non plus, soupira-t-il. Pas du tout.

Il marchait plus lentement, et je savais qu'il était fatigué.

— Laisse-moi te ramener dans ta chambre, proposai-je en lui passant un bras autour de la taille.

En arrivant, Mark se laissa tomber sur son lit.

— J'ai hâte de sortir d'ici, marmonna-t-il entre ses dents serrées.

J'attendais moi aussi ce moment avec impatience. Il dormirait au rez-de-chaussée de la villa, et je savais qu'il s'y sentirait comme chez lui. La présence de Rover lui serait également bénéfique.

Mark s'adossa au mur et ferma brièvement les yeux.

— Est-ce que tu en sais plus sur… la mission ? demandai-je sans savoir quel autre terme employer.

J'avais horreur de ramener le sujet sur le tapis, mais j'avais besoin de savoir.

— On ne pourrait pas parler d'autre chose ? plaida-t-il. Je suis trop fatigué pour une discussion sérieuse.

J'avais en effet mal choisi mon moment, et je reconnus que nous pouvions attendre. Cependant, son expression m'indiquait qu'il avait une réponse à ma question, mais qu'il choisissait de la garder pour lui, ce qui était déjà révélateur.

Quelques secondes plus tard, il s'endormit, épuisé par sa promenade. J'en profitai pour lire mes e-mails et faire un tour sur Facebook. Je n'avais pas parlé à Dana depuis plus d'une semaine et lui envoyai un message. Mon cours de spinning me manquait. Ma vie me manquait. Toutes mes journées tournaient autour de Mark. Depuis que j'avais appris qu'il était en vie, il était devenu ma priorité.

Il se réveilla une heure plus tard et me chercha aussitôt des yeux, comme d'habitude. En me voyant à son chevet, il me sourit et me prit la main.

— Tu sais que je t'aime, n'est-ce pas ?

— J'ai bien l'intention de te donner le temps de le prouver, répondis-je en espérant qu'il comprendrait.

S'il m'aimait vraiment, il ne me demanderait pas de traverser une nouvelle fois ce que j'avais vécu durant l'année écoulée. Il retira lentement sa main et détourna les yeux.

— Ton ami Milford est passé me voir.

— Quand ça ? dis-je en me raidissant.

— Peu après ton départ hier.

Ce ne pouvait pas être une coïncidence. Il avait sûrement attendu que je m'en aille pour s'adresser à Mark. Je fis de mon mieux pour cacher mon irritation.

— Et de quoi voulait-il te parler ?

— De choses et d'autres…

— Il veut que tu repartes en Irak, n'est-ce pas ?

Milford n'était pas directement lié à la mission, mais il ne me semblait pas improbable qu'on l'envoie faire pression sur Mark.

— Il a dit que ce n'était qu'une visite informelle.

— Le contraire m'aurait étonnée.

J'avais toujours apprécié Dennis et je lui étais reconnaissante pour son aide, mais l'idée qu'il tente d'influencer Mark, d'une façon ou d'une autre, ne me plaisait pas.

— Milford m'a rappelé que mon père et mon grand-père avaient consacré leur vie à notre pays…

— Bien sûr.

— Il veut que je rempile.

Je sautai sur mes pieds :

— Non ! Mark, hors de question. Je t'en supplie. Je ne le supporterais pas.

— Tu ne comprends pas…

— Non, en effet, je ne comprends pas. Tout ce que je sais, c'est que j'ai déjà failli te perdre.

— C'est pour quelque chose d'important. Je pourrais sauver des vies.

J'avais envie de pleurer. Rien de ce que je disais ne pourrait le faire changer d'avis. Je voyais bien qu'il avait déjà pris sa décision.

— Si tu y songes sérieusement, j'ai besoin de le savoir. Maintenant.

Mes paroles restèrent suspendues dans le silence, comme un écho prolongé. Mark mit longtemps à répondre.

— Pour que tu puisses poursuivre ta relation avec un autre homme ?

Je soutins longtemps son regard, le cœur battant, puis je hochai la tête. Ses yeux s'arrondirent : ma confirmation l'avait atteint de plein fouet.

— Jo Marie, tu ne saisis pas. L'armée était toute ma vie il y a quelques années encore…

— Pourquoi ne pas travailler dans le civil ? dis-je en me raccrochant à ce que je pouvais. Tu pourrais prendre un contrat pour l'armée.

Je n'y connaissais rien et je racontais n'importe quoi, mais cela me semblait plausible.

— Je peux vraiment faire la différence. Il y a certains endroits, certaines personnes que je suis seul à connaître… et surtout, je suis le seul à pouvoir aller jusqu'au bout.

— Tu ne fais que répéter ce que t'a dit Milford.

— C'est la vérité.

— Alors vas-y, dis-je comme si ça n'avait pas d'importance. Mais rappelle-toi que je ne t'attendrai pas.

Mes mots s'écrasèrent comme une bombe entre nous. Je vis un éclair de douleur dans ses yeux.

— Les choses sont sérieuses à ce point avec Gary ?

— Greg, corrigeai-je même si je savais très bien qu'il faisait exprès de se tromper. Je ne sais pas si elles sont vraiment sérieuses, mais ça n'a pas d'importance, car quoi qu'il se passe avec lui, toi et moi n'irons pas plus loin.

— Tu ne le penses pas.

— Tu veux prendre le pari, Mark ?

Il avait raison, mais je ne devais pas l'admettre. Le front plissé, il semblait aussi malheureux que moi. Je contournai le lit.

— Je n'en peux plus, Mark, je suis désolée. Je ferais mieux de m'en aller.

— Pour de bon ? dit-il, les traits tendus.

Je voulais qu'il me prenne au sérieux, et j'étais tentée de lui dire que j'y réfléchirais, mais ç'aurait été trop cruel.

— Je reviendrai demain.

Il se détendit, soulagé. Puis, comme s'il devinait mes intentions, il demanda :

— Et où vas-tu ce soir ?

Comme j'hésitais, il insista :

— Tu vas le voir ?

— Si tu parles de Greg, oui. J'ai rendez-vous avec lui à Tacoma.

Je savais qu'il ne serait pas heureux de l'entendre, mais je voulais être honnête avec lui, et j'attendais la même chose de sa part.

Mark pensait que je ne saisissais pas sa situation, mais il avait tort. Au contraire, je ne la comprenais que trop bien. Pour Mark et sa famille, l'armée était comme une maîtresse : tentante, attirante, puissante. Comme son père et son grand-père avant lui, il voulait laisser son nom dans les annales. Pour être digne de sa famille, il voulait être un héros.

Je pris mon sac et quittai la pièce, non sans m'arrêter sur le pas de la porte pour un dernier regard en arrière. Que dire ? Il semblait perturbé, et je devais avoir la même expression.

— Au revoir, Mark, murmurai-je.

— Ce n'est qu'un au revoir, Jo Marie. Crois-moi.

Je choisis de ne pas répondre.

Une fois dans le parking, j'appelai Greg en essayant de contrôler mon émotion.

— Est-ce qu'on pourrait se voir plus tôt ?

— Bien sûr. Quand ça ?

— Combien de temps te faut-il pour aller à Tacoma ?

Il marqua un temps, sans doute pour calculer son itinéraire depuis l'est, puis répondit :

— Trente ou quarante minutes, j'imagine. Quelque chose ne va pas ? Tu as l'air un peu perdue.

— C'est le cas. En fait, je ne sais plus où j'en suis.

Je détestais être en désaccord avec Mark. Nous avions tous les deux changé depuis son départ, comme je le lui avais rappelé très récemment, et je ne savais pas si les choses entre nous pouvaient redevenir comme avant. Il était presque comme un étranger pour moi.

— Les choses vont mal avec Mark ?

— C'est ça.

Greg ne fit aucun commentaire et se contenta de répondre :

— Je serai là aussi vite que possible. Attends-moi à l'intérieur, sers-toi un verre de vin, essaie de te détendre.

— Merci, murmurai-je.

Greg avait été si constant pendant toute cette affaire.

— Jo Marie ?

— Oui ?

— Tu sais que je ferais n'importe quoi pour toi, n'est-ce pas ?

Je hochai la tête, mais bien sûr, il ne pouvait pas le voir.

— Je sais, murmurai-je, et ma voix se brisa.

Le temps qu'il arrive, j'en étais à ma deuxième tasse de café, et je me sentais davantage maîtresse de mes nerfs. Lorsque la porte du restaurant s'ouvrit, je levai la tête et Greg me repéra aussitôt. Il s'assit en face de moi et me prit les mains.

— Je crois bien que j'ai battu un record en arrivant si vite. Dis-moi ce qui s'est passé.

— Mark va peut-être repartir en Irak, expliquai-je en sentant les larmes me monter aux yeux.

— Tu plaisantes ?

— J'aimerais bien… Il n'a pas encore pris sa décision, mais il se ment à lui-même. Je le vois dans son regard. Il se sent obligé d'y retourner, d'être un héros, comme son père et son grand-père avant lui.

Sauver Ibrahim n'avait pas suffi.

— Qu'est-ce que ça implique pour nous ? demanda Greg.

— Je ne sais pas… mais j'ai dit à Mark que s'il partait, je ne voulais plus jamais le voir.

— Tu étais sérieuse ? dit-il, les yeux brûlants.

— Oui… Mais en même temps, je ne sais pas… Oh, je ne sais pas !

Il serra mes mains, plein d'espoir.

— Donc nous avons encore une chance ?

Depuis le début, Greg avait été irréprochable. Il n'avait rien exigé, il n'avait jamais laissé transparaître de ressentiment ou de jalousie, et il n'aurait pas pu se montrer plus compréhensif.

— Jo Marie, reprit-il en m'embrassant la main. Donne-moi un espoir auquel me raccrocher.

— Oui. Nous avons encore une chance. Oui, absolument.

Il me déposa un deuxième baiser sur les doigts.

— Je pourrais te dire que je suis triste que les choses ne s'arrangent pas entre toi et Mark, mais ce serait mentir. Ton bonheur compte beaucoup pour moi. Je crois que mes sentiments sont clairs.

— Ils le sont.

— Et j'accepte que tu en aies pour Mark.

Je fermai les yeux. J'aurais voulu ne plus rien ressentir pour lui. Je l'aimais cœur et âme, mais j'étais bien décidée à l'oublier s'il décidait de repartir. C'était ce qu'il m'avait demandé de faire – l'oublier. Et j'y étais si bien arrivée lorsqu'il était parti un an plus tôt…

À quoi bon mentir ? Je n'y étais pas arrivée du tout.

# 29

## Emily

Je n'arrivais pas à dormir, ressassant ma dernière conversation avec Nick. Après qu'il m'avait dit vouloir plus que de l'amitié, je m'étais enfermée dans ma chambre pour y réfléchir. Peut-être se sentait-il tomber amoureux de moi – ce que j'éprouvais moi-même. Mais cette relation comportait de nombreuses complications.

En premier lieu, j'étais pour lui une béquille émotionnelle. Inexplicablement, il s'imaginait avoir besoin de moi. Ce besoin était déformé par notre attirance mutuelle et disparaîtrait à la fin de son processus de deuil. Et me briserait le cœur.

Si ces préoccupations n'avaient pas suffi, l'invitation reçue lundi matin aurait parachevé mon insomnie. Une invitation au mariage de James, mon fiancé à peine un an auparavant. L'homme que j'avais aimé. Que j'aimais toujours.

Je n'aurais pas cru que cela me blesserait à ce point. C'était moi qui avais annulé le mariage en me rendant compte que James et Katie s'aimaient. Rompre les fiançailles avait été la bonne décision, ce qui n'avait pas été facile pour autant.

En ouvrant l'enveloppe, j'avais ressenti un coup de poignard, et mon cœur avait fait quelque chose d'étrange – il avait battu très fort et très vite l'espace d'un moment, puis avait semblé s'arrêter complètement avant de repartir plus lentement. Une main sur la poitrine, j'avais lutté pour reprendre mon souffle.

J'aurais dû épouser James. J'aurais dû me tenir à ses côtés devant l'autel. Nous étions amoureux, et nous ne voulions qu'une chose, partager notre vie. Notre vie de couple aurait été heureuse. James affirmait que ma stérilité ne le dérangeait pas, et je l'avais cru.

Au fond de moi, je ne pouvais m'empêcher de m'interroger. Jayson aussi ne s'en était pas formalisé, jusqu'à ce que sa mère s'en mêle... à moins que ce n'ait été l'excuse dont il avait besoin ? Dans les deux cas, l'amour n'avait pas suffi à les retenir.

L'invitation était splendide, faite à la main, calligraphiée à l'encre dorée. Le mariage serait modeste, mais fabriquer tous ces cartons avait dû prendre des semaines. Je le relus encore et encore en essayant de réprimer mon sentiment de perte, d'endiguer autant que possible ma douleur et mon amertume. Cela n'aurait pas dû m'atteindre à ce point.

Dans l'enveloppe se trouvait un petit message de la main de Katie :

*Emily, sois des nôtres, je t'en prie. C'est très important pour nous deux. Nous tenons à ce que tu partages cette journée avec nous, car sans toi, rien n'aurait été possible.*

*Katie*

Il était hors de question que j'y aille. Absolument hors de question.

Ne comprenaient-ils pas ce que je ressentirais, assise dans l'église pendant la cérémonie ? Croyaient-ils que je ne souffrirais pas de les voir se jurer une fidélité éternelle ? Oui, j'avais laissé ma place, mais je n'avais pas besoin qu'on m'expose à leur bonheur.

Incapable de dormir, je repensais à mon excitation lorsque James et moi avions décidé de nous marier. Cela peut sembler fou, mais la première personne à qui j'avais eu envie d'annoncer la nouvelle était Jayson. Il s'était marié incroyablement vite après notre séparation. Sa femme était pile ce qu'il lui fallait : une amie d'enfance qui partageait ses croyances et qui venait d'une famille nombreuse – elle n'aurait sans doute aucun mal à lui faire suffisamment d'enfants pour monter une équipe de base-ball.

Moins d'un an après leur mariage, j'avais reçu un faire-part de naissance. Apprendre que Jayson avait un fils avait bien failli me tuer. J'avais mis longtemps à comprendre pourquoi il m'avait écrit. Jayson n'était pas quelqu'un de cruel. Il m'avait vraiment aimée. En partageant la nouvelle avec moi, il me remerciait, car je lui avais donné ce qu'il voulait, ce dont il avait besoin – une famille.

Bien sûr, je ne l'avais pas contacté pour lui dire que j'étais fiancée à James, et tant mieux, vu comment cela s'était terminé.

Je roulai sur le dos pour fixer le plafond. J'avais aimé deux hommes, et je risquais fort d'en aimer un troisième. Mais j'étais bien décidée à ne pas jouer mon cœur une nouvelle fois. Et qui aurait pu m'en vouloir ? J'avais du courage, mais pas à ce point.

En entendant un bruit sous mon balcon, je sus que Nick et Elvis étaient revenus. J'avais fait en sorte d'éviter une autre rencontre nocturne, mais l'invitation de James me hantait et j'avais besoin de mettre les choses à plat avec Nick.

J'ouvris la porte-fenêtre et sortis sur le balcon, les mains posées sur la rambarde. Nick était en bas, le regard levé vers le deuxième étage. Il sourit en me voyant pieds nus sous la lune.

— Ça fait un peu Roméo et Juliette. Ou Raiponce.

Je lui rendis son sourire malgré ma déprime.

— Tu descends ? dit-il.

Même à cette distance, je voyais la chaleur dans ses yeux. Je ne pouvais pas résister à l'envie de lui raconter mes malheurs.

— J'arrive.

Nick me retrouva à la porte de la cuisine. Elvis, qui voulait des caresses, tira sur sa laisse, et je lui frottai les oreilles. Son poil était si doux.

— Tu m'as manqué, dit Nick – ce qui me déprima encore davantage.

— Ça ne fait qu'un jour…

— Deux. Je ne t'ai pas vue dimanche, ni lundi.

Il était à peine plus de minuit.

— Tu iras à ton rendez-vous aujourd'hui, n'est-ce pas ?

— Oui. Je tiendrai parole. Allons nous asseoir sur la terrasse.

Je le suivis jusqu'à la véranda, du côté où Jo Marie avait installé les chaises et le fauteuil deux places. Nick s'installa dans ce dernier, un peu à l'écart, et me fit signe de le rejoindre. Après un moment d'hésitation, je m'assis près de lui et il me passa un bras autour des épaules. J'étais si préoccupée que je restai rigide. Je redoutais qu'il me touche, et pourtant j'en mourais d'envie.

— Bon, qu'est-ce qui ne va pas pour que tu sois tendue à ce point ?

J'étais surprise qu'il l'ait remarqué.

— Je ne plaisantais pas, tu sais, poursuivit-il. Je veux être avec toi.

— Nick, s'il te plaît. On ne se connaît même pas.

— Mais si, je te connais.

— Ah oui ? Qu'est-ce que tu sais sur moi ?

Nous avions beaucoup discuté ces dernières semaines, et je m'attendais à ce qu'il me répète ce que je lui avais raconté sur mon enfance, mes amis, mes lectures et mes opinions politiques – autant de sujets sur lesquels nous tombions souvent d'accord.

— Eh bien, déjà, tu as trois petites rides entre les yeux quand tu t'inquiètes. Comme là, dit-il en les touchant du doigt. C'est pour ça que je sais que ça ne va pas.

— Ah bon ? dis-je en levant la main pour me tâter le haut du nez.

— Oui. Et quand tu es nerveuse ou agitée, tu tapes du pied droit.

— Ce n'est pas vrai !

— Je t'assure. Tout le temps. Je parie que tu ne t'en rends même pas compte. Quoi d'autre… Ah, oui, tu n'as aucun sens de l'orientation.

J'en restai bouche bée.

— Comment sais-tu ça ?

Il sourit et m'embrassa le sommet du crâne.

— Ça fait un moment que je te regarde courir. Les premières fois, tu t'arrêtais toujours au bout de la rue comme si tu essayais de te rappeler comment revenir à la maison d'hôtes. Et je t'ai vue te tromper deux fois.

Je m'étais en effet égarée quelques fois au croisement de Bethel Street.

— Je continue ? fit-il avec satisfaction. Tu te mords la lèvre quand tu es anxieuse…

— Non !

Nick me surprenait. Je n'étais pas certaine de le connaître aussi bien.

— Et je sais qui était ta meilleure amie à l'école primaire.

— Ça m'étonnerait.

Je n'avais pas mentionné Carol. Elle avait déménagé à Saint Louis au début du lycée, et nous étions restées en contact jusqu'au début de nos vies adultes, mais ces dernières années, je l'avais perdue de vue. Nous n'échangions plus guère que des vœux de Noël. Elle était mariée, avec trois enfants, et nous n'avions plus grand-chose en commun.

— Carol.

— Comment sais-tu ça ? m'enquis-je en haussant les sourcils.

— Tu me l'as dit.

— Mais non !

— Mais si.

Je devais lui avoir parlé d'elle sans même y faire attention. Je n'en avais aucun souvenir.

— Alors, tu me dis ce qui t'angoisse ?

Je remontai mes pieds nus au bord du fauteuil pour appuyer mon menton sur mes genoux, ce qui le fit sourire.

— Tu fais ça quand tu ne veux pas parler.

— Je fais quoi ?

— Ça, avec tes genoux… Tu te roules en boule comme pour tenir le monde à distance.

En l'entendant, je laissai aussitôt retomber mes pieds.

— Trop tard, rit-il. Maintenant, dis-moi ce qui te trotte dans la tête. C'est notre discussion de samedi ? Parce que je veux qu'on soit plus qu'amis ? J'aurais dû préciser que j'ai très envie de toi. Mes sentiments vont plus loin que prévu. Je suis vraiment sérieux, Em.

J'avais l'impression que le monde se refermait sur moi. Ma respiration s'accéléra et je remontai mes pieds au bord du fauteuil.

— Je ne veux pas en parler, Nick, pas après avoir reçu...

— Reçu quoi ?

Je me penchai en avant, les yeux fixés sur le chantier naval de Bremerton de l'autre côté de la baie.

— Tu sais que j'ai déjà été fiancée...

— Deux fois, si je me souviens bien. Tu es encore amoureuse de l'un d'eux ? Ou des deux ? C'est ça, le problème ?

Je ne m'étais plus posé la question depuis longtemps. La transformation de mes sentiments pour Jayson me prit par surprise. Je ne pensais plus à lui chaque jour comme avant. Lorsqu'il me traversait l'esprit, il n'était plus accompagné d'un flash de douleur et de regret. Le temps guérissait donc vraiment tout. C'était pareil pour James, et c'était pour cela que je ne savais pas comment réagir à la souffrance que me causait son faire-part de mariage.

Après avoir pris le temps de composer ma réponse, je lui dis :

— Oui, je suppose que je les aime tous les deux, mais plus de la même façon qu'à l'époque de nos fiançailles.

— Alors qu'est-ce qui ne va pas ? fit-il en me frottant le dos.

J'avalai ma salive. Pourquoi ne pas tout lui dire, après tout ? S'il n'avait pas été aussi gentil, si sa main sur mon corps ne m'avait pas perturbée à ce point, j'aurais peut-être résisté à la tentation.

— J'ai reçu le faire-part de mariage de James et Katie.

Ma voix se brisa et je pris une grande inspiration en espérant que les battements de mon cœur se calmeraient.

Nick resserra son étreinte et m'embrassa à nouveau le crâne.

— Ça t'a blessée, pas vrai ?

— Oh oui.

— Vous n'étiez pas faits pour être ensemble.

— Je sais.

Katie ferait une bien meilleure épouse pour James, même si le reconnaître me faisait mal.

— Tu vas y aller ?

— Au mariage ? Certainement pas.

— Tu devrais. Ça te libérerait émotionnellement. James et Katie verront que tu es passée à autre chose et que tu ne veux que leur bonheur. Je sais que ça ne sera pas facile, mais tu as besoin de le faire, pour toi et pour eux.

— J'ai « besoin de le faire » ? Je pourrais y aller dans la robe de mariage que j'avais achetée après nos fiançailles, tiens, pourquoi pas ?

Je n'arrivais pas à croire que Nick, l'homme qui se reposait entièrement sur moi, me dise de passer à autre chose. Mais aussitôt après, j'eus honte de mes paroles.

— Oublie ça...

Il se contenta de me presser l'épaule, puis me demanda avec tendresse :

— Tu voudrais que je vienne avec toi ?

Sa proposition me stupéfia. Il détestait la foule. J'avais bien vu sa réaction après la scène du bar, et je savais que son quotidien s'articulait autour de ses crises d'angoisse. Ce n'était que lors de ces visites nocturnes qu'il paraissait entièrement à l'aise, comme si toutes ses défenses s'abaissaient en le laissant libre d'être lui-même.

— Tu ferais ça ? Tu m'accompagnerais au mariage ?

— Pour toi, oui.

J'aurais voulu qu'il arrête de me dire ces choses qui me rendaient si faible, si vulnérable.

— Je ne peux pas tomber amoureuse de toi, Nick. Vraiment, je ne peux pas, alors arrête d'être aussi gentil et compréhensif. Ça commence toujours comme ça, poursuivis-je, et puis tout change.

— Qu'est-ce qui change ?

— Tout.

— Em, ça n'a aucun sens.

— Tu as vraiment besoin que je te l'explique ? Très bien. Tu penses que tu tiens à moi, mais ma stérilité finira par te gêner et tu prendras tes distances. J'ai déjà traversé ça, Nick, je sais comment ça se passe. J'essaie de me protéger, et tu ne m'aides pas du tout. Arrête d'être aussi prévenant. Je ne pourrai pas le supporter quand tu me quitteras.

— Te quitter ? Jamais, Em. Mes sentiments ne changeront pas. Ne plus te prendre dans mes bras ? Ne plus t'embrasser ? Avec ce que je ressens… désolé, mais c'est impossible. Je veux bien essayer, mais je ne peux rien te promettre. Tu étais là quand j'avais besoin de toi, tu ne sais pas à quel point ça compte pour moi. Quand ce sera mon tour, je veux te rendre la pareille. À toi de décider. Si tu veux bien de moi, je suis là. Mais avec ou sans moi, il faut qu'on te voie à ce mariage.

Nick ne s'en alla qu'après une heure de discussion. J'avais l'impression de pouvoir m'assoupir, maintenant – et en effet, je dormis pendant sept heures. Cela faisait longtemps que je n'avais pas passé une aussi bonne nuit.

Dans l'après-midi, je partis chercher Nick chez lui et nous nous rendîmes chez le psy. Dans la salle d'attente, Nick essayait de cacher sa nervosité. Il finit par se lever pour faire les cent pas jusqu'à ce que ce soit à lui.

— Je t'attendrai ici, l'assurai-je.

Il soutint mon regard.

— Je ne ferais ça pour personne d'autre. Tu le sais, pas vrai ?

J'acquiesçai. Au moment de passer la porte, il se retourna et je lus l'appréhension dans ses yeux. Pour le rassurer, je lui envoyai un baiser. J'étais si heureuse qu'il fasse le premier pas vers la guérison.

Seule dans la salle d'attente pendant une heure, j'eus le temps de repenser à ce dont nous avions discuté avant l'aube. Nick était complètement différent dans le noir : détendu, bavard, perspicace et drôle. En plein jour, entouré de gens, il devenait agité et inquiet. C'était là que les crises d'angoisses s'emparaient de lui.

Lorsqu'il sortit du bureau, il ne m'accorda pas un regard et se dirigea droit vers la sortie comme s'il ne pouvait supporter de rester là une seconde de plus. Je bondis sur mes pieds pour le suivre, mais il marchait si vite que je devais presque courir.

— Ça s'est bien passé ? lui lançai-je.

— On rentre. On rentre.

Une fois dans la voiture, ses genoux se mirent à tressauter. Je plaçai une main sur sa cuisse et il la serra très fort.

J'avais espéré que cette séance l'aiderait, mais j'avais maintenant peur qu'elle n'ait fait qu'empirer les choses. Et ses parents qui devaient passer ce week-end... La visite s'annonçait mal.

# 30

## Mark

J'avais perdu Jo Marie. Je l'avais compris dès qu'elle avait mentionné cet autre homme qu'elle fréquentait, et je ne pouvais m'en prendre qu'à moi-même. C'était moi qui, dans un moment de faiblesse, lui avais dit de continuer sa vie et de m'oublier. Aussi héroïque qu'idiot de ma part. Mais j'avais l'habitude des regrets.

Je lui avais peut-être suggéré de passer à autre chose, mais moi, je n'en avais rien fait. Pas une seconde je n'avais cessé de penser à elle. Elle faisait partie de moi, comme une seconde peau ; c'était pour la retrouver que j'avais fait tout ce qui était humainement possible pour rester en vie. Je n'avais survécu que par elle. Elle était l'oxygène dans mes poumons, le sang dans mes veines.

Avant mon départ en Irak, j'aimais me chamailler avec elle. Je faisais exprès d'être obtus pour qu'elle s'énerve. Après Paul, elle avait bien besoin qu'on la secoue un peu, qu'on la sorte de son deuil. Puisque j'étais là, j'avais fait l'affaire.

Jo Marie ignorait pratiquement tout de mon passé et cela me convenait très bien. C'était même ma seule option. Lorsque je m'étais lancé dans ce petit jeu, je n'avais pas conscience que j'avais moi aussi besoin d'être secoué. Tomber amoureux de Jo Marie m'avait rendu l'espoir. Rendu mon courage. Énergisé par ces sentiments, j'avais décidé de régler ma dette envers Ibrahim.

Il m'avait fallu passer un marché avec l'armée pour retourner en Irak. Peu de gens savaient que retrouver Ibrahim n'était pas mon seul but. Je n'étais pas du genre à ne pas finir mon travail et, pendant ma convalescence, j'avais réfléchi à ce que je pourrais faire pour terminer ma mission. La réponse était claire : je devais repartir.

Mais Jo Marie ne le supportait plus et préférait rompre nos liens plutôt que de retraverser ce qu'elle avait vécu pendant l'année écoulée, sans nouvelles de moi. Je me demandais si elle m'aurait plus facilement laissé repartir sans cet autre homme. Je savais que ce type guettait dans les coulisses, prêt à prendre ma place dans sa vie. Fantastique, vraiment.

Pendant que je réfléchissais à ma décision, la porte de ma chambre s'ouvrit sur le lieutenant-colonel Milford. Il devait se tenir informé des heures de visite de Jo Marie à l'hôpital, car je ne l'avais jamais vu qu'en son absence.

Je ne l'avais rencontré que récemment. Jo Marie le considérait autrefois comme le mentor et l'ami de Paul, mais je sentais bien que son opinion sur lui avait changé et qu'elle ne lui faisait plus autant confiance qu'avant, pour une bonne et simple raison : il m'encourageait à finir ma mission.

Après la petite enquête de Jo Marie, l'armée avait fait venir Milford, mais je ne savais pas exactement pourquoi.

Sans doute pensaient-ils que sa relation avec Jo Marie l'aiderait à me convaincre de respecter ma parole.

— Bonjour, dit Milford en s'arrêtant au bout de mon lit.

— Bonjour, colonel.

— Je me suis laissé dire que vous sortiriez bientôt.

— Fort possible.

Son regard soutint le mien.

— Et vous comptez finir votre convalescence à la Villa Rose ?

Je hochai la tête, sans savoir si Jo Marie était toujours d'accord.

— Je ne pense pas que ce soit une bonne idée, indiqua-t-il.

— Vraiment ? demandai-je en haussant les sourcils. Et pourquoi pas ?

— J'ai cru comprendre que Jo Marie s'opposait vivement à votre mission. En de telles circonstances, peut-être feriez-vous mieux de récupérer dans une atmosphère plus neutre.

— Je peux prendre mes propres décisions, colonel.

— Vous n'avez jamais été marié, n'est-ce pas ? sourit-il.

— Non, colonel.

Et alors ? Marié ou pas, mes décisions m'appartenaient.

— C'est bien ce que je pensais.

— Vous avez peur qu'elle me fasse changer d'avis ?

Encore ce sourire, comme s'il en savait plus que moi.

— Vous ne faites plus partie de l'armée. Nous ne pouvons pas vous donner l'ordre de partir en territoire ennemi, mais vous êtes le seul à pouvoir accomplir cette mission, le seul à avoir obtenu la confiance de ces résistants, surtout après avoir risqué votre vie pour l'un des leurs.

Milford ne m'aidait pas à faire mon choix.

— Nous mettrons toutes nos ressources à votre disposition. Vous avez comme moi conscience que le temps presse.

Il s'arrêta là comme s'il s'attendait à ce que je lui donne directement ma réponse. Mais il me demandait l'impossible. Je n'étais pas assez fort, pas assez endurant pour une pareille épreuve. La dernière fois avait consommé huit de mes neuf vies.

— Je suis trop faible...

— C'est vrai, pour le moment. Ce que nous attendons de vous est un engagement qui nous permettra de préparer la mission. Lorsque vous serez remis, tout sera prêt.

J'avais bien conscience des enjeux. Je devais prendre contact avec la résistance pour leur transmettre des informations vitales, qui pourraient bien changer la donne contre l'État islamique. Pour des raisons de sécurité, ils n'étaient pas connectés à Internet et ne pouvaient rien recevoir par ce biais ; et pour compliquer encore les choses, ils ne se fiaient plus à l'armée américaine. Après ce qui s'était passé lorsque mon unité avait quitté les lieux, je ne pouvais pas leur en vouloir. Heureusement, leur leader me connaissait et me faisait confiance. Et il était de la famille d'Ibrahim.

Milford continuait à me fixer comme si cela pouvait suffire à me convaincre.

— Nous avons discuté avec Ibrahim. Il accepte de vous accompagner.

— Certainement pas !

S'il pensait que cela me déciderait, il avait tort. Hors de question de risquer la vie d'Ibrahim. À supposer que je reparte, ce serait seul.

Milford, agité, semblait avoir conscience de perdre du terrain.

— Je dois vous dire que, d'un point de vue matériel, vous bénéficierez de la reconnaissance de toute une nation au vu de l'importance de cette mission…

— Vous n'avez pas besoin de me graisser la patte.

On ne pouvait pas m'acheter. Milford devait comprendre que cette décision nc rcposait pas sur l'argent. C'était ma vie qui était en jeu, la vie que j'espérais partager avec Jo Marie.

Il sortit un chiffre qui me permettrait de vivre sans travailler pendant une bonne cinquantaine d'années, et je levai la main pour l'interrompre.

— Je ne veux rien en échange.

Une note triomphale apparut dans sa voix :

— Est-ce que cela veut dire…

— Ça veut dire ce que ça voulait dire hier, et avant-hier : je vais y réfléchir, et je ne peux rien vous promettre d'autre pour l'instant.

La porte s'ouvrit et, en levant les yeux, je vis Jo Marie dans l'encadrement. Elle nous observa tour à tour avant d'entrer d'un pas hésitant.

— Dennis, le salua-t-elle avec un bref signe de tête.

L'attitude du lieutenant-colonel changea aussitôt. Ses épaules perdirent leur rigidité et ses traits leur intensité. Il l'accueillit avec un chaleureux sourire, comme si lui et moi discutions simplement d'un match de foot.

Je connaissais bien Jo Marie, et je voyais clairement qu'elle n'était pas dupe. Elle croisa les bras et lui adressa un sourire crispé.

— Il se remet bien, notre Mark, vous ne trouvez pas ? dit Milford.

Jo Marie ne répondit rien.

— J'ai appris qu'il quitterait l'hôpital en fin de matinée.

Là encore, silence. Un malaise s'installa, et le sourire de Milford perdit de son éclat.

— J'étais justement en train de dire que l'armée se proposait d'héberger Mark après sa sortie de l'hôpital…

Jo Marie se tourna aussitôt vers moi.

— Et je disais au lieutenant-colonel que j'appréciais beaucoup ce geste, mais que j'avais déjà quelque part où aller. La Villa Rose, déclarai-je avec un regard entendu pour Milford.

— Voyons, pas besoin de déranger Jo Marie…

— Il ne me dérange pas, répliqua-t-elle. Tout est prêt pour son arrivée.

— J'irai avec Jo Marie.

Je n'avais cette fois laissé aucune place au doute, et Milford ne put que hocher la tête.

— Alors, je vous laisse à vos préparatifs.

— Très bien, marmonna Jo Marie.

Milford soutint encore mon regard l'espace d'un instant avant de partir, en me lançant un « À bientôt » par-dessus son épaule. Après son départ, la tension entre Jo Marie et moi était plus épaisse que du goudron. Elle ne bougea pas, les bras toujours croisés.

— Dennis vient souvent te voir ?

— Assez souvent, dis-je, peu désireux de jeter de l'huile sur le feu.

— Il fait pression sur toi ?

Je haussai les épaules.

— Il te soudoie ?

— Il a essayé, m'amusai-je.

— Il te menace ?

— Non, la seule qui me menace, c'est toi.

Elle cligna des yeux en entendant cela, puis demanda, comme si elle s'attendait au pire :

— Tu… tu vas y aller ?

— Je ne sais pas.

Je vis qu'elle faisait des efforts pour accepter ma réponse.

— Quand vas-tu prendre ta décision ?

— Bientôt.

Elle avala sa salive, puis sa posture s'affaissa, comme sous un poids.

— Tu as changé, Mark.

— Nous avons tous les deux changé. Je ne suis plus encombré par toute cette culpabilité, tous ces regrets.

Ce n'était pas la seule raison de ma transformation.

— J'ai changé parce que j'ai pu aider Ibrahim. Mais, Jo Marie, il faut que tu comprennes que même si je ne suis plus l'homme dont tu te souviens, mes sentiments pour toi, mon amour pour toi, tout cela est plus fort que jamais.

Le long de ses joues roulèrent des larmes qu'elle essuya avec agacement.

— Je pensais… c'était peut-être naïf… que si tu survivais à tout ça, tu t'installerais à la Villa Rose, et que nous pourrions la tenir ensemble, en tant que couple.

Ma poitrine se serra et je lui tendis la main. J'avais besoin qu'elle se rapproche de moi. C'était pour me retirer du monde que j'avais trouvé un emploi comme homme à tout faire, mais aussi et surtout pour échapper à moi-même. Le travail manuel m'avait évité de perdre la raison, mais j'avais d'autres compétences, d'autres projets, désormais.

— Tu n'es pas homme à tout faire, n'est-ce pas, Mark ? dit-elle d'une voix chevrotante.

— Non.

— Tu ne pourrais jamais être heureux à la Villa Rose avec moi. Tu n'es plus cet homme-là. Peut-être même ne l'as-tu jamais été.

La voir pleurer me brisait le cœur.

— Jo Marie, je serais heureux n'importe où avec toi. Tu ne vois donc pas à quel point je t'aime, à quel point tu comptes pour moi ?

Je rejetai mon drap. Si elle ne voulait pas venir à moi, j'irais à elle, même si mes jambes me lâchaient. Je me redressai et posai les pieds au sol.

— Mark, tu es fou ? Qu'est-ce que tu fais ? s'écria-t-elle en se rapprochant aussitôt.

— Je viens à toi.

— Arrête...

Je l'enlaçai par la taille pour l'attirer contre moi et l'embrassai dans le cou. Son parfum m'enivrait tant que je faillis oublier ce que je racontais.

— Tu ne comprends donc pas ? Je veux t'épouser, Jo Marie. Et j'espère un jour avoir des enfants avec toi. Je sais que je suis encore très faible et que je n'ai pas grand-chose à t'offrir...

Elle s'accrocha à mon cou, les épaules secouées de sanglots.

— Ne sois pas ridicule. Tu reprendras des forces, et je t'engraisserai. Je ne veux rien d'autre que toi. Je t'interdis de dire que tu n'as rien à m'offrir.

— Tu m'engraisseras avec tes cookies ? demandai-je, plein d'espoir.

Elle renifla et recula pour me dévisager, les yeux et le nez rouges, le visage ruisselant de larmes.

— Tu ne m'aimes que pour mes cookies.

— Je ne dirai rien qui pourrait être retenu contre moi, plaisantai-je en embrassant ses joues mouillées.

Elle sourit et sa bouche trouva la mienne. J'aurais pu l'embrasser jusqu'à l'ivresse. Nous nous étions bien peu embrassés depuis mon arrivée à Madigan. J'avais besoin qu'elle sache à quel point je la désirais, à quel point mon corps se languissait du sien. Je voulais l'aimer, je voulais lui faire des enfants, je voulais les voir grandir et nous construire un futur. Notre baiser était passion, désir, besoin. Si nous n'avions pas été au beau milieu d'un hôpital, si je n'avais pas été si faible que je pouvais à peine me lever, je savais très bien ce qui se serait passé ensuite.

En nous séparant enfin, nous étions tous les deux frissonnants et à bout de souffle.

— Mark..., murmura Jo Marie d'une voix tremblante.

— Un aperçu du futur, lui promis-je en replaçant une mèche de cheveux derrière son oreille.

Je ne puis résister à l'envie de l'embrasser à nouveau. Puis il fallut que je lui rappelle, même si le moment était mal choisi :

— Je n'ai toujours pas pris ma décision.

Elle baissa la tête.

— Je ne veux plus me disputer avec toi là-dessus, Mark. Fais ton choix, fais ce que te dicte ta conscience.

— Tu l'accepteras quoi qu'il arrive ?

Je lui en demandais beaucoup. Ses yeux étaient pleins de douleur.

— Je n'ai pas vraiment d'autre option.

J'exhalai lentement et la ramenai contre moi, en appuyant mon menton sur le sommet de sa tête. Une chose me blessait terriblement : l'imaginer avec Greg.

— Et cet autre homme ?

— Greg ? dit-elle, soudain rigide dans mes bras.

— Je ne supporte pas de savoir que tu le vois toujours. Ça me rend fou.

Elle m'embrassa en souriant.

— Tu es jaloux ?

— Bien sûr ! Qu'est-ce que tu ressentirais en apprenant qu'il y a une autre femme dans ma vie ? Une femme qui a très clairement exprimé ses intentions envers moi ?

Elle resta d'abord silencieuse. Puis elle quitta mon étreinte et fit un pas en arrière.

— Mais il y a bel et bien quelqu'un d'autre dans ta vie, Mark.

— Pas du tout ! Jo Marie, voyons, il n'y a que toi ! Depuis notre rencontre, il n'y a jamais eu que toi...

— Il y a l'Irak, dit-elle avec un triste sourire.

Je fermai les yeux. J'avais été aveuglé par ma propre idiotie.

— Tu comptes bien plus pour moi, soufflai-je en tendant la main vers elle.

J'avais besoin d'elle, de sa chaleur, de son réconfort. Elle me laissa la reprendre dans mes bras et appuya sa tête contre mon épaule.

— Nous verrons bien, murmura-t-elle.

Elle savait bien comment me faire douter, comment faire en sorte que je me remette en question. La question n'était pas réglée entre nous, et je n'avais toujours pas fait mon choix. La seule certitude que je retirais de notre discussion à cœur ouvert, c'était que ma décision, quelle qu'elle soit, serait une défaite.

# 31

## Emily

Les parents de Nick arrivèrent le samedi après-midi. Je priais pour que leur discussion se passe bien.

Nick ne m'avait quasiment rien dit de sa première séance chez le psychologue. Sur le trajet du retour, il était resté silencieux, maussade, et en arrivant, il s'était hâté de rentrer à l'intérieur de la maison. J'avais attendu cinq minutes seule dans la voiture, à me demander si je devais le suivre, et j'avais fini par y renoncer. De retour à la maison d'hôtes, je lui avais envoyé un message auquel il avait répondu presque instantanément. Il me remerciait et disait qu'il avait besoin de temps pour réfléchir à certaines choses, ce que je comprenais tout à fait.

Cependant, je m'inquiétais quand même. Le jeudi, il semblait avoir retrouvé ses esprits. Je l'avais aidé à faire un peu de ménage dans la maison pour la venue de ses parents. Il m'effleurait dès qu'il en avait l'occasion, ne me cachant pas son désir. De mon côté, je tentais de ne pas montrer à quel point cela m'affectait, et je refusais qu'il m'embrasse. Malgré tout, lorsque ses doigts me frôlaient l'avant-bras, j'étais électrisée jusqu'à la plante des pieds.

J'étais amoureuse, à n'en pas douter, mais j'avais ressenti la même chose pour Jayson, et quelque chose d'approchant envers James. Toujours bien décidée à ne pas revivre l'expérience, je l'évitais autant que possible tandis que lui faisait tout pour se rapprocher.

Le vendredi, la veille de l'arrivée de ses parents, je l'avais encouragé par textos et au téléphone. À l'évidence, son thérapeute l'avait aidé à se préparer pour ces retrouvailles, même si Nick ne l'avait pas explicitement mentionné.

Le samedi, je l'avais donc laissé seul pour qu'il passe du temps avec ses parents, et nous étions tombés d'accord pour que je vienne dimanche, sans prévoir d'heure précise. Je voulais être sûre qu'ils aient eu le temps de parler avant ma visite. Après l'église ce jour-là, j'attendais le message de Nick avec anxiété. Il vint plus tôt que prévu.

Où es-tu ?

À la maison d'hôtes. Ça y est, je peux venir ?

OUI.

Je souris et quittai la villa. Jo Marie était occupée avec Mark, qui venait de s'installer. Le trajet depuis l'hôpital l'avait épuisé, et il avait passé tout son samedi dans sa chambre du rez-de-chaussée. Ce matin-là, elle l'avait soutenu jusqu'à la terrasse pour qu'il puisse profiter du soleil. Après des semaines à l'hôpital, l'air frais et la vue sur les montagnes Olympiques devaient lui faire un bien fou. Du soleil, de la mer, du ciel bleu lui profiteraient sans doute aussi bien que n'importe quel traitement.

— J'y vais, dis-je à Jo Marie.

Elle savait à quel point ces retrouvailles comptaient pour Nick, et s'inquiétait pour lui presque autant que pour moi.

— Raconte-moi tout en revenant.

— Promis.

Une fois arrivée dans Bethel Street, je fus accueillie par Elvis qui aboya joyeusement et remua la queue. J'aimais beaucoup ce drôle de chien de garde, même s'il ne me semblait pas très efficace dans son rôle.

Nick, alerté par Elvis, sortit sur la terrasse. En croisant son regard alors que je remontais l'allée, j'y lus un grand soulagement. Ses yeux brillaient, et je me détendis d'un coup, comprenant que la conversation avec ses parents s'était bien passée. Nick me prit la main et me guida dans la cuisine. Ses parents étaient assis à la table, et son père se leva dès notre entrée.

— Maman, Papa, voici Emily… Em.

— Emily Gaffney, dis-je en tendant la main.

— Chuck, se présenta le père de Nick. Et Marie, ma femme.

Il y avait un air de famille. Chuck avait la même stature imposante que son fils, ainsi que ses cheveux sombres. Je savais qu'il avait travaillé dans l'industrie du bois et que Marie avait été infirmière. Tous deux étaient à la retraite depuis quelques années.

— Je suis très heureuse de vous rencontrer, dis-je.

Nick tira une chaise pour moi et s'assit à côté de moi en me reprenant la main. J'aurais préféré éviter, mais je ne voulais pas provoquer une gêne en me dégageant.

— Nick nous a beaucoup parlé de vous, fit Marie. Merci pour tout ce que vous avez fait pour lui.

Ses yeux étaient chaleureux, mais marqués par une profonde souffrance. Je tournai la tête vers Nick en me demandant ce qu'il leur avait raconté. Il m'offrit un sourire rassurant.

— On se demande bien pourquoi une jolie femme comme vous n'est pas mariée ! lança Chuck.

Je cessai de respirer. Ce n'était pas la première fois qu'on me faisait la remarque. Les gens de la génération de mes parents semblaient penser que toute femme avait besoin d'un mari. Il fallait admettre que c'était bien ce que j'avais voulu, moi aussi – un mari, une famille.

— Nous avions très envie de vous rencontrer, reprit Marie d'une voix douce.

— Pour vous remercier, ajouta Chuck.

— Me remercier ?

— Nick nous a dit que vous l'aviez convaincu d'aller voir un psy.

— Oui, cette semaine. Il y retourne lundi et vendredi prochain.

Nick avait accepté de poursuivre les séances, sans grand enthousiasme. Il était difficile de rouvrir une blessure qui commençait à peine à guérir, bien sûr, mais il le fallait.

— Vous l'avez tant aidé, poursuivit sa mère. Il n'a pas cessé de dire du bien de vous. Merci de lui avoir donné le courage de faire face au futur.

Sa voix vacilla sous l'émotion, mais elle se reprit.

— Nick nous a expliqué que cette rencontre avec vous pendant l'été avait fait toute la différence.

— Je… je ne sais pas ce qu'il vous a dit, mais je n'ai vraiment pas fait grand-chose.

— Il a besoin de quelqu'un comme vous. Vous êtes pile le genre de femme que j'espérais pour lui.

Je fixai à nouveau Nick. Vu le tour que prenait la conversation, il avait dépeint notre relation de façon bien plus sérieuse que prévu.

— Tiens, Nick, viens donc me montrer ce panneau électrique dont tu me parlais, lança Chuck.

À l'évidence, ils voulaient que je reste seule avec Marie. Nick se leva à contrecœur, les yeux posés sur moi, et je lui fis un sourire pour qu'il ne s'inquiète pas. Dès le départ des deux hommes, je pris la parole :

— J'ai l'impression que Nick a sous-entendu que nous étions plus qu'amis. Mais ce n'est pas le cas, et cela ne risque pas de changer.

Marie parut contrariée.

— Ce n'est pas ce qu'il pense.

— Oui, mais…

— Il est en train de tomber amoureux de vous, Emily. Vous devez bien vous en rendre compte, poursuivit-elle, l'air blessé, comme si j'avais piétiné ses espoirs. Il nous a dit que tout avait changé après sa rencontre avec vous, que vous l'aviez aidé, que vous lui faisiez un bien immense. En dehors de cette affreuse nuit avec Brad, il n'a quasiment parlé que de vous.

Elle s'interrompit, puis ajouta à voix basse :

— Je vous en prie, ne lui faites pas de mal. Il est si fragile en ce moment.

— Moi aussi, répliquai-je.

Ça ne faisait qu'un an, pour nous deux. Un an depuis la mort de Brad, un an depuis que James avait retrouvé Katie.

— Ah. Je comprends mieux.

— Et que comprenez-vous ? demandai-je en me redressant.

— Ce qui vous a attiré l'un vers l'autre.

J'aurais pu la contredire, mais à quoi bon ? Étant donné ce qu'il s'était passé avec la mère de Jayson, mieux valait en revanche lui expliquer ma situation avant qu'elle ne se mette à rêver de Nick et moi ensemble, et des petits-enfants qu'elle pourrait bientôt serrer dans ses bras.

— Il faut que vous sachiez quelque chose sur moi, déclarai-je.

Nick m'avait dit que j'avais trois petites rides entre les yeux lorsque j'étais nerveuse. Avaient-elles fait leur apparition ? Marie se pencha vers moi et posa sa main sur la mienne.

— Je le sais déjà. Nick nous en a informés.

— Il vous a dit que j'étais stérile ? me hérissai-je.

C'était privé et je n'en avais parlé qu'à peu de gens.

— Ne lui en voulez pas.

— Sa réponse…

— Je sais, répéta Marie. Il nous a raconté qu'il avait d'abord été ébranlé, mais qu'il avait décidé depuis que cela ne lui importait pas. Si votre relation progresse de façon sérieuse, vous pourrez toujours songer à l'adoption. Brad avait déjà décidé de le faire. Beaucoup trop d'enfants ont besoin d'une maison aimante, et vous êtes quelqu'un d'aimant.

Nick et son père revinrent dans la pièce, ce qui me contraria. J'aurais voulu converser plus longtemps avec Marie.

— Chérie, tu as vu l'heure ? Il vaudrait mieux qu'on y aille si on veut rentrer à Salem avant la nuit.

— Mon Dieu, je n'ai pas vu passer l'après-midi, soupira Marie avec un coup d'œil à sa montre. Mais nous n'aurions pas pu partir sans vous rencontrer et vous remercier, Emily.

— Nous avons de la route, m'expliqua Chuck.

— Nick nous a dit que vous l'aviez aidé à choisir la peinture de la cuisine et de quelques-unes des chambres. C'est vraiment charmant.

— Bon travail sur les rénovations, ajouta Chuck en donnant une claque dans le dos à son fils.

— Merci, Papa.

Marie prit son sac puis, impulsivement, me serra dans ses bras.

— Je ne suis pas sûre que vous compreniez vraiment à quel point vous l'avez aidé. J'ai l'impression d'avoir retrouvé mon fils, et je sais que vous y êtes pour beaucoup.

Nick et moi les accompagnâmes jusqu'à l'extérieur pour les regarder monter en voiture depuis la terrasse. Il passa son bras autour de ma taille et m'attira à lui, tout en agitant la main pendant que son père quittait l'allée en marche arrière.

La voiture était hors de vue lorsque je me tournai vers Nick.

— Qu'est-ce que tu as raconté à tes parents sur nous ?

Jamais je ne l'avais vu sourire si largement.

— Je leur ai dit ce que je ressentais pour toi, et ce que j'espérais pour notre futur ensemble. Je leur ai dit que de bien des façons, tu m'avais sauvé. Sans toi, je ne sais pas si j'aurais trouvé le courage de continuer au lieu de me claquemurer dans cette maison pour de bon. Je leur ai dit que tu avais déjà été déçue par les hommes et le mariage…

— Oh, non…, grognai-je en plongeant mon visage dans mes mains. Et tu leur as dit pourquoi. Nick, j'aurais préféré que tu évites d'en parler…

— C'est comme ça qu'on guérit, Em. C'est important. Pour toi comme pour moi.

Je m'assis sur la première marche de la terrasse et Nick fit de même. Pour changer de sujet, je lui demandai comment s'était déroulée la conversation avec ses parents.

— Vous avez pu discuter de Brad ? De l'accident ?

Il se tendit à cette question et se passa la main sur le visage.

— Oui, pour la première fois depuis l'enterrement. En fait, j'avais presque tout oublié de la cérémonie.

— C'était le choc, la douleur…

— En partie, oui. Mais surtout, j'étais complètement ivre. Je n'aurais pas pu affronter cette journée autrement.

— Oh, Nick.

— Je n'en suis pas fier.

Je posai la main sur son avant-bras – j'avais besoin de le toucher. Je ne pouvais qu'imaginer ce qu'il avait traversé. Il plaça sa main sur la mienne.

— Je ne sais pas si je peux me pardonner pour ce qui est arrivé à Brad. Mais depuis que je t'ai rencontrée, j'ai l'impression de pouvoir aller de l'avant. J'ai moins de crises d'angoisse, je dors de mieux en mieux. J'ai pu parler à mes parents. Il y a seulement trois mois, j'en étais incapable. Ma mère a vraiment trouvé les mots… Elle a dit que Brad aurait été le premier à souhaiter mon bonheur.

Il se tut un instant. Je savais à quel point il lui était difficile de me raconter tout cela.

— J'aurais aimé que tu le rencontres, Em. C'était le meilleur des frères. Il était si gentil. Il adorait les enfants et ils le sentaient, ils le lui rendaient bien.

Je laissai aller ma tête sur son épaule.

— Il était tellement intelligent. Toujours premier de la classe. Et puis, il avait du charisme. On l'avait élu président des élèves au lycée et à l'université. Il aurait pu se lancer dans la politique s'il l'avait voulu. Dans n'importe quelle carrière avec un bien meilleur salaire, mais il a choisi d'être travailleur social. Tout ce qu'il voulait, c'était aider ces enfants. C'était ce qu'il aimait.

— J'aurais vraiment voulu le connaître.

Il me prit dans ses bras, avec tendresse. Je savais qu'il venait de franchir un obstacle énorme en me parlant de son frère et de l'inconcevable perte que représentait sa mort. Nous restâmes assis en silence pendant quelques moments. Nick fut le premier à reprendre la parole.

— Et toi, tout va bien ?

— Oui, oui.

— Et Jo Marie ?

— Elle va mieux maintenant que Mark est à la villa.

Nous avions eu de longues conversations au sujet de leur relation compliquée.

— Est-ce que Mark a rencontré Greg ?

— Non, mais je sens que ça ne va pas tarder.

— Ah oui ?

— Greg a appelé Jo Marie peu après le retour de Mark.

Leur conversation était restée brève. J'avais entendu Jo Marie lui dire qu'il ferait mieux de ne pas passer lundi, et elle avait paru contrariée qu'il insiste. Elle avait dû en parler avec Mark, car lui aussi insistait pour que Greg vienne les voir. Il avait fini, semblait-il, par la convaincre.

— Alors Mark va rencontrer son rival, dit Nick, pensif. Je ne sais pas ce que je ressentirais s'il y avait un autre homme dans ta vie.

Il me releva le menton d'un doigt pour que je croise son regard.

— J'ai vraiment très envie de t'embrasser. Ça te dirait, Em ?

Je hochai la tête avec un sourire. Sa bouche vint trouver la mienne. Cela faisait des semaines que nous ne nous étions plus embrassés, et l'attente en valait la peine.

# 32

## Mark

— TU ES BIEN, COMME ÇA ? demanda Jo Marie en m'apportant une tasse de thé.

J'avais tant rêvé de ce moment, m'asseoir avec elle sur la terrasse, face à la baie, comme nous l'avions fait si souvent autrefois. Ce que cela m'avait manqué ! C'était là, avec Jo Marie à mes côtés, que j'avais trouvé le courage d'affronter mon passé. C'était là que j'avais pris la décision de retrouver Ibrahim et de réparer la faute que nous avions commise envers lui et sa famille.

— Mark ? dit-elle en me ramenant à la réalité. Il te fallait autre chose ?

— Tout est parfait, merci. Assieds-toi avec moi un instant.

— Je ne peux pas, j'ai tant de choses à faire…

— Juste une minute ou deux. Je me sens plus fort quand tu es là.

Cette faiblesse m'irritait constamment. Je ne pouvais pas marcher plus de quelques dizaines de mètres sans fatiguer. Certes, j'étais en convalescence, mais j'aurais voulu que les choses s'accélèrent. Les docteurs m'avaient répété que je revenais de loin, que la guérison prendrait du temps et que mon corps ne se laisserait pas brusquer par mon esprit. Mais le temps était justement ce qui me manquait.

— D'accord, concéda Jo Marie en s'asseyant près de moi.

Je ne lui avais pas menti. Elle me donnait bel et bien de la force. À croire que mon corps absorbait son énergie, son amour, pour se remettre.

Elle n'avait pas cessé de s'occuper de moi depuis mon arrivée à la villa, en m'apportant à boire et à manger, en vérifiant toutes les cinq minutes que je n'avais besoin de rien, en me faisant prendre mes médicaments. J'appréciais énormément ses attentions, mais je ne voulais pas qu'elle s'épuise.

Je pris sa main en observant le contraste entre ma peau brune et sa pâleur.

— Détends-toi.

— Il faut que je m'occupe de…

— Détends-toi, Jo Marie. Rien n'est plus important que ce moment ensemble.

— Mais…

— Ferme les yeux.

Elle obtempéra à contrecœur.

— Maintenant, relâche ta respiration.

— Pourquoi ?

— C'est une technique de relaxation.

— Je suis déjà relaxée.

C'était faux, mais je n'allais pas en débattre avec elle.

— Tu sens le soleil ?

— Oui, fit-elle en levant le visage vers la lumière.

— La journée va être magnifique.

— Je pense aussi, dit-elle plus bas.

La météo annonçait vingt-neuf degrés et du soleil toute la journée, un temps idéal pour le Nord-Ouest Pacifique.

Quelques minutes plus tard, les épaules de Jo Marie s'affaissèrent comme si elle s'était assoupie. *Tant mieux.* Une petite sieste lui ferait du bien. Je n'aimais pas l'idée d'être un fardeau pour elle. Oui, j'avais besoin de son aide pour le moment, mais j'espérais pouvoir bientôt m'en passer.

Pendant qu'elle se reposait, je songeai au futur. J'avais eu des nouvelles de Milford juste avant de quitter l'hôpital. Le Pentagone me proposait un travail idéalement situé, à Bremerton, juste de l'autre côté de la baie. Malheureusement, l'offre stipulait qu'il me faudrait repartir en Irak. Le contraire aurait été trop simple. Je savais à quel point Jo Marie redoutait mon départ et je n'étais pas sûr de pouvoir lui infliger une telle chose. Pourquoi fallait-il que tout soit si compliqué ? Les différentes branches du gouvernement communiquaient donc entre elles ? Jusqu'à présent, j'en avais toujours douté.

Si j'acceptais l'offre, je pourrais faire ce pour quoi j'avais été formé, ce que j'aimais faire, sans quitter Jo Marie. Mais si je repartais là-bas, je courais le risque de la perdre. J'étais écartelé entre mon devoir et mon amour, complètement indécis.

Je m'interrogeais encore lorsque Jo Marie se redressa d'un coup.

— Tu m'as laissée dormir !

— Tu en avais besoin.

— Mark !

Je l'interrompis en lui prenant la main pour l'embrasser.

— D'accord, d'accord, vas-y. Tu me fais des cookies, c'est ça ?

Elle rit, et j'insistai :

— Tu as promis de m'engraisser, rappelle-toi !

— C'est vrai.

Avant de repartir dans la maison, elle se pencha pour m'embrasser la joue.

Je restai là, dans la paix du petit matin, à remplir mes poumons d'air frais. Une abeille butinait les géraniums rouges que Jo Marie avait placés le long de la terrasse. C'était moi qui avais construit ces cache-pots en bois.

Mon regard se porta de lui-même vers le kiosque, que j'avais également construit d'après une photographie de Jo Marie. J'avais laissé mes traces partout dans cette villa. Je me revoyais esquisser une première ébauche d'après le modèle qu'elle m'avait fourni. À l'époque, j'étais déjà fou amoureux d'elle, mais je gardais tous ces sentiments en moi.

Je m'étais vu échanger des vœux avec elle devant un homme de Dieu. Je savais déjà que je la voulais pour femme. Je fis le vœu de ne pas la perdre, quoi qu'il en coûte. Je refusais de vivre sans elle. Si elle croyait que j'allais laisser ma place à un autre, elle ne me connaissait pas.

Me sachant à la villa, Greg avait attendu le départ de Jo Marie pour téléphoner. C'était Emily qui avait décroché et je l'avais entendue expliquer que Jo Marie serait absente jusqu'au soir. Puis elle était venue me demander si j'avais une minute pour lui parler. Après une courte discussion, Greg et moi avions décidé de nous rencontrer le lendemain après-midi.

Malgré mes inquiétudes, je parvins à dormir quelques heures avant son arrivée. Emily devait en avoir touché un mot à Jo Marie, qui était très nerveuse, passant de chambre en chambre comme un papillon inspecte les fleurs du jardin. Je ne savais pas ce qu'elle redoutait. Greg n'allait pas me plaquer au sol, et nous n'avions pas rendez-vous pour un duel à mort. J'avais hâte de le rencontrer pour éclaircir les choses, et j'étais bien déterminé à ce qu'il comprenne clairement que Jo Marie et moi étions faits pour être ensemble.

Greg arriva vers seize heures. Je ne pus entendre ce que lui dit Jo Marie, mais je l'entendis répondre : « Je vais aller me présenter. » Nous étions tombés d'accord sur le fait que cette conversation ne regardait que nous. Ni lui ni moi ne voulions impliquer Jo Marie.

Il vint me trouver sur la véranda.

— Greg, se présenta-t-il. Greg Endsley.

C'était un gaillard solide : il faisait la même taille que moi, mais devait bien faire vingt kilos de plus. Je l'estimais aussi plus beau que moi, avec un visage généreux. Sérieuse compétition.

Me lever demandait un effort. Greg me fit immédiatement signe de rester assis, ce que j'ignorai. Oui, j'étais affaibli, mais je n'allais pas lui laisser l'avantage.

— Vous voulez quelque chose à boire ? proposai-je. Jo Marie nous a fait du thé glacé.

Elle avait également préparé une assiette de cookies. Greg s'assit près de moi et nous échangeâmes des mondanités pendant quelques minutes : la météo, le paysage, son travail, le foot.

Greg fut le premier à prendre un cookie.

— Je n'en ai jamais mangé de meilleurs que ceux de Jo Marie, dit-il d'un ton cordial.

Ma colère me prit par surprise, comme un coup à la mâchoire, et je serrai les poings à l'idée de Jo Marie cuisinant pour lui. Il me fallut quelques secondes pour maîtriser mon énervement et résister à l'envie de lui expliquer qu'il n'aurait plus jamais l'occasion d'y goûter. Entamer cette discussion sur un ton agressif ne nous profiterait ni à lui ni à moi. Je me retins avec effort et bus une gorgée de thé en espérant que sa fraîcheur calmerait mon irritation.

— Donc, dis-je. Si j'ai bien compris, vous fréquentez Jo Marie depuis plusieurs semaines…

— Oui, nous sommes ensemble depuis le 4 juillet.

— Ensemble ? Rappelez-vous qu'elle a passé quasiment toutes ses journées avec moi depuis mon retour.

— Je sais, reconnut-il à contrecœur. À part vous, je voulais dire.

— Je ne compte plus les heures qu'elle a passées à mon chevet, insistai-je.

Je voulais lui rappeler que me voir avait été sa priorité.

— C'est vrai, admit-il. Mais vous étiez mourant. Si nos situations avaient été inversées, c'est sans doute auprès de moi qu'elle serait restée.

*Ça m'étonnerait !* Je me forçai à ne pas le dire et marquai un temps pour me calmer.

— Cela fait trois ans que j'aime Jo Marie. Vous la connaissez depuis combien de temps ? Trois semaines ?

Sa main se resserra sur son verre.

— Un peu plus longtemps, à vrai dire. Mais ce n'est pas une question de durée.

— Je suis d'accord.

Il était temps d'aborder les choses de façon plus directe.

— Vous l'aimez ?

— Oui, répondit-il sans hésitation.

J'aurais voulu lui crier qu'il ne pouvait pas ressentir quelque chose d'aussi fort si vite, mais j'étais moi-même tombé amoureux d'elle presque au premier regard.

— Vous êtes parti, me rappela Greg.

— Oui, et je suis revenu.

— Vous lui avez dit de continuer à vivre, et c'est ce qu'elle a fait.

— Elle n'a pas arrêté de m'aimer.

Greg m'ignora.

— Ce n'est plus la même femme que celle que vous avez quittée. Elle a changé.

— Et qu'est-ce qui vous permet de l'affirmer ?

— Elle me l'a dit elle-même.

— Ça ne change rien au fait que je l'aime. Moi aussi, j'ai changé. C'est ce que font les gens : ils changent, ils évoluent...

— ... ils rencontrent quelqu'un d'autre. Elle m'a rencontré et maintenant, j'ai moi aussi des sentiments pour elle. Vous êtes parti faire je ne sais quoi en la laissant seule, stressée et angoissée. Puis je suis entré dans sa vie et tout s'est amélioré.

— Je ne renoncerai pas à elle.

— Dans ce cas, nous sommes dans une impasse, car moi non plus, dit-il en haussant le ton.

Le soleil disparut derrière un nuage, et l'ombre s'étendit sur le jardin, illustrant parfaitement le tour pris par notre conversation. Ni lui ni moi n'étions prêts à céder. Il était temps de régler la question une bonne fois pour toutes. J'admirais sa détermination, même si elle ne lui servirait à rien.

— Si vous la forcez à choisir entre nous, vous perdrez.

— J'espérais ne pas la mettre dans cette position, soupira Greg.

Bien sûr qu'il l'espérait, car il savait que je remporterais la victoire.

— Ne croyez pas que je vais vous laisser me voler la femme que j'aime.

— Ce n'est pas pour ça que je me suis dit que nous devions discuter, sourit-il.

J'avais envie de lui envoyer un coup à l'estomac, mais je ne pouvais m'empêcher d'admirer sa franchise. Proposer cette rencontre n'avait rien d'évident, pour lui comme pour moi.

— Dans ce cas, pourquoi ?

— Je suis là pour régler cette affaire d'homme à homme, dit-il avec un regard résolu.

— Quelle affaire ?

— Vous devez savoir que je l'aime aussi. Que je tiens aussi à elle. Elle m'a dit que vous songiez à repartir en Irak. Je sais que ce n'est pas une décision facile, et que vous devez être partagé entre ce que souhaite Jo Marie et ce qu'on vous demande de faire.

C'était bien cela.

— Il me semblait donc plus juste de vous informer que si vous décidez bel et bien de repartir, je prévois de profiter au maximum de votre absence.

En entendant ces mots, j'eus l'impression que des ronces s'enroulaient autour de ma poitrine en me labourant de leurs épines.

— Et si je ne pars pas ? m'enquis-je sans détourner les yeux.

— J'aimerais vous dire que j'aurai la grâce de vous laisser la place… mais ce serait mentir.

— Et que comptez-vous faire, exactement ?

Je ne m'attendais pas vraiment à ce qu'il révèle sa stratégie à son ennemi dans cette bataille pour la conquête de Jo Marie. Et en effet, il me répondit par une autre question :

— Avez-vous déjà été marié ?

— Non.

— Je m'en doutais. Moi, oui. Julie est morte la même année que Paul.

Greg et Jo Marie étaient donc liés par cette expérience commune. Et alors ?

— Nous savons tous les deux ce que signifie aimer quelqu'un de toute son âme. Nous avons tous les deux traversé un deuil qui nous a marqués à jamais. Vous aimez Jo Marie, et je le comprends plus que vous ne le pensez. Je l'aime aussi, et comme je vous l'ai dit plus tôt, l'obliger à choisir ne profiterait à personne.

— Vous ne voulez pas la forcer à choisir parce que vous savez qu'elle me choisirait moi, assénai-je.

Je ne voulais pas paraître arrogant, mais ce n'était que la vérité.

— Vous pensez vraiment, Mark ? Vous avez admis que vous n'étiez plus le même, mais elle non plus. Lorsque vous l'avez quittée sans même lui dire pourquoi, en la laissant seule et perdue, vous avez failli la détruire. Vous l'avez trahie.

— Elle sait pourquoi.

— Maintenant, oui, mais à l'époque, elle n'en savait rien. Votre départ l'a marquée. Vous lui avez clairement dit que vous aviez peu de chances de revenir. Vous l'avez volontairement abandonnée, ce qui l'a dévastée.

Je croisai les bras, sur la défensive. Greg insista :

— Vous n'avez pas l'air de comprendre à quel point vous avez blessé la femme qui vous aimait.

— Parce que vous êtes certain de ne jamais la blesser ?

— Pas de cette façon, répondit-il aussitôt. Car je sais combien elle a souffert de votre départ. Elle vous avait donné son cœur, elle vous faisait confiance, elle tenait à vous, et vous avez disparu quasiment du jour au lendemain.

— C'est vrai, mais j'ai demandé à un ami de tout lui expliquer ensuite.

— Bob, oui, je l'ai rencontré.

— Vous connaissez Bob ?

Ainsi, Jo Marie les avait présentés, ce qui me fit l'effet d'une trahison.

— Et Peggy. Ce sont de bons amis de Jo Marie, et ils l'ont soutenue, réconfortée, encouragée pendant votre absence. Vous n'avez pas idée de ce qu'elle a traversé. Une année entière à se demander si vous étiez mort, à espérer de vos nouvelles. Et voilà que vous lui demandez de recommencer !

Je n'avais rien à répondre à ça.

— Vous prétendez l'aimer…

— Je l'aime, interrompis-je.

Je ne voulais pas qu'il se permette d'en douter ne serait-ce qu'une seconde, et je fus surpris de le voir hocher la tête. Il se leva, mit les mains dans ses poches et marcha jusqu'au bout de la terrasse. Puis il revint et s'arrêta devant moi, le regard intense.

— Mais, voyez-vous, je ne lui ferais jamais une chose pareille. Je ne l'obligerais jamais à vivre tant de stress et d'incertitude, car je sais pertinemment ce que cela fait. Donc, en réponse à vos questions, si vous décidez de terminer je ne sais quelle mission – et même si vous restez –, je suis convaincu d'être la meilleure des options pour elle. Je mérite Jo Marie, et elle me mérite, moi. Je pense que vous ne pouvez qu'être d'accord avec ça.

Les ronces qui m'entouraient la poitrine se resserrèrent au point de me couper le souffle.

— Il me semblait plus juste de vous tenir au courant, répéta Greg sans détourner les yeux.

Peut-être avait-il raison. Peut-être valait-il mieux que moi. Je ne voyais qu'une façon de répondre à un tel argument : me montrer plus digne d'elle encore.

# 33

## Emily

Je ne pouvais qu'admirer Nick pour sa persévérance dans sa thérapie. Il me semblait déjà déceler une différence chez lui. Son psychologue l'aidait sans aucun doute à gérer une multitude d'émotions, mais j'étais convaincue que les retrouvailles avec ses parents avaient largement contribué à ses progrès.

Avec le temps, Nick cesserait de se reposer sur moi. C'était tout naturel, et je lui en avais déjà parlé à plusieurs reprises, en lui assurant que cela ne me posait aucun problème. Chaque fois, il avait répondu que je me trompais et qu'il était tout simplement amoureux de moi. J'avais tenté d'en rire, mais il s'en était irrité, et je m'étais donc rabattue sur une autre option : passer de moins en moins de temps avec lui. Par chance, j'avais une très bonne excuse. Septembre s'annonçait et j'étais très occupée avec les réunions de prérentrée et la préparation des cours.

Par ailleurs, le moment était venu pour moi de quitter la maison d'hôtes. J'avais prévu d'en parler à Jo Marie cette semaine, après ma journée à l'école. J'avais abandonné l'appartement dans lequel j'étais prête à emménager quelques semaines plus tôt, car Jo Marie avait besoin de mon aide. Mais maintenant que Mark avait quitté l'hôpital et qu'il était en voie de guérison, Jo Marie n'avait plus besoin de moi et il était grand temps que je sorte mes meubles de leur entrepôt. Tous deux avaient besoin d'être seuls. Bien souvent, j'interrompais leurs conversations en entrant dans une pièce.

La banlieue était en pleine expansion et le bâtiment où j'enseignerais bientôt était récent. Je tirais fierté de la décoration de ma classe en essayant de la rendre aussi joyeuse et colorée que possible. Pour la plupart de mes élèves, passer autant de temps à l'école serait une grande première. J'avais imprimé chacun de leurs noms sur des cartons, que je m'employais à décorer lorsque je sentis une présence à la porte.

Pensant qu'il s'agissait d'une autre institutrice, je souris, prête à me présenter. Mais quand je levai les yeux, je découvris Nick.

Je n'aurais pas dû être aussi heureuse de le voir, et pourtant… Cela faisait une semaine que nous ne nous étions pas croisés. Il avait accepté mes excuses sans broncher. Une part de moi aurait préféré qu'il ne s'y résolve pas si facilement et qu'il insiste pour que nous passions du temps ensemble. Cette attitude détachée me confortait dans l'idée qu'il était prêt à passer à autre chose. C'était bien naturel, et je ne lui en voulais pas. Bien sûr, j'en souffrais, mais pas autant que si nous avions entamé une relation.

— Bonjour ! dis-je en écartant les bras. Bienvenue en maternelle !

— Je vois que tu as été bien occupée, dit-il en promenant un regard amusé sur la pièce.

Les mains dans les poches arrière de son jean, il partit vers le fond de la classe, dans le coin des histoires. J'y avais placé un grand tapis rond aux motifs géométriques colorés, pour que les enfants s'y asseyent. Des albums pour enfants étaient alignés sur les étagères blanches. Je me levai tout en restant derrière mon bureau.

— Tu es allée chez le psy aujourd'hui ?

Il hocha la tête.

— C'était comment ?

Un autre mouvement de tête pour toute réponse. Puis :

— Je suis venu t'inviter à dîner.

— À dîner ? Dans un restaurant ?

Je n'avais pas oublié la façon dont s'était conclue notre dernière sortie. Il n'était alors certainement pas en mesure de manger dans un restaurant bondé. Son invitation me ravissait, mais était-ce une bonne idée ?

— Rien ne me ferait plus plaisir que d'emmener ma chérie quelque part.

*Ma chérie.* Je me figeai, puis je regardai ma montre en cherchant une excuse.

— Il est encore un peu tôt…

— Je peux attendre, dit-il en s'asseyant sur un des bureaux d'écolier, qui semblait minuscule comparé à lui.

Toujours hésitante, j'essayai de trouver une raison de m'épargner un tête-à-tête romantique avec lui. Nick était encore fragile, et je ne voulais pas le blesser, mais je devais aussi me protéger.

— C'est quand, la rentrée ? demanda-t-il.

— Le premier mardi de septembre.

Il croisa les bras et me regarda m'activer dans la pièce.

— Tu m'évites, Em, et je sais pourquoi, mais ce n'est pas la peine.

— Ah oui ?

— Je ne vais pas te faire une scène. Je voulais juste que tu saches que j'ai bien compris ce que tu faisais, et ça ne marchera pas.

— Nick…

— Tu peux dire ce que tu veux, on fait des étincelles ensemble ! Toi aussi, tu le ressens, ça se voit.

Il avait raison, aussi je ne répondis rien.

— Peut-être que tu n'as pas envie de commencer quelque chose avec quelqu'un qui a des problèmes mentaux…

— Tu sais parfaitement que ce n'est pas ça, fis-je en levant les yeux au ciel.

— Je m'en doutais. Tant mieux, parce que ce n'est pas vraiment un argument.

Je souris malgré moi, une fois de plus.

— Nous avons tous des problèmes, Nick. Certains plus que d'autres…

— En parlant de ça, dit-il en se levant pour s'approcher de moi. C'est quand, ce mariage ?

James et Katie. J'avais complètement oublié. C'était ce week-end. J'avais déjà décidé de ne pas m'y rendre et avais jeté l'invitation.

— Vu ton regard innocent, on dirait que tu ne comptes pas y aller.

— Oui, je te l'ai déjà dit.

— Je pourrais te décrire de bien des façons après tous ces mois ensemble, mais je n'aurais jamais pensé te traiter de lâche…

— Tu peux me traiter de ce que tu veux, je n'irai pas. C'est hors de question.

Je voyais déjà les regards de pitié de nos amis. Si j'étais assez folle pour y aller, il me faudrait faire bonne figure en souriant à tout le monde. Personne ne s'y laisserait prendre. Je finirais sans doute par éclater en sanglots. Non merci.

Je le contournai et tentai de changer de sujet.

— Tu savais que c'était moi qui t'avais envoyé cet agent immobilier pour voir si tu voulais vendre ?

— J'avais deviné.

— J'adore cette maison, dis-je. Je l'ai aimée dès le premier jour.

Il me fit un sourire d'approbation. Lui aussi l'aimait, et l'effort qu'il avait fourni pour la moderniser en était la preuve.

— Qu'est-ce que tu pourrais bien faire d'une maison avec cinq chambres ? me demanda-t-il.

— Adopter des enfants.

Lui dire que je ne comptais jamais me marier aurait été trop théâtral. C'était pourtant mon intention. Il hocha la tête.

— Bonne idée. C'était ce que Brad voulait faire.

— J'ai toujours envie d'acheter la maison.

— Elle n'est pas à vendre. Mais tu peux y vivre, si tu veux. Avec moi.

— Nick...

— Tu crois que je ne suis pas sérieux ?

À l'évidence, éviter Nick ne suffisait pas à faire passer le message. Je devais quitter graduellement sa vie et le laisser retrouver la sienne. Cela fait, j'étais convaincue que ce qu'il ressentait pour moi s'effacerait comme le soleil au crépuscule.

— J'aimerais faire une pause, dis-je d'un ton décidé.

— Tu as raison, tu travailles trop.

— Non, Nick, une pause pour nous deux.

Il écarquilla les yeux, comme s'il n'était pas sûr d'avoir bien entendu.

— Tu plaisantes ?

Je me frottai les mains, puis interrompis mon geste, au cas où il l'aurait également repéré comme un de mes tics.

— Tu vas de mieux en mieux, Nick. Et c'est formidable. À quand remonte ta dernière crise d'angoisse ?

— Je suis sur le point d'en faire une, là.

Je savais qu'il disait ça uniquement pour me faire réagir.

— Sérieusement, ça fait combien de temps ?

— C'est mon record depuis la mort de Brad.

— Tu vois ! dis-je, heureuse de cette confirmation. Tu n'as plus besoin de moi !

— C'est vrai, pas de cette façon. Mais j'aimerais que tu fasses partie de ma vie, Em. Avant l'accident, je ne vivais que pour moi-même. Je ne veux plus de ça. Grâce à toi, j'ai un but, et je ne veux pas revenir en arrière.

— Si c'est ce que tu ressens encore dans six mois, on en reparlera.

— Six mois ? Tu n'es pas sérieuse…

— Six mois.

— Pas d'accord, Em. Je ne veux pas vivre sans toi aussi longtemps.

— Alors, quatre. Il faut que tu vives ta vie de ton côté.

— Quatre mois sans aucun contact avec toi ?

— Absolument aucun.

Il semblait penser que ce serait facile pour moi. Je vis le doute dans son regard lorsqu'il fronça les sourcils.

— Pourquoi ?

— J'ai besoin d'être sûre que ce que nous ressentons n'est pas un mirage.

— Il n'y a rien de plus réel, dit-il, les yeux brillants.

— Prouve-le-moi.

Nick marcha jusqu'à l'autre bout de la classe, puis revint.

— Je n'en ai vraiment pas envie. Je trouve ça idiot. Mais je le ferai, à une condition…

— Tu n'essaieras pas de me contacter ?

— Si c'est ce que tu veux.

C'était en même temps ce que je voulais et ce que je ne voulais pas.

— C'est bien ce que je veux.

— D'accord.

— Et il faut que tu rencontres d'autres femmes.

Il hésita et enleva sa casquette pour se gratter la tête.

— C'est bien la première fois qu'on exige ça de moi. Tu es vraiment unique en ton genre, Em.

— Tu es d'accord ou non ? demandai-je en essayant d'en sourire.

— D'accord, si c'est ce qu'il te faut pour croire à mes sentiments. C'est ridicule, mais pour toi, je le ferai. Par contre, je voudrais que tu fasses quelque chose pour moi en retour.

Je hochai la tête. Ce n'était que justice.

— Quoi donc ?

— Va au mariage.

Mes épaules s'affaissèrent.

— C'est à prendre ou à laisser, Emily. Tu dois y aller.

— D'accord, mais je n'aime pas ça, dis-je lentement.

— Et maintenant, embrasse-moi. J'en aurai bien besoin pour traverser ces quatre mois sans toi.

Il me prit dans ses bras, mais je plaçai mes mains sur son torse solide pour l'arrêter.

— Souviens-toi juste d'une chose, Nick. Je serai toujours stérile dans quatre mois.

— Je sais ça, mon amour. Je l'accepte. Je m'en fiche complètement. C'est toi qui comptes.

Puis il m'embrassa et j'en eus le tournis. J'aurais pu littéralement fondre dans ses bras. Lorsqu'il recula, je crus que j'allais m'évanouir. Je m'appuyai contre sa poitrine et pris de grandes inspirations le temps de retrouver mon équilibre.

— Ça suffira ? demandai-je après avoir retrouvé l'usage de la parole.

— Certainement pas. Mais je m'en accommoderai.

Je traversai le reste de la journée en somnambule. Après avoir fini de préparer la classe, je rentrai à la maison d'hôtes le cœur lourd. J'avais beau avoir exigé cette séparation, je la redoutais. Nick faisait partie de ma vie. En dehors de Jo Marie et Dana, je n'avais que lui. En quelques mois à peine, j'avais partagé plus de choses avec lui qu'avec n'importe qui d'autre, même James. Nick connaissait tous mes secrets, comme Jayson autrefois. J'aurais pu follement l'aimer si j'avais bien voulu prendre ce risque – mais je n'y étais pas encore prête.

Rover m'accueillit en remuant la queue. Je lui donnai une caresse machinale en montant les marches de la terrasse. Jo Marie apparut à l'angle de la maison, un panier de linge sur la hanche, et s'arrêta en me voyant.

— Tu rentres bien tôt... Ça va ?

— Oui, oui, fis-je en haussant les épaules.

— Tu as fini de préparer ta classe ?

— Quasiment.

Je savais qu'elle me faisait la conversation dans l'espoir que je lui dise ce qui n'allait pas.

— Nick est passé plus tôt dans l'après-midi. Il te cherchait.

— Il m'a trouvée.

— Je lui ai dit où tu travaillais. Ça ne te dérange pas, si ?

J'avais la main sur la rampe de l'escalier et j'avais hâte de monter dans ma chambre, même si je ne savais pas ce que j'y ferais. J'étais tentée de me jeter sur mon lit et de me cacher sous l'oreiller.

— Emily, est-ce que j'aurais mieux fait de ne pas lui dire que tu étais à l'école ? insista Jo Marie.

— Non… Ce n'est pas grave.

— Je ne t'ai jamais vue aussi déprimée. Tu es sûre que tout va bien avec Nick ?

— Très bien.

À l'évidence, elle ne me croyait pas. Je m'attendais à ce qu'elle change de sujet, mais elle n'en fit rien.

— Il m'a dit qu'il voulait t'inviter à dîner. Il avait l'air tout joyeux à cette idée. Tu as refusé ?

— En quelque sorte.

— Vous sortirez plus tard ?

— Non.

Elle soupira.

— Très bien, je m'excuse si je me suis mêlée de ce qui ne me regardait pas…

— Ce n'est pas ça. Nick et moi avons décidé de ne pas nous voir pendant quatre mois.

— C'est ce que tu veux ? s'exclama-t-elle avec surprise.

Elle et moi avions beaucoup parlé de Nick pendant l'été. En me voyant me renseigner sur le stress post-traumatique en ligne, elle avait trouvé des articles sur le sujet écrits et diffusés par des épouses de militaires.

— Oui, c'était mon idée.

— Emily, je pense que je sais pourquoi tu as fait ça. Mais je ne suis pas sûre que ce soit nécessaire. Tu l'aimes beaucoup, et il est clairement fou de toi.

— Nous verrons bien.

— Tu vas être si malheureuse pendant ces quatre mois !

Elle avait raison. Je me souvins que je ne lui avais pas encore parlé de mon déménagement.

— Au fait, je vais bientôt partir.

Je n'avais pas eu l'intention de le lui annoncer de façon aussi abrupte, mais la date limite de mon séjour était dépassée depuis bien longtemps, nous en avions toutes les deux conscience. Elle accepta la nouvelle sans discuter, ce qui ne m'étonna pas.

— Tu as trouvé un appartement ?

— Non… Je comptais chercher demain.

J'avais déjà pris un rendez-vous. Il fallait absolument que je quitte la maison d'hôtes, pour une raison évidente : si Nick revenait s'y promener la nuit, je n'étais pas certaine de pouvoir m'empêcher d'aller le voir.

Je songeai à ce que prétendait Jo Marie. La Villa Rose, un lieu de guérison ? Pour d'autres, peut-être, et tant mieux pour eux. Mais pas pour moi.

Je recommençai à gravir les marches, impatiente d'échapper à ses questions.

— Emily ?

Je m'arrêtai pour regarder en arrière.

— Si tu veux vraiment trouver un appartement…

— Le plus tôt sera le mieux, oui.

Je n'avais pas voulu sembler si malpolie.

— Pardon, ce n'est pas ce que je voulais dire…

— Ce n'est pas grave. Je pourrais passer quelques appels en ton nom. Tu pourrais peut-être dénicher un appartement dans le même complexe que celui où tu avais trouvé un bail.

— J'aimerais beaucoup, merci.

Lorsque j'avais signé le bail, quelques semaines plus tôt, l'agent m'avait dit que j'avais eu de la chance d'avoir une place dans l'immeuble, qui était très prisé. C'était l'une des raisons pour lesquelles il avait accepté de rompre mon contrat : j'avais de la concurrence.

Une fois dans ma chambre, je me laissai tomber sur mon lit, déprimée à l'idée de ne plus jamais revoir Nick – ou de ne le revoir que pour des adieux gênants. Je fus surprise d'entendre Rover gémir de l'autre côté de la porte et me redressai pour aller ouvrir.

— Rover ? Qu'est-ce que tu veux, mon chien ?

Il aboya en réponse et entra dans la pièce, en se retournant comme pour m'inviter à le rejoindre. Lorsque je m'assis sur le bord du lit, il se dressa sur ses pattes arrière pour s'appuyer sur mes genoux. Jamais je n'avais vu un air si triste dans les grands yeux marron d'un chien. Puis il posa la tête sur mes jambes et gémit à nouveau, très bas.

Oui, c'était exactement ce que je ressentais, moi aussi. Comme si mon seul ami au monde m'avait abandonnée.

# 34

## Jo Marie

Mark faisait des progrès et retrouvait chaque jour un peu plus de forces. Il pouvait maintenant se promener le long d'un pâté de maisons, et s'obligeait à aller toujours un peu plus loin. Rover et moi l'accompagnions, à son rythme. Il tenait à faire ces sorties avec moi, et j'avais peur qu'il ne s'épuise au point de ne plus pouvoir regagner la maison d'hôtes seul.

Ces balades matinales me plaisaient beaucoup. Je lui prenais le bras et, souvent, nous nous tenions la main. Lorsque Mark se remit à me taquiner, je sus qu'il était vraiment en voie de guérison.

— Je vois que tu gâtes toujours Rover…

— Je ne le gâte pas !

— Si, tu le gâtes. Il n'a qu'à te regarder et tu lui donnes tout ce qu'il veut.

— Ce n'est pas vrai…

— Franchement, Jo Marie, tu crois que je ne t'ai pas vue le nourrir sous la table l'autre soir ?

— Ce n'était que pour cette fois ! Il adore les carottes cuites.

Il haussa les sourcils, incrédule :

— Tu aurais pu les mettre dans son bol.

— Oui, mais... il préfère quand elles sont tièdes.

Il éclata de rire.

— Tu prétends ne pas gâter ton chien et pourtant tu lui donnes des carottes sous la table parce qu'il les préfère tièdes ? J'ai vraiment besoin d'en dire plus ?

— D'accord, peut-être que je le gâte un peu.

— Beaucoup !

— Je ne crois pas qu'on tombera d'accord.

Il me pressa la main et m'attira plus près.

— Tu es plus têtue que jamais.

— C'est toi qui me dis ça ?

Personne ne savait m'irriter comme Mark. Mais personne ne me faisait rire davantage que lui.

L'aimer n'était pas facile. Si notre futur s'arrangeait selon mes désirs, nous vivrions une passion pleine de rebondissements. Cela ne me faisait pas peur. Ce qui me terrifiait, c'était l'idée de vivre sans lui. On aurait pu penser que je m'étais habituée au deuil. Lorsque Paul était décédé, j'avais eu l'impression de devoir chaque jour contourner un gouffre. L'année d'absence de Mark m'avait fait ressentir la même chose, mais le gouffre m'avait paru encore plus large, encore plus profond.

J'avais dit à Greg que j'aimais Mark et qu'il serait injuste de continuer à le voir. Quelle que soit la décision de Mark, j'attendrais. Je détestais y penser et m'efforçais d'oublier l'Irak. Nous évitions le sujet. Il ne me semblait pas correct de le menacer ou de lui refuser mon amour pour influencer sa décision, même si j'avais du mal à me retenir. Il connaissait déjà mon opinion là-dessus.

Pendant sa convalescence à la maison d'hôtes, nos journées s'étaient muées en une confortable routine. Nous passions beaucoup de temps en tête à tête, ce qui m'aidait à panser les plaies et la douleur de l'année écoulée. Je lui faisais des cookies et je m'asseyais à côté de lui l'après-midi pendant qu'il faisait la sieste. Je n'étais pas allée à mon cours de spinning depuis des lustres – j'avais peur que Dana ait gagné Paris en mon absence et soit maintenant sur le chemin du retour, pendant que je stagnais quelque part dans le Dakota du Nord.

Ma relation avec Mark s'était transformée après sa rencontre avec Greg. Je ne savais pas ce qu'ils s'étaient dit. Ni l'un ni l'autre ne m'avaient donné de détails sur leur longue conversation, et maintenant que je ne parlais plus à Greg, Mark était ma seule source d'information. J'avais essayé de le convaincre de me résumer leur discussion, mais il s'était contenté de rire et n'avait rien dit, même lorsque j'avais menacé de ne plus jamais lui faire de cookies.

Greg avait eu du mal à accepter ma décision, mais il avait accepté mon choix. Je ne voulais pas lui faire perdre son temps. Cela ne l'empêchait pas de m'appeler, quasiment tous les deux jours. J'avais l'impression qu'il avait un plan bien à lui. Il ne me proposait pas de sortir car il savait que je refuserais. J'écourtais nos conversations et je lui rappelais sans cesse qu'il ferait mieux de trouver quelqu'un d'autre.

Il m'avait dit qu'il s'y efforcerait et avait vu quelques femmes. Mais il m'appelait toujours. J'imagine qu'il voulait m'assurer de son intérêt et de son affection. Lorsque j'avais épousé Paul, j'étais heureuse d'avoir trouvé un homme bien. Voilà maintenant que deux hommes me courtisaient ! Toute cette attention me montait à la tête. Même si je n'avais aucune envie d'être écartelée entre eux deux, cette situation me stupéfiait.

Un mercredi après-midi, Bob et Peggy Beldon passèrent à l'improviste pour voir Mark. Peggy avait apporté ses célèbres muffins aux myrtilles, sur lesquels Mark se jeta comme s'il mourait de faim. Je le trouvais toujours bien trop maigre et j'avais hâte qu'il reprenne un peu de poids.

— Heureux de te revoir debout, Mark, dit Bob en s'asseyant en face de lui.

— Bien heureux de l'être !

Ils se mirent à parler de travail du bois et je partis avec Peggy dans la cuisine. Les deux hommes apprécieraient sans doute quelques minutes seuls, et Peggy avait clairement envie de me dire un mot.

— Mark a très bonne mine.

— Il se remet, Dieu merci.

Et je remerciais bel et bien le Seigneur chaque jour. J'avais failli perdre Mark. Je craignais tant que sa santé ne se dégrade à nouveau.

— Bob me dit que Mark songe à repartir.

Je me pétrifiai.

— Mark lui a parlé de sa décision ? dis-je, soudain prise d'angoisse.

— Pas encore. Tu es inquiète ?

— Oui. Mais j'espère encore...

Peu après le départ des Beldon, Mark fit une courte sieste avant de s'enfermer dans sa chambre. En passant, Rover cogna la porte, qui s'ouvrit. J'entendis Mark au téléphone, en grande conversation, en arabe. Sans doute avec Ibrahim. La discussion semblait houleuse et ils ne cessaient de hausser le ton, comme s'ils se disputaient sur quelque chose.

Je ne voulais pas m'immiscer et attendis que Mark en parle plus tard au dîner. Mais il n'en fit rien. Même si j'avais juré de ne rien dire, la curiosité finit par l'emporter.

— Je t'ai entendu tout à l'heure au téléphone, avec Ibrahim. Enfin, je suppose que c'était Ibrahim.

— Tu m'as entendu ?

Il n'avait donc pas fermé sa porte par hasard.

— Je n'ai pas fait exprès, si c'est ce que tu imagines. Rover essayait de rentrer dans ta chambre et a dû pousser la porte. Je... je passais par là quand j'ai entendu ta voix.

Il ne fit aucun commentaire malgré mon regard entendu. L'estomac noué, je croisai les mains sur mes genoux en essayant de faire le tri dans mes émotions contradictoires. Rien ne l'obligeait à s'expliquer et il n'en avait visiblement pas l'intention. C'était ce qui me blessait. Il me fallut quelques instants avant de décider d'insister.

— Apparemment, vous n'étiez pas d'accord sur quelque chose. Ils vont bien, lui et Shatha ?

— Qui a dit que c'était Ibrahim ?

— C'était lui, non ?

Il hocha la tête sans mentionner la raison de leur dispute – mais je pouvais la deviner.

— Tout va bien pour eux ?

S'habituer à la vie ici ne devait pas être facile.

— Oui, ils vont bien.

— Leurs enfants s'acclimatent ?

— Oui.

Je serrai les dents à m'en faire mal à la mâchoire.

— Tu n'as rien d'autre à me dire ?

— Qu'est-ce que tu veux savoir ?

— Je t'ai posé des questions sur les enfants en pensant que tu pourrais peut-être m'en parler, puisque tu ne veux pas me parler d'Ibrahim et Shatha.

Il prit le temps de se verser un autre verre de lait.

— D'après Ibrahim, Amin et Sasha apprennent très vite l'anglais.

— C'est plus facile pour les enfants, murmurai-je.

Puis je m'arrêtai là en attendant de voir s'il m'en dirait plus. Ce ne fut pas le cas. Je passai plusieurs minutes à pousser ma nourriture dans mon assiette, mais je n'avais plus d'appétit et finis par me lever.

— Si tu me cherches, je serai dans mon bureau.

— D'accord, fit-il, l'air surpris.

Je déposai mon assiette dans l'évier et m'agrippai au rebord, désormais certaine que Mark avait pris sa décision et que c'était celle que je redoutais. Il repartirait en Irak pour une mission aussi dangereuse que désespérée. L'espace d'un instant, je crus que j'allais vomir.

— Où est Emily ? demanda Mark, qui semblait tout d'un coup vouloir me faire la conversation.

— Elle visite des appartements.

Par miracle, je parvins à ne pas laisser la douleur filtrer dans ma voix.

— Elle déménage ?

En pilote automatique, je rinçai mon assiette et la rangeai dans le lave-vaisselle.

— Oui, rappelle-toi, je te l'ai dit ce matin.

— Ah oui. Quand est-ce qu'elle part ?

— Dès qu'elle aura trouvé.

Je ne pouvais pas faire de plus longues phrases. Je n'avais pas la force de parler de tout et de rien avec lui.

Une fois dans mon bureau, je pris soin de fermer la porte. Je voulais boucler mes tâches administratives, sur lesquelles j'avais pris du retard en m'occupant de Mark. Mais il m'apparut vite que je n'arriverais pas à me concentrer. Après quelques minutes à peine, mes épaules s'affaissèrent et je plongeai mon visage dans mes mains, incapable de réfléchir.

Mark n'avait encore rien avoué, mais je le sentais dans tout mon être : il comptait repartir, malgré tout ce que j'avais dit, même si cela signifiait laisser la porte ouverte à Greg.

Je me rendis compte que je tremblais. Je n'avais pas réussi à manger grand-chose, mais la nourriture me remontait dans la gorge. Rover devait percevoir mon angoisse car il vint placer sa tête sur ma cuisse. Je le caressai machinalement en luttant contre ma douleur et ma déception.

Mon téléphone sonna. C'était Greg. Sachant que je n'aurais pas la force de lui parler, je laissai l'appel passer sur la boîte vocale.

Il me fallut plusieurs minutes pour me calmer. J'entendais Mark dans la cuisine : le robinet de l'évier, le grincement de la porte du lave-vaisselle que je devais faire réparer. J'essayai d'ignorer autant que possible sa présence.

J'écrivis à Dana, en lui promettant d'être au cours de spinning du lendemain. Je devais voir des gens, car d'ici quelques jours, peut-être une semaine ou deux, Mark serait parti. Je l'avais gardé trop longtemps au centre de mon monde en délaissant mes loisirs.

J'écoutai alors le message de Greg.

« Bonjour, Jo Marie ! Je voulais juste prendre de tes nouvelles. Je suis en train de sortir du bureau, je rentre chez moi. J'ai un rendez-vous galant avec un plat surgelé et un épisode des *Experts New Orleans.* »

Je souris, puis me retournai. Mark était dans l'encadrement de la porte.

— Je vois qu'il t'appelle toujours.

— Je n'ai pas répondu les dernières fois.

— Tu devrais lui dire d'arrêter.

— C'est vrai, admis-je en haussant les épaules.

Greg était merveilleux, mais ce que je ressentais pour lui n'était qu'une pâle copie de mes sentiments pour Mark. Celui-ci sembla surpris.

— Mark, dis-je comme il se détournait. Je vais reprendre une vie normale. J'ai mon cours de spinning, mon club de lecture, mes déjeuners avec mes amies… J'ai mis tout cela sur pause ces derniers mois, mais tu es pratiquement guéri, maintenant. Tu n'as plus besoin de moi.

— Mais si, j'ai besoin de toi. Plus que jamais.

Il y avait tant d'amour dans ses yeux. Je sentis la douleur m'envahir et je retins un sanglot.

— Non, ce n'est pas vrai.

En me voyant si troublée, il entra dans le bureau pour s'asseoir en face de moi. Son regard était plus intense que jamais. Nous étions si près l'un de l'autre. Il me prit les mains et je le laissai faire.

— Je t'aime, Jo Marie. Je t'aime comme un fou.

— Mais tu vas me quitter à nouveau…

— Bien sûr que non.

— Non ? dis-je, persuadée de l'avoir mal entendu.

— Je t'aime. Je ne peux pas supporter de te voir aussi mal. Je ne peux pas te faire ça. L'armée trouvera quelqu'un d'autre. Quand je l'ai dit à Ibrahim aujourd'hui, il a déclaré qu'il irait à ma place. C'est pour ça que je me disputais avec lui. Je n'ai pas frôlé la mort pour qu'il devienne martyr.

— Tu as choisi de rester ?

— Oui. J'aurais dû te le dire tout de suite. Je voulais d'abord en parler à l'armée, mais je ne peux pas te laisser douter plus longtemps. Je t'aime, et je n'aime que toi. Il n'y a rien d'autre dans ma vie, rien qui puisse se mesurer à ça. J'ai déjà servi mon pays.

Je pris son visage dans mes mains pour lui sourire. Il m'attrapa une main et la porta à ses lèvres.

— Merci… Tu es sûr ?

— J'en suis sûr.

Je voyais pourtant l'hésitation dans ses yeux. Son choix le détruisait de l'intérieur, mais il s'y tiendrait. Parce qu'il m'aimait.

Mark n'ajouta pas grand-chose ensuite, et moi non plus. Lorsque nous partîmes nous coucher, je ne parvins pas à trouver le sommeil, ce qui me surprit. Notre conversation tournait en boucle dans la tête. Cette décision avait dû être si difficile pour lui.

Après une nuit d'insomnie à peser le pour et le contre, je savais que je devais lui parler. Attendre qu'il se réveille fut une torture. Je ne cessais de changer d'avis. Il me trouva dans la cuisine, occupée à faire les cent pas et à me tordre les mains en reniflant.

— Jo Marie ? Qu'est-ce qui ne va pas ?

Je levai les yeux vers lui en tentant de ravaler la boule dans ma gorge. En voyant l'inquiétude et l'amour dans ses yeux, je sus que j'avais pris la bonne décision. Je me redressai, reniflai encore, et le pris dans mes bras en appuyant ma tête contre son torse solide.

— Je n'ai sans doute jamais rien dit d'aussi idiot, mais… je crois que j'ai besoin que tu repartes en Irak.

Il cligna des yeux.

— Quoi ?

— Je veux que tu termines ta mission.

— Tu n'es pas sérieuse…

Je pouvais encore changer d'avis, mais il fallait que je fasse cela pour lui, pour l'homme que j'aimais. L'homme qui m'aimait.

— Si tu ne me reviens pas, je te préviens, je te ramènerai d'entre les morts pour te le faire payer.

— Tu me terrifies, rit-il.

— Tant mieux.

Il me prit les mains et les embrassa.

— Merci, murmura-t-il.

— Tu n'as jamais été du genre à laisser ton travail inachevé. Je ne peux pas te demander ça.

Son soulagement était évident.

— Ce ne sera pas comme l'an dernier, je t'assure.

Je ne savais pas s'il disait la vérité ou s'il ne cherchait qu'à me rassurer. J'avais peur que les choses aient bel et bien changé, mais en pire.

— Tu ne peux pas en être sûr, et ce n'est pas grave, Mark. Je comprends.

— Je ne peux pas tout te dire, mais je peux te promettre que cette fois sera différente, autant que possible. Ça ne durera pas plus de quelques semaines, un mois tout au plus.

— Fais ce que tu as à faire.

— Je ne peux pas te perdre, Jo Marie. Je n'imagine pas vivre sans toi. Je n'ai survécu à cette blessure et à l'infection qu'en m'accrochant à l'idée de t'épouser et de fonder une famille avec toi.

Je retins d'autres larmes en me mordant la lèvre.

— C'est ce que je veux aussi...

— Veux-tu m'épouser, Jo Marie ? Veux-tu bien me donner une dernière chance ? Je jure que je ne retournerai plus jamais sur le terrain ensuite.

Comme j'aurais voulu le croire.

— Je ne souhaite qu'une chose, passer le reste de ma vie avec toi. Veux-tu m'épouser ?

— Tu es vraiment en train de me demander en mariage ? Avec mes yeux pleins de larmes et mon nez qui coule ? C'est vraiment le moment que tu choisis ?

— Vraiment, sourit-il. Tu n'as jamais été aussi belle.

— Ce n'est pas drôle…

— Je suis sérieux. Tu acceptes, oui ou non ?

Je l'aimais et je ne pouvais pas imaginer vivre sans lui, moi non plus. Après un soupir, je hochai la tête.

— Oui ? Ça veut dire oui ?

— Oui, oui, je veux bien t'épouser, sanglotai-jc en reniflant de plus belle.

— Ça n'a pas l'air de te rendre heureuse…

— Je suis heurcusc ! Si heureuse…

Je pris un mouchoir. Après avoir essuyé mes larmes, je vis que Mark avait une bague en diamant dans la main.

— D'où sors-tu ça ?

— Mon père l'a donnée à ma mère avant de partir au Vietnam. Elle ne savait pas s'il reviendrait, mais elle a décidé de courir ce risque. Mon père a survécu, et je survivrai aussi. Je ne te demande qu'une chose : attends-moi.

Il me prit la main et me passa la bague au doigt. Elle m'allait parfaitement.

# 35

## Emily

Les gens tristes n'aiment pas voir les autres heureux. Jo Marie et moi étions donc faites pour passer du temps ensemble. Trouver un appartement s'était avéré plus compliqué que prévu. Une place devait se libérer fin octobre dans le complexe que je lorgnais. L'attente me semblait longue, mais Jo Marie m'avait pressée de rester. Le complexe était parfait, juste à côté de l'école et des commerces, si bien que j'avais cédé et accepté de prolonger mon séjour à la maison d'hôtes.

Nous étions toutes les deux malheureuses comme les pierres. Deux semaines après que Mark lui avait donné une bague de fiançailles, il s'était trouvé en état de repartir et un haut gradé était venu le chercher à la Villa Rose.

Jo Marie l'avait serré dans ses bras, et je l'avais entendue le menacer de toutes sortes de choses s'il ne revenait pas. Mais ces menaces avaient bien vite été suivies de mots d'amour et de la promesse de prier pour lui. Lorsque la voiture l'avait emporté, elle était rentrée en sanglots dans la maison, Rover sur ses talons. Son fidèle compagnon s'était mis à hurler comme à la pleine lune.

Je m'étais assise près d'elle pour la prendre dans mes bras pendant qu'elle pleurait. J'en avais moi-même très envie, à vrai dire. Respectant notre accord, Nick ne m'avait pas contactée depuis notre dernière conversation. À en croire son fil Facebook, il suivait mes instructions à la lettre et avait repris sa vie sociale. Sa thérapie semblait fonctionner à merveille.

Je ne me pensais pas jalouse, mais en le voyant sourire pour la photo avec une autre dans les bras, j'enrageais au point d'en avoir la nausée. Sans pouvoir l'expliquer, j'avais besoin de me tourmenter et de me tenir au courant malgré tout. Il aurait au moins pu paraître malheureux, ou laisser entendre que je lui manquais. Mais tout ce qu'il postait indiquait qu'il m'obéissait et qu'il prenait du bon temps. Quelle idiote j'avais été d'exiger une chose pareille !

Lorsque j'arrivais à dormir, je rêvais de lui. Ses visites nocturnes, son sourire si lumineux. Elvis me manquait aussi.

Le marché était que je me rende au mariage de James et Katie. En y repensant à tête reposée, j'avais tout de suite regretté d'avoir accepté et m'étais cherché des excuses pour ne pas y aller. D'abord, je n'avais plus l'invitation. Je l'avais jetée en la recevant. Je n'étais pas intéressée. Je n'irais pas.

Oh, je leur avais acheté un cadeau sur les sites qu'ils avaient listés et je le leur avais fait livrer, bien sûr. Nick devrait s'en satisfaire.

Puis, alors que je nettoyais ma chambre, l'invitation réapparut sur ma table de nuit. J'aurais juré l'avoir entendue me crier que Nick n'écouterait pas mes excuses, à croire qu'elle avait des cordes vocales. Et puis, je n'étais pas une lâche. Enfin, si, je l'étais, mais qui aurait pu m'en vouloir ?

Je relus le gentil mot de Katie. *Sois des nôtres, je t'en prie. C'est très important pour nous deux.*

Finalement, après maintes tergiversations, j'avais mis ma plus belle robe et m'étais maquillée avec soin. J'avais acheté un mascara à vingt-cinq dollars, garanti waterproof, car je savais que j'allais pleurer.

Le mariage était prévu à quinze heures dans une chapelle au nord de Seattle, près de l'université. J'avais supposé qu'il s'agirait d'un mariage en petit comité, et vu la taille de la chapelle, j'avais raison. Ils n'avaient sans doute invité que leurs proches. J'aurais dû me sentir honorée d'en faire partie.

Il faisait un temps magnifique, mais j'avais du mal à apprécier le soleil, d'autant plus que j'avais l'impression d'être suivie par un nuage d'orage. Mon humeur aurait davantage convenu à des éclairs et des torrents de pluie. Je me sentais forcée d'être ici. Nick avait un jour offert de m'accompagner. Comme je regrettais maintenant d'avoir refusé !

En m'approchant de la chapelle, je vis un autre couple. La femme portait une robe rose vif avec un énorme chapeau, qui me rappelait le personnage d'Andie MacDowell dans *Quatre mariages et un enterrement.* C'était sa tenue qui avait attiré mon attention, mais j'avais l'impression de l'avoir déjà vue quelque part, sans me rappeler où.

L'homme était du genre geek, avec toute la panoplie, y compris les lunettes et le pantalon trop large. À l'évidence, ils étaient amoureux et n'avaient d'yeux que l'un pour l'autre. *Super. Vraiment super.* Pile ce dont je n'avais pas besoin. Puis je remarquai qu'elle était enceinte de plusieurs mois. Non seulement le monde était plein de couples heureux, mais ils faisaient tous des enfants ! Ces enfants que je ne pourrais jamais avoir…

Autant de gifles en plein visage. Jayson avait des enfants, et Katie et James prévoyaient certainement d'en avoir. J'aurais pu me noyer dans mon amertume, si près de ce couple de futurs parents. Oh, comme j'aurais voulu être ailleurs, ou au moins accompagnée…

Évidemment, j'atteignis la porte de la chapelle en même temps qu'eux. Le geek ouvrit la porte à sa compagne au grand chapeau, qui plissa les yeux en me regardant.

— Je suis sûre de vous avoir déjà vue. Vous connaissez Katie ?

— Pas aussi bien que James. Vous étiez peut-être à la réunion des anciens l'an dernier, à Cedar Cove ?

Elle arrondit encore plus les yeux : elle venait de faire le lien.

— Vous étiez la fiancée de James, à l'époque !

*Merci de me le rappeler.*

— C'est bien moi.

— Oh mon Dieu ! cria-t-elle en me prenant dans ses bras. Sans vous, on ne célébrerait pas ce mariage aujourd'hui ! C'est vous qui les avez réunis !

Elle me serra contre elle comme si j'étais un membre de sa famille réapparu après des années d'absence, et je la laissai faire. Heureusement, elle était assez grande pour ne pas me mettre son chapeau dans la figure.

— Hudson, je te présente…

Elle me fixa sans savoir comment finir sa phrase.

— Emily, dis-je.

— Je m'appelle Coco, et voici mon mari, Hudson.

Je me souvenais vaguement d'eux. Ce qui n'était pas étonnant, vu le drôle de couple qu'ils formaient.

Hudson hocha la tête. Il semblait avoir hâte d'entrer dans la chapelle, et j'étais bien du même avis, mais Coco ne l'entendait pas de cette oreille. Ses yeux se remplirent de larmes.

— Vous êtes la personne la plus altruiste que je connaisse ! Emily et James étaient fiancés, expliqua-t-elle à son mari. Mais après les retrouvailles des anciens, elle s'est rendu compte que James aimait toujours Katie, et elle a rompu leurs fiançailles !

Hudson me fixa pendant un moment gênant, comme s'il ne savait pas quoi dire. Ce n'était clairement pas un grand bavard.

— C'est donc vous…

— On dirait bien, concédai-je, peu désireuse d'attirer l'attention.

— Vous avez vraiment rompu les fiançailles ? dit-il comme s'il n'arrivait pas à le comprendre.

— Eh oui.

Je ne regrettais pas ma décision, mais elle ne faciliterait pas cette journée pour autant.

J'avais hâte de me réfugier dans le bâtiment climatisé pour échapper au soleil. Hudson nous tenait toujours la porte. Coco dut entrer en crabe pour faire passer son énorme chapeau. Une fois à l'intérieur, elle embrassa son mari sur la joue et s'en fut, car elle était demoiselle d'honneur, m'expliqua Hudson.

Je m'assis au fond de l'église en essayant de me faire invisible.

La cérémonie commença quelques minutes plus tard. Les mariés n'avaient qu'un témoin chacun : Coco pour Katie, et un cousin pour James. Katie et James étaient face à face, mains jointes, échangeant un long regard.

Katie était tout simplement magnifique. Elle rayonnait de joie. Je me concentrai sur elle plutôt que sur James. Sa robe était toute simple, sans voile. Coco avait enlevé son chapeau avant de se poster à son côté.

Lorsque je jetai un regard à James, je fus renversée par l'amour qui émanait de tout son être. Ses sentiments étaient aveuglants. Ce fut alors que mes propres yeux se remplirent de larmes. Je savais bien que j'allais pleurer, mais je n'avais pas anticipé cette raison-là : c'étaient des larmes de joie. James et Katie étaient faits pour être ensemble. Jamais il ne m'avait regardée ainsi, et à dire vrai, jamais je ne l'aurais aimé comme Katie l'aimait. Mais c'était ce que je ressentais pour Nick. Ce fut comme un électrochoc. J'aimais Nick. Je voulais plus que tout partager ma vie avec lui.

Une fois la cérémonie terminée, la chapelle se vida mais je restai en arrière, assise sur mon banc. Il me fallait une minute pour absorber l'émotion qui m'avait submergée.

J'étais toujours plongée dans mes pensées lorsque la porte s'ouvrit derrière moi. Je ne me retournai pas.

— Emily.

En regardant par-dessus mon épaule, je vis Katie.

— Félicitations, dis-je avec un sourire sincère. Oh, Katie, c'était une magnifique cérémonie.

— Je suis si contente que tu sois venue, murmura-t-elle. C'est parfait ainsi. Nous te devons tellement, tous les deux.

— Tu ne devrais pas être aux côtés de James ?

Elle était faite pour être à ses côtés depuis le début. J'appréciais qu'elle soit venue me parler, mais ce n'était pas nécessaire.

— Sûrement. Mais ce n'est pas grave. Nous aurons toute la vie pour ça. Je voulais te remercier à nouveau.

— Tu l'as déjà fait plusieurs fois.

— Je ne pense pas que tu comprennes à quel point cela compte pour James et moi, que tu sois là pour partager cette journée, dit-elle en s'asseyant près de moi.

Comme s'il avait entendu son nom, James entra dans la chapelle et vint se placer derrière sa femme, posant les mains sur ses épaules.

— Je savais que je te trouverais ici, dit-il en lui déposant un baiser dans le cou. Heureux de te voir, Emily. Tu vas bien ?

— Oui, merci beaucoup.

Je n'avais pas envie de leur expliquer que j'avais quitté Seattle pour déménager à Cedar Cove. Je me levai, il était temps que je m'en aille.

— C'était une magnifique cérémonie. Vous êtes parfaits ensemble.

James jeta à sa femme un regard plein d'amour. Katie lui prit la main.

— Si je pouvais faire un vœu aujourd'hui, ce serait pour toi, me dit-elle.

— Moi ?

— Pour que tu trouves l'amour que tu mérites, avec un homme qui te chérira comme James me chérit.

Je souhaitais la même chose, mais je répondis :

— C'est beaucoup demander !

— Cet homme t'attend quelque part, Em, affirma James. Et il sera perdu jusqu'à ce qu'il te trouve, comme je l'étais jusqu'à ce que Katie revienne dans ma vie…

Il se rendit compte de ce qu'il venait de dire et me jeta un regard d'excuse. *Em.* Jamais il ne m'avait appelée ainsi auparavant. Seul Nick le faisait.

— James a raison. L'homme de ta vie t'attend, renchérit Katie.

Je leur souris, bouleversée mais reconnaissante. Ils me serrèrent tour à tour dans leurs bras, et je repartis en me sentant mille fois mieux que prévu. Nick avait raison. J'avais eu besoin de me rendre à ce mariage. Cela m'avait aidée à comprendre que ma décision, même douloureuse, avait été la bonne.

Pour eux comme pour moi.

À cause de la circulation, j'eus l'impression de mettre des heures à rentrer à Cedar Cove. Mon accord avec Nick était encore loin de prendre fin. Mais étrangement, je me sentais paisible. J'étais désormais sûre que Nick m'aimait. James m'avait promis que quelqu'un m'aimerait, et j'aurais pu jurer qu'il parlait de Nick.

De retour à la maison d'hôtes, je trouvai Jo Marie assise sur la terrasse avec Rover. Elle parvint à sourire en me voyant.

— C'était bien ?

— Époustouflant. Katie était si belle. Et le mariage était parfait.

— Tu es contente d'y être allée ?

— Oui, dis-je, surprise de me rendre compte que c'était vrai.

— J'espère que tu ne m'en veux pas. J'ai trouvé l'invitation dans la poubelle et je te l'ai remontée au cas où tu changerais d'avis.

Je savais bien que je l'avais jetée !

— Tu as fait ça ? Eh bien, tant mieux.

Ce mariage m'avait ressourcée. Cela faisait des semaines que je ne m'étais pas sentie aussi bien : j'avais le cœur plus léger, les idées plus claires.

— Tu sais, Katie et Coco ont dormi à la maison d'hôtes pendant la réunion des anciens.

Je m'assis près de Jo Marie, convaincue qu'elle allait à nouveau me vanter les pouvoirs de guérison de la Villa Rose.

— Je connais l'histoire de Katie, dis-je. Elle était avec James au lycée.

— Il ne voulait pas la voir.

J'étais avec James ce jour-là, et il n'avait pas mentionné Katie une seule fois. Il m'avait dit un jour qu'il avait eu le cœur brisé, sans entrer dans les détails. En le voyant avec Katie, j'avais aussitôt su que c'était elle.

Je souris en contemplant la baie. L'eau turquoise, les montagnes couronnées de neige et le ciel bleu m'émouvaient toujours. Jo Marie prétendait que la villa avait transformé la vie de Katie et d'autres. Je ne la croyais pas vraiment, mais pour la première fois, je priai pour qu'il reste assez de cette magie pour moi.

# 36

## Jo Marie

Les semaines passaient sans nouvelles de Mark. Je m'efforçais de lâcher prise et de garder confiance. Je lui avais promis que je reprendrais ma vie après son départ, et c'était ce que j'avais fait. Dana et moi nous rendions au spinning avec application. Elle avait bel et bien atteint Paris et entamait maintenant le voyage de retour. Comme j'avais des semaines de retard, nous nous croiserions sans doute au milieu de l'Atlantique.

Mon club de lecture s'était lancé dans un grand débat sur notre dernier ouvrage en date, un thriller de Mary Higgins Clark, l'une de nos autrices préférées. J'étais toujours stupéfaite de voir à quel point les opinions de mes amies différaient sur un même livre. Les accueillir chez moi était un réel plaisir, et elles adoraient mes cookies.

Maintenant que nous étions en octobre, il faisait plus froid et la maison d'hôtes était moins fréquentée, ce qui me laissait le loisir de changer quelques détails de la décoration des chambres. Chacune avait un livre d'or, et mes clients me laissaient souvent des petits messages que je n'avais jamais le temps de lire.

Je consacrai une partie de chaque après-midi à lire ces carnets en prenant des notes. Ils répertoriaient plus de vies transformées et de petits miracles que je n'aurais pu l'imaginer. J'en fus très touchée.

J'avais lu quelque part que ceux qui ouvraient des maisons d'hôtes ne tenaient guère plus de trois ans en raison de la pression qu'exerçait ce métier sur leur vie personnelle. Cela faisait pile trois ans pour moi. Physiquement, c'était en effet exigeant : j'étais la seule propriétaire et je faisais le ménage, la cuisine, les comptes… Lorsque j'avais besoin de faire une pause, j'embauchais une lycéenne, mais cela ne m'arrivait que rarement car je ne gagnais pas assez d'argent pour cela.

Que l'on abandonne au bout de trois ans ne m'étonnait pas. Bien sûr, il y avait des exceptions. Le Vents et Marées de Bob et Peggy était un bon exemple. Je n'avais jamais eu autant de clients que cet été, et j'avais eu la chance d'avoir Emily, qui était arrivée pile au bon moment. Sans elle, je ne sais pas ce que j'aurais fait pendant les terribles semaines que Mark avait passées à l'hôpital.

Elle déménageait ce week-end et j'étais triste de la voir partir. Nous étions devenues très proches pendant son séjour. Je savais qu'elle avait décidé de passer quatre mois sans Nick et je voyais bien qu'elle le regrettait, désormais. Mais j'étais convaincue que tout s'arrangerait pour eux, car je croyais au pouvoir de la Villa Rose.

Un samedi matin, en quittant mon bureau, je trouvai Emily dans la cuisine, en train de se verser un café. Elle était rentrée tard la veille après avoir trié ses affaires au garde-meuble, et elle ne semblait pas avoir dormi plus de quelques heures.

Je pris également une tasse et m'assis avec elle dans la cuisine. J'avais déjà servi le petit déjeuner à mes clients qui étaient partis pour la journée.

— Bonjour, lançai-je. C'est aujourd'hui que tu déménages ?

— Oui, soupira-t-elle. J'ai horreur des déménagements. Pourquoi ai-je autant de choses ? Quand est-ce que j'ai accumulé tout ça ?

— Je te comprends. C'est exactement ce que je me suis dit quand j'ai quitté mon appartement de Seattle.

Le seul fait de tout trier en plusieurs piles m'avait vidée de mon énergie, et à l'évidence, passer en revue son garde-meuble avait été aussi épuisant pour Emily. Après un week-end de déménagement, elle aurait bien besoin d'un peu de repos.

— Je pourrais te donner un coup de main, tu sais.

J'avais une dette envers elle pour l'aide qu'elle m'avait apportée pendant l'hospitalisation de Mark.

— C'est gentil, mais ça ira. Et tu ne m'as pas dit que d'anciens clients passeraient te voir cet après-midi ?

— En effet, les Porter sont en route.

Maggie et Roy avaient compté parmi mes clients préférés ces trois dernières années. Ils m'avaient contactée un mois plus tôt, ils seraient dans la région pour un mariage et proposaient de passer à la villa. J'avais hâte de les revoir et j'étais triste que Mark ne soit pas là. Il avait joué un rôle-clé dans le week-end que ce jeune couple avait passé à la villa.

— Ils ne m'ont pas donné d'heure précise, mais Maggie a dit qu'ils seraient là dans l'après-midi, donc je suis libre en matinée…

— Merci, mais mon frère et deux de ses amis seront là pour m'aider.

— Si tu as besoin de moi, n'hésite pas, dis-je, souriant en repensant au séjour de Maggie et Roy chez moi.

— À quoi penses-tu pour sourire comme ça ? demanda Emily.

— Aux Porter.

— Encore des clients malheureux qui ont trouvé un trésor au pied de l'arc-en-ciel ?

Elle me connaissait bien après tous ces mois passés ensemble. J'ignorai ses taquineries.

— J'ai hâte de voir leur petite fille, Grace.

Comme j'étais impatiente de prendre ce petit rayon de soleil dans mes bras ! Je n'avais eu jusqu'ici que des photos d'elle. Elle avait désormais plus d'un an et Maggie m'avait appris qu'elle marchait déjà.

— C'est leur premier enfant, c'est ça ? demanda Emily. Elle ne pouvait pas tomber enceinte, et après une nuit à la maison d'hôtes, la voilà qui attend un enfant après des années de lutte contre la stérilité…

— En fait, Grace est leur troisième enfant, expliquai-je, toute contente de la contredire. Ils n'avaient pas prévu d'en avoir un autre et Maggie s'est découverte enceinte pendant leur séjour ici.

— Oh.

L'émotion m'étreignit le cœur.

— Comme j'aimerais que Mark soit là… Il leur a offert un berceau sur lequel il a travaillé pendant un bon moment. C'était un magnifique objet. Je n'en avais jamais vu d'aussi élaboré.

Mark avait gravé une scène de sous-bois à la tête du berceau, avec des arbres et des animaux de la forêt. Ce n'était qu'après son départ pour retrouver Ibrahim que j'avais compris qu'il avait fabriqué cet objet pour nous deux, pour l'enfant qu'il espérait un jour avoir avec moi.

Parce qu'il savait qu'il risquait de ne pas survivre à sa mission, il avait donné le berceau à Maggie et Roy qui avaient été stupéfaits par ce sublime cadeau. Moi-même, j'étais ébahie.

Je me souviendrais longtemps de l'histoire des Porter. Maggie ne se savait pas enceinte et, cerise sur le gâteau, ne savait même pas si Roy était le père. Quelques semaines avant qu'ils n'arrivent à la villa, Maggie avait découvert que Roy s'était dangereusement rapproché d'une ancienne copine de lycée. Je savais ce qu'elle avait pu ressentir, puisque je me sentais moi-même en compétition avec l'armée dans le cœur de Mark.

Lorsque Maggie avait compris pourquoi Roy rentrait de plus en plus tard tous les soirs, elle avait été dévastée. Elle était partie en voiture, folle de douleur, et avait frôlé l'accident. Elle avait fini dans un bar où elle avait eu une aventure – et c'était peut-être là qu'elle était tombée enceinte.

— Je n'arrive pas à croire que Mark leur ait offert ce berceau, déclara Emily en me jetant un regard étrange.

Je m'étais laissée emporter par mes souvenirs, ce qui me surprit.

— Il avait ses raisons, murmurai-je.

— Ça va ? Tu as l'air un peu lointaine…

J'essayai d'en rire.

— C'est le week-end du séjour des Porter que j'ai compris que j'étais amoureuse de Mark.

Je fixai à nouveau mon café. Je faisais beaucoup d'efforts pour ne pas penser sans cesse à Mark de retour en Irak. Mais il m'était impossible d'oublier le danger qu'il courait. Je ne cessais de prier pour qu'il me revienne sain et sauf.

— Encore ce drôle d'air, fit remarquer Emily.

Je secouai la tête pour disperser mes pensées.

— J'aurais bien aimé que tu sois là quand les Porter arriveront. Ils te plairaient beaucoup. Ce sont des gens formidables. Je t'ai dit que c'était grâce à Mark qu'ils s'étaient remis ensemble ?

— Ils s'étaient séparés ?

— Presque.

Roy voulait divorcer, et Maggie était dévastée. Elle avait aussitôt fait ses bagages pour rentrer seule à Yakima, en laissant juste un mot à Roy. Blessé et en colère, celui-ci avait fait les cent pas dans le jardin de la Villa, où Mark s'affairait. Avec son flegme habituel, Mark avait subtilement amené Roy à reconsidérer les faits, un vrai coup de maître. Je ne l'avais encore jamais vu ainsi. C'était à ce moment que j'étais tombée amoureuse de lui.

En comprenant qu'il était sur le point de perdre sa femme et sa famille, Roy s'était lancé à la poursuite de Maggie.

— Vu l'air que tu prends, il a dû se passer quelque chose d'intéressant, fit Emily.

— C'est bien le cas.

— Tu ne me racontes pas ?

— Non, parce que tu vas dire que je te bassine encore avec mes histoires de guérison. Je sais que tu es sceptique, et je ne peux pas t'en vouloir. Ce n'est pas grave si tu as du mal à y croire, car tôt ou tard, tu seras l'une de ces histoires.

— Je ne veux pas me montrer négative… J'aimerais croire que c'est aussi possible pour moi.

— Il n'est jamais trop tard, Emily, assurai-je en lui prenant la main.

— Comment peux-tu être sûre que tout ira bien pour toi-même, avec Mark qui court un tel danger ?

Sa question fit mouche.

— Je n'en suis pas sûre.

J'avais la foi, mais cette foi avait vacillé sous l'assaut de la peur, ces derniers jours. J'avais même eu la faiblesse de demander un signe au Seigneur. Il me fallait quelque chose de tangible pour m'aider à traverser les semaines à venir.

Une fois le café fini, j'aidai Emily à descendre ses valises et quelques cartons de sa chambre pour les mettre dans sa voiture. Son frère et ses deux amis s'étaient rendus à son garde-meuble à Seattle pour remplir un camion et étaient en route vers Cedar Cove. Il était temps qu'elle aille les retrouver à son nouvel appartement.

— Je vais me sentir bien seule sans toi, lui dis-je.

Je le pensais vraiment. Sa compagnie me manquerait, surtout maintenant que Mark était reparti. Elle me serra dans ses bras et je regardai sa voiture s'éloigner.

C'était une magnifique journée d'automne et je partis promener Rover un long moment avant mon déjeuner solitaire. Je venais de terminer de nettoyer la cuisine après avoir fait des cookies lorsque j'entendis une voiture se garer devant la maison d'hôtes. En regardant par la fenêtre, je vis un SUV avec une remorque s'engager dans l'allée. Il me fallut un moment pour discerner les occupants, puis un grand sourire s'étala sur mon visage. C'était Roy et Maggie Porter.

Deux petits garçons jaillirent de la voiture tandis que Roy faisait le tour pour aller chercher le bébé dans son siège auto. Les garçons poursuivaient déjà Rover qui aboyait avec joie. L'un d'eux lui lança un Frisbee et il courut l'attraper à toute vitesse.

— Les enfants, du calme ! cria Maggie.

Roy vint à ma rencontre, sa fille dans les bras. Elle avait de grands yeux bleus et des cheveux blonds.

— Voici Grace…

— Et Grace, voici Jo Marie, ajouta Maggie en lui prenant le bébé.

— Vous restez un peu, non ?

J'espérais les tenter avec mes cookies.

— Avec plaisir, les garçons ont bien besoin de se dépenser un peu avant de rentrer à Yakima, acquiesça Maggie.

— Quelqu'un m'aide à décharger le berceau ? demanda Roy.

— Le berceau ? Vous avez apporté le berceau ? m'étonnai-je.

Maggie hocha la tête.

— Mark nous l'avait donné, tu te rappelles ? Nous en avons bien profité, mais j'ai toujours eu l'impression qu'il n'était pas fait pour Roy et moi. Je pense qu'il l'avait fabriqué pour vous deux.

Les larmes me montèrent aussitôt aux yeux et je tournai mon regard vers le ciel. Le matin même, j'avais demandé au Seigneur de m'envoyer un signe quant au retour de Mark. C'était maintenant chose faite. Il m'avait rapporté le berceau.

# 37

## Emily

J'adorais être institutrice. C'était parce que je ne pourrais pas avoir d'enfants à moi que j'avais choisi de travailler avec eux. Auprès de ces jeunes esprits si pleins de curiosité, si avides d'apprendre, j'étais pleinement heureuse. Ils venaient avec leur sac à dos et leur goûter, et pour la plupart, avec de grands sourires. Les premiers jours, certains pleuraient un peu, apeurés à l'idée de quitter leur mère, mais en quelques mois, ils s'étaient vite adaptés.

Je les aimais beaucoup. Ils m'aidaient à oublier ma stérilité. Au départ, j'avais décidé qu'ils seraient comme ma famille, et voir leurs frimousses me suffisait. Mais je rêvais à présent d'une famille à moi, et je me rendais compte que je voulais la fonder avec Nick.

Pour me préserver, j'avais cessé de le suivre sur Facebook. Je ne voulais pas m'autoriser à penser à lui. Heureusement qu'il m'avait persuadée de ne pas attendre six mois. Ces quatre mois étaient déjà insupportablement longs, les plus longs de ma vie.

En ce deuxième mois de cours, la classe avait pris ses petites habitudes. Nous avions connu quelques petits incidents typiques de la maternelle. Zack avait amené sa grenouille à l'école, et Gribouille s'était échappée. Il avait fallu voler à son secours avant que Zack ne fonde en larmes. Mason, lui, était venu à l'école les poches pleines de ses cailloux favoris, si lourds que son pantalon s'était baissé tout seul à la cantine. Le pauvre avait été mortifié.

Pendant la journée, j'étais prise par ma classe. C'étaient les soirées qui étaient difficiles. Impossible de ne pas penser à Nick. Il avait semblé si certain que ses sentiments pour moi resteraient les mêmes. Les miens n'avaient pas changé.

Je mourais d'envie de le voir, de savoir comment il allait. Un jour, après l'école, j'étais passée devant chez lui en voiture en espérant l'apercevoir. Ce n'était pas une bonne idée, bien sûr, mais j'étais curieuse. Aucune trace de lui ni d'Elvis. Les tréteaux qui se trouvaient autrefois devant la maison avaient également disparu.

La maison semblait vacante. Je ne savais pas quoi en penser. Avait-il quitté la ville ? J'avais contacté Dana pour lui demander de se renseigner.

Le vendredi après-midi après l'école, je vis qu'elle m'avait laissé un message. « Salut, Emily, on m'a appris que Nick avait déménagé. Veux-tu que je lui redemande s'il compte vendre ? Je peux si tu veux, mais d'après notre dernière conversation, je pense qu'il veut garder la maison. »

J'écoutai le message une deuxième fois pour être sûre que j'avais bien entendu. Lorsque Dana confirma que Nick était parti, j'agrippai le rebord de mon bureau. Des frissons me descendirent le long du dos et je dus m'asseoir. En m'enfonçant dans le fauteuil, j'enfouis mon visage dans mes mains, l'esprit et le cœur en miettes.

Il était parti.

Qu'est-ce que cela pouvait bien signifier ? Cela signifiait-il seulement quelque chose ? Au fond de moi, je sentais que ce n'était pas bon signe.

J'avais envoyé Dana là-bas car j'étais trop lâche pour me renseigner moi-même. Je ne voulais surtout pas que Nick me repère en train de fouiner, ou, pire encore, le croiser au bras d'une autre femme.

Je me redressai et pris une profonde inspiration pour accuser le coup. Il ne fallait pas que je me laisse emporter par mon imagination. Au lieu de visualiser le pire, j'aurais dû me réjouir. Il n'était plus enfermé dans le noir. Il sortait avec ses amis, il profitait de la vie, comme je l'avais espéré. Il n'avait plus besoin de moi, sa béquille émotionnelle.

J'aurais dû être heureuse.

Les journées étaient courtes en cette saison et il faisait quasiment nuit lorsque je quittai l'école. En me dirigeant vers le parking, j'entendis un chien. On aurait dit Elvis. Ça ne pouvait pas être lui. Mais au deuxième aboiement, j'en fus convaincue.

— Elvis ?

Le berger allemand accourut presque aussitôt, langue pendante. Je tombai à genoux et mis mes bras autour de son cou.

— Qu'est-ce que tu fais là ? fis-je en le serrant contre moi. Tu m'as tellement manqué !

— Et moi, je t'ai manqué ?

*Nick.*

Je relâchai Elvis et découvris Nick de l'autre côté de ma voiture. À sa vue, je devins muette. J'étais si heureuse de le voir que j'aurais pu me jeter dans ses bras. Je me forçai à rester accroupie.

— Em ?

— Ça ne fait pas quatre mois, dis-je en retrouvant l'usage de la parole.

— Non, seulement deux.

Il contourna la voiture et m'offrit sa main pour m'aider à me relever. Lorsqu'il me relâcha, je faillis protester.

— Em ? Tu veux que je m'en aille ?

Je gardai le silence si longtemps qu'il se détourna.

— Non ! Ne pars pas !

Il revint vers moi. J'avais un millier de questions à lui poser, mais la première qui me vint fut :

— Pourquoi as-tu quitté ta maison ?

— J'ai su que tu te renseignais sur moi.

— Ce n'était pas moi...

— C'est vrai, tu as envoyé cette agaçante agent immobilier, dit-il avec un demi-sourire.

— Comment sais-tu ça ?

— J'ai mes sources.

— Ça ne répond pas à ma question. Pourquoi avoir déménagé ?

Pendant un moment d'incertitude, je crus qu'il ne me répondrait pas. Il me jeta un regard affectueux.

— Parce que je savais que si je restais à Cedar Cove, je ne pourrais pas résister à l'envie de te voir, ne serait-ce que deux minutes. Alors, quatre mois...

— Tu as vu d'autres femmes.

— Pas ma faute, fit-il en levant les deux mains. C'est toi qui l'as exigé. Ça t'a rendue jalouse ?

— Incroyablement jalouse.

Il me fit un grand sourire et se rapprocha d'un pas.

— Heureux de l'entendre.

— Tu as rencontré des gens intéressants ?

— Oh, oui, très intéressants.

— Oh, dis-je en essayant de ne pas laisser transparaître ma déception.

— J'ai déjà rencontré quelqu'un, mais elle est têtue et elle a du mal à faire confiance aux gens pour ce qui est des relations sérieuses. Je comprends très bien pourquoi, mais j'aimerais qu'elle croie davantage en elle, et en moi.

— Je n'ai pas du mal à faire confiance aux gens…

— Oh, tu penses que je parlais de toi ? me taquina-t-il.

— Il y a intérêt !

Encore ce grand sourire.

— Je n'ai pas besoin d'attendre deux mois de plus, Em. Je sais ce que je veux et qui je veux, et c'est toi. Je t'aime, et ça ne changera jamais.

En l'écoutant, j'avais les jambes en coton. Il m'aimait. Il m'aimait, en dépit de tout. Je m'approchai de lui, prête à l'embrasser, à sentir ses bras autour de moi. Mais il m'arrêta d'une main.

— Et ta part du marché ? Le mariage ?

— Je n'y serais jamais allée si tu ne me l'avais pas demandé.

— Et alors ?

— Et alors, tu avais raison. C'était pile ce qu'il me fallait. Et ce qu'il fallait à James et Katie, aussi.

— Je te l'avais dit.

— C'était un petit mariage, et j'étais contente d'être là.

Je me souvins du regard que James avait échangé avec Katie pendant les vœux. C'était le même regard que celui que Nick posait sur moi en cet instant, un regard de joie et d'adoration. Un amour assez fort pour traverser les années.

— On les invitera au nôtre, dit-il.

Je n'aurais pas pu rester loin de lui une seconde de plus et me jetai dans ses bras.

— Si tu ne m'embrasses pas tout de suite…

Il ne me laissa pas terminer ma phrase, sa bouche se posa sur la mienne et j'en eus le tournis. Nous nous embrassâmes comme si nous étions affamés l'un de l'autre – et c'était bien le cas.

Il s'était mis à pleuvoir, mais je ne remarquais même pas les gouttes qui me coulaient le long du visage.

— Tu m'as tellement manqué, dis-je en lui embrassant tout le visage – son front, le coin de ses yeux, sa bouche à nouveau, ce n'était jamais assez.

— Nous allons remplir ces cinq chambres avec notre famille, Em, murmura-t-il en me rendant mon baiser. Nous adopterons. C'est le meilleur hommage que je puisse rendre à Brad. Il t'aurait adorée, mais c'est moi qui t'ai mis le grappin dessus…

— J'espère que tu ne comptes pas sur de longues fiançailles.

— Tu as peur que je change d'avis, c'est ça ? rigola-t-il. Mais j'ai eu tout mon temps pour ça. On se mariera quand tu veux, Em. Je suis à toi corps et âme, tu peux en être sûre.

Je pressai mon front contre le sien. Je l'aimais tant en cet instant que mon cœur aurait pu exploser. Puis je me mis à rire.

— Qu'est-ce qui te fait rire comme ça ?

— C'est donc vrai… Je ne croyais pas Jo Marie, mais c'est vrai. Elle m'a seriné que la maison d'hôtes avait des pouvoirs magiques et que ceux qui y séjournaient guérissaient et trouvaient la paix.

— Et tu ne l'as pas crue ?

— J'avais envie d'y croire, mais je ne voulais pas me donner de faux espoirs… Oh, j'ai tellement hâte de lui dire ! Elle n'a jamais douté. Elle a toujours cru en nous deux.

— Au cas où tu ne t'en serais pas rendu compte, Em, nous sommes faits pour être ensemble. C'est ce qui t'a attirée à Cedar Cove et à la maison d'hôtes.

Son étreinte se resserra autour de moi et il ajouta :

— Allez, rentrons à la maison.

— À la maison, répétai-je avant de laisser aller ma tête contre son épaule.

Elvis nous emboîta le pas, pressé d'échapper à la pluie.

# 38

## Jo Marie

Mark m'avait promis de rentrer au bout de deux semaines, mais cela faisait maintenant deux mois que j'étais sans nouvelles. En toute logique, j'aurais dû être folle d'inquiétude. J'étais bel et bien tourmentée, mais lorsque mes pensées empruntaient cette mauvaise voie, il me suffisait de songer au berceau que les Porter m'avaient rapporté. C'était un signe de Dieu, j'en étais certaine : Mark me reviendrait. Je me raccrochais de toutes mes forces à cette promesse comme à une bouée de sauvetage.

Mon courage ne faillit qu'une fois, et ce fut durant la visite d'Emily et Nick. Dès que je vis le sourire d'Emily et la façon dont Nick la regardait, je sus qu'ils s'étaient enfin trouvés.

— Tiens, mais qu'est-ce que vous faites ensemble, tous les deux ? demandai-je pour les taquiner. Je pensais que vous alliez attendre quatre mois avant de vous revoir...

— Finalement, non, répondit Nick.

— Je vois ça.

Je dus les recevoir à l'intérieur, car les averses d'automne étaient là. L'air était frais et piquant. Les arbres avaient déjà changé de couleur, leurs feuilles étaient teintées d'orange, de jaune et de brun. La veille, j'avais ratissé le jardin pendant tout l'après-midi pendant que Rover galopait sur la pelouse. J'aimais l'automne plus que toute autre saison, et j'avais tellement envie de passer ces fraîches matinées avec Mark.

— Nous avons décidé de nous marier, annonça Nick.

Je joignis les mains, j'étais si heureuse pour eux.

— Si possible, nous voudrions nous marier à la Villa Rose, ajouta Emily. Nous ne voulons pas d'un grand mariage.

— On dirait bien que tu vas l'avoir, ta maison, dis-je tandis que des larmes de joie me montaient aux yeux.

— Et nous allons adopter des enfants pour remplir ces chambres, ajouta Nick en embrassant la main d'Emily.

— Quelle merveilleuse idée !

— J'ai su presque dès le premier jour qu'Emily était la bonne, poursuivit-il en la regardant avec une adoration qui me coupa le souffle.

C'était ainsi que Mark m'avait fixée juste avant de repartir, comme si j'étais tout pour lui et qu'il n'imaginait pas vivre sans moi. Nick et Emily se complétaient comme Mark me complétait, moi. Tandis que je serrais Emily dans mes bras, elle souffla :

— Je ne pensais pas qu'une telle chose était possible. C'est comme un rêve…

— Tu comprends pourquoi nous voudrions nous marier ici, fit Nick en repassant son bras autour d'elle.

— Alors, tu me crois, maintenant, au sujet de la maison d'hôtes ?

— Je suis convertie, acquiesça Emily en souriant.

— Moi aussi, ajouta Nick.

— Organiser votre mariage ici serait parfait. Si je peux vous aider, par exemple à trouver une date…

Emily rayonnait de joie.

— Ne t'en fais pas, je sais comment faire. Après tout, c'est mon troisième mariage ! rit-elle. Je ne pensais pas que j'en serais reconnaissante un jour, mais avec tous mes contacts, je pourrai tout organiser en quelques heures à peine !

— Tu sais ce qu'on dit : la troisième fois est la bonne, plaisanta Nick.

Cela me mettait du baume au cœur, de les voir si heureux. La Villa Rose avait fait des miracles, à nouveau. La promesse de Paul avait été tenue tant de fois. Je voulais croire qu'elle serait tenue également pour Mark et moi.

Après le départ d'Emily et Nick, je restai assise sur la terrasse, et le soleil perça les nuages gris acier juste avant de disparaître derrière la chaîne des montagnes Olympiques. Rover vint me trouver.

— Je savais qu'ils étaient faits pour être ensemble, me vantai-je.

J'espérais qu'un jour, nos enfants joueraient ensemble et seraient amis.

J'entendis une portière de voiture claquer dans la rue. Mes clients étaient partis et je n'attendais personne avant le lendemain. Je me levai, fis le tour de la terrasse et me pétrifiai.

Mark était debout dans l'allée, un sac à ses pieds.

Mark. Vivant. Sain et sauf.

Il me fallut toute une minute pour me remettre à respirer. Je descendis les marches en courant et me jetai dans ses bras. Il me serra contre lui sans un mot, en me faisant quitter le sol, presque au point de me fêler les côtes, mais je m'en moquais. J'enfouis mon visage dans son cou et inspirai son odeur, tellement soulagée qu'il me soit revenu. Lui comme moi semblions avoir perdu l'usage de la parole.

Puis, sans explication – ou peut-être tout simplement de bonheur, d'une joie si profonde que je ne pouvais la contenir –, je me mis à sangloter. Tout mon corps était secoué d'énormes spasmes qui m'empêchaient de reprendre mon souffle.

— Jo, ma chérie, murmura Mark. Tout va bien. Je suis là. Je suis rentré.

— Rentré chez toi, dis-je quand je pus à nouveau parler. Tu es chez toi.

Son visage m'apparaissait brouillé par les larmes. Seul son sourire était clair, lumineux.

— Je t'avais dit que je reviendrais.

— Et je t'avais dit que je t'attendrais.

Il m'embrassa comme s'il voulait me dévorer tout entière. Ainsi me disait-il combien je lui avais manqué, à quel point il m'aimait. Il essuya ensuite les larmes sur mes joues des deux pouces, et je vis que lui-même pleurait, ce qui ne fit qu'augmenter mon amour pour lui. Il avait eu si peur de me perdre, de se perdre lui-même. Mais c'était terminé.

— Tu es encore plus belle que dans mon souvenir, murmura-t-il, la voix enrouée d'émotion.

— Ça ne fait pas si longtemps que tu es parti, hoquetai-je.

— Assez longtemps pour apprécier ta beauté quand je la vois, dit-il en pressant son front contre le mien.

Nous restâmes longtemps enlacés, comme si nous craignions de perdre quelque chose de vital en nous séparant. Rover aboya pour attirer notre attention et se dressa sur ses pattes arrière, appuyé contre la jambe de Mark. Celui-ci se baissa pour saluer mon chien, en lui caressant les oreilles.

— Me revoilà, bon chien. Tu as veillé sur ta maîtresse comme je te l'avais demandé, c'est bien.

Il se redressa et nous rentrâmes à l'intérieur en nous tenant par la taille. Mark alla droit vers le pot à cookies. Il en prit un au beurre de cacahuète et ferma les yeux pour le savourer.

— Typique, marmonnai-je.

— Je t'aime. Et j'aime tes cookies, ajouta-t-il avec un sourire qui aurait pu rivaliser avec celui du chat du Cheshire.

— Tout est fini ? demandai-je.

J'avais besoin de savoir qu'il serait mien, désormais, et que plus rien ne pourrait l'éloigner de moi ni le mettre en danger.

— C'est fini. Mission accomplie.

— Et tu ne peux toujours pas me dire ce que c'était...

— Désolé, mon amour. Un jour, peut-être. Mais sache que ma présence a fait toute la différence.

— Mon héros, soupirai-je.

Je posai ma tête sur mon épaule, heureuse de le sentir contre moi. Il m'embrassa le sommet du crâne, puis le cou.

— Je ne me lasserai jamais du goût de ta peau, murmura-t-il.

Je me détachai de lui à regret.

— J'ai quelque chose à te montrer.

Je le pris par la main pour l'emmener dans ma chambre. Après avoir ouvert la porte, je m'écartai pour qu'il voie le berceau installé dans un coin, ce berceau qu'il avait fabriqué avec tant d'attention. Son regard se posa dessus, puis revint à moi.

— Mais… comment ?

— Les Porter sont passés en revenant d'un mariage. Maggie a dit qu'elle se sentait obligée de me le rendre.

Mark vint se placer derrière moi et posa ses mains sur mon ventre.

— J'espère que ce berceau sera bientôt occupé…

— Moi aussi, dis-je en laissant aller ma tête contre lui.

Puis je lui annonçai la nouvelle pour Emily et Nick.

— Ils se marient ?

— Ici, à la Villa Rose !

Pour la première fois depuis son retour, Mark fronça les sourcils.

— Mais pas dans le kiosque, hein ? Je veux que nous soyons le premier couple à nous y marier.

— Pas d'inquiétude, ils ne comptent pas attendre le printemps pour se marier. Emily m'a dit qu'ils songeaient à une cérémonie de Noël.

— Ce n'est que dans quelques mois, observa Mark. Ils ne perdent pas de temps, pas vrai ?

— Si elle peut organiser un mariage en deux mois, pourquoi pas nous ?

— Mais le kiosque… Et s'il pleut, ou s'il neige ?

— Nous trouverons une solution. Des branches de pin pour la décoration, des lumières… Ce sera si beau que personne ne se préoccupera de la météo.

Plus courtes seraient nos fiançailles, mieux cela vaudrait, et ce fut exactement ce que je lui dis.

— Tu penses qu'on pourrait y arriver si vite ? Je ne veux pas attendre plus longtemps.

— Mark ! Tu es sérieux ?

— Sérieux comme jamais.

Était-ce vraiment possible ? Je n'en avais aucune idée, mais j'avais bien l'intention de tout faire pour y parvenir.

# 39

## Jo Marie

MARK ET MOI NOUS MARIÂMES par un bel après-midi de décembre. Emily était ma demoiselle d'honneur, et Bob Beldon le témoin de Mark. Celui-ci avait passé des jours à décorer le kiosque, et celui-ci semblait tout droit sorti d'un magazine avec ses guirlandes lumineuses de toutes les couleurs. Chaque colonne était entourée de branches de pin. Un souffle de vent s'éleva au moment d'échanger nos vœux, et nos yeux se rencontrèrent. C'était un vrai symbole de notre vie : une tornade, qui avait menacé de tout emporter. Mais nous avions réussi à rester ensemble.

Mes parents étaient là, avec mon frère et sa famille, ainsi que plusieurs amis de mon ancienne vie, avant l'achat de la Villa Rose. Et mes amis de Cedar Cove, bien sûr. Nous avions réuni une trentaine de personnes.

Notre petit mariage était à la hauteur de mes rêves les plus fous. Tandis que le pasteur parlait, mon regard se porta vers la villa et je sentis mon cœur se gonfler d'amour. J'étais si heureuse d'avoir trouvé cet endroit. Ce n'était pas par hasard. J'avais été guidée jusqu'ici. Comme Paul l'avait promis, la maison m'avait guérie, comme elle avait guéri ses hôtes.

Mark passa un bras autour de ma taille. Son regard suivit le mien, et il me serra contre lui. En repartant vers la maison pour le buffet de mariage, il murmura :

— J'aurais voulu connaître Paul.

— C'est lui qui t'a choisi pour moi, tu sais.

— Je lui en serai toujours reconnaissant. Si tu veux bien, j'aimerais donner son nom à notre premier fils.

Les larmes me montèrent aux yeux et je hochai la tête.

Plus tard ce soir-là, dans la maison vide, une fois les invités partis, Mark et moi allâmes sur la terrasse pour regarder la baie. Des décorations de Noël clignotaient sur le port et dans le centre-ville. Mon cœur débordait de bonheur. Mark se tenait derrière moi, ses bras autour de mes épaules. Nous fixions les lumières qui scintillaient sur l'eau.

J'étais avec lui, je savais qu'il ne me quitterait plus, et que nous serions désormais toujours ensemble. Je vivais mon rêve le plus cher.

Je songeais à tous ceux qui avaient séjourné à la Villa Rose ces trois dernières années, et à tous ceux qui y séjourneraient encore. Au fond de moi, je savais qu'eux aussi seraient guéris.

La Villa Rose. Un endroit très spécial, capable de sauver des vies. Un foyer où Mark et moi fonderions bientôt une famille pour le remplir d'amour, de rires et de joyeuses voix d'enfants.

J'avais hâte d'entamer ce futur.

# Retrouvez Jo Marie et la Villa Rose dans les autres tomes de la série *Retour à Cedar Cove* !

Après le décès tragique de son mari, Jo Marie décide de changer de vie et reprend une maison d'hôtes dans la petite ville de Cedar Cove : la VIlla Rose.
Sa première cliente, Abby, a survécu à un accident de voiture, dans lequel sa meilleure amie a trouvé la mort. Elle n'a jamais eu le cœur à retourner dans la ville où elle est née, jusqu'à ce jour, dix ans après l'accident. Josh, le second client, doit prendre en charge son beau-père, un vieil homme à présent, avec qui il ne s'est jamais entendu. Derrière les portes de la jolie maison d'hôtes, ces personnages inoubliables trouveront l'amour, le pardon et la possibilité d'un nouveau départ.

400 pages – 8,90 €

Installée depuis peu à Cedar Cove, Jo Marie commence à s'y sentir chez elle. Avec l'arrivée du printemps, sa maison d'hôtes - la Villa Rose - affiche complet. Kent et Julie ont décidé d'y célébrer leurs noces d'or - le seul problème, c'est que leur couple paraît au bord de l'explosion. Leur petite-fille, Annie, joue les arbitres.
Femme d'affaires, Mary Smith a connu les plus grands succès dans sa carrière. Désormais atteinte d'une grave maladie, elle ne peut plus échapper à un douloureux regret. Près de dix-neuf ans plus tôt, elle a rompu avec son seul véritable amour, et revient à Cedar Cove pour obtenir son pardon.
Et puis, il y a Mark, l'homme à tout faire, dont Jo Marie commence à apprécier la compagnie...

416 pages – 8,90 €

L'été est une saison haute pour la maison d'hôtes de Jo Marie Rose. Mark Taylor et elle ont passé beaucoup de temps ensemble pour aménager ce lieu paradisiaque. Et même si la jeune femme essaie de se persuader que Mark n'est qu'un ami, elle pense beaucoup à lui ces derniers jours. Mais pour le moment, il est temps d'accueillir de nouveaux visiteurs.
Ellie Reynolds a 23 ans, et arrive à Cedar Cove pour rencontrer Tom, un homme avec qui elle correspond depuis des mois sur Internet et dont elle pense être tombée amoureuse. Maggie et Roy Porter sont là pour leurs premières vacances, seuls sans les enfants. Ils espèrent retrouver la flamme de leur amour et regagner chacun la confiance de l'autre. Mais Maggie a un dernier secret à lui avouer, qui pourrait bien faire éclater son mariage…
Pour chacun d'eux, ce sera le moment de mettre son cœur à jour – et de prendre la plume –, révélant ainsi le courage qu'il faut pour être vulnérable, tolérant et ouvert à l'amour.

336 pages – 8,50 €

Depuis qu'elle a ouvert sa maison d'hôtes à Cedar Cove, Jo Marie a retrouvé goût à la vie, et peut-être même à l'amour. Car, elle en est sûre à présent, ce qu'elle ressent pour Mark Taylor est bien plus que de l'amitié. Aussi est-elle bouleversée quand ce dernier lui annonce brusquement qu'il quitte la ville…
Mais Jo Marie n'a pas le temps de se morfondre car deux nouvelles pensionnaires sont arrivées à la Villa Rose pour participer à une réunion d'anciens élèves. Dix ans que Katie et Coco ont quitté Cedar Cove, dix ans pour soigner leurs peines et réparer les erreurs du passé. Coco s'apprête à revoir celui qui lui a brisé le cœur ; Katie espère une seconde chance. Les gens changent, mais est-ce suffisant pour que ces femmes extraordinaires trouvent le bonheur ?

432 pages – 8,50 €

Achevé d'imprimer en août 2021
par CPI Bussière
À Saint-Amand-Montrond (18)
Dépôt légal : août 2021
N° d'impression : 2058382
*Imprimé en France*